Le journal d'Aurélie Laflamme, Le monde à l'envers

tome 4

De la même auteure

*Le journal d'Aurélie Laflamme, Extraterrestre…
ou presque!*, Les Éditions des Intouchables, 2006.

*Le journal d'Aurélie Laflamme, Sur le point de
craquer!*, Les Éditions des Intouchables, 2006.

*Le journal d'Aurélie Laflamme, Un été chez ma
grand-mère*, Les Éditions des Intouchables, 2007.

Les aventures d'India Jones, Les Éditions des
Intouchables, 2005.

India Desjardins

Le journal d'Aurélie Laflamme

Le monde à l'envers

4

LES INTOUCHABLES

Les Éditions des Intouchables bénéficient du soutien financier de la SODEC et du Programme de crédits d'impôt du gouvernement du Québec.

Nous remercions le Conseil des Arts du Canada de l'aide accordée à notre programme de publication.

Nous reconnaissons l'aide financière du gouvernement du Canada par l'entremise du Programme d'aide au développement de l'industrie de l'édition (PADIÉ) pour nos activités d'édition.

LES ÉDITIONS DES INTOUCHABLES
4701, rue Saint-Denis
Montréal, Québec
H2J 2L5
Téléphone : 514-526-0770
Télécopieur : 514-529-7780
www.lesintouchables.com

DISTRIBUTION : PROLOGUE
1650, boulevard Lionel-Bertrand
Boisbriand, Québec
J7H 1N7
Téléphone : 450-434-0306
Télécopieur : 450-434-2627

Impression : Transcontinental
Conception et illustration de la couverture : Josée Tellier
Illustrations intérieures : Josée Tellier
Infographie : Geneviève Nadeau
Photographie de l'auteure : Patrice Bériault

Dépôt légal : 2007
Bibliothèque et Archives nationales du Québec
Bibliothèque nationale du Canada

ISBN : 978-2-89549-292-4

À Colin, Charlotte et Emma-Rose,
à qui je souhaite de vivre
dans un monde à l'endroit.

Merci à :

Papa, Maman, Gina, Patricia et Jean (pour absolument tout).

Ma matière rose: Mélanie Robichaud, Mélanie Beaudoin, Maude Vachon, Nadine Bismuth, Mélanie Campeau, Judith Ritchie, Nathalie Slight, Michelle-André Hogue, Julie Blackburn et Emily Brunton.

Ingrid Remazeilles.

Josée Tellier (BIF).

Michel Brûlé, Mylène Des Cheneaux, Geneviève Nadeau, Emilie Bourdages.

Anne Beaulieu-Masson, Annie Talbot et Élyse-Andrée Héroux.

Geneviève Boulé, Camille Descôteaux, Théo Lepage-Richer, Stéphane Dompierre et Stefie Shock.

L'auberge La Pinsonnière (pour le *plusse meilleur* gâteau au chocolat du monde ainsi que la vue imprenable sur l'inspiration).

Simon Olivier Fecteau, pour la complicité créative...

Septembre

Le vent tourne

Vendredi 1ᵉʳ septembre

Fiiiiou!!! Une chance que je ne vis pas dans mes rêves!

Seulement cette nuit, à titre d'exemple, j'étais participante à l'émission de danse *Le match des étoiles*, sans savoir que j'étais une participante, donc sans connaître ma chorégraphie avant d'entrer en scène. Affublée d'un ridicule accoutrement, j'étais incapable de faire un pas de danse correctement. Ensuite (pas dans le même rêve), j'ai perdu mes dents pendant que je parlais à Nicolas, mon ex (assez embarrassant merci) et, alors que je me promenais dans les corridors de ma nouvelle école, je me suis perdue.

Bref, si ma vie était comme dans mes rêves, je serais une édentée complètement désorientée qui n'a aucun sens du rythme!

14 h

Je regarde *La petite sirène* pour la dernière fois. C'est promis, juré. Je commence ma quatrième secondaire et il ne faudrait pas que j'aie l'air bébé. Ariel (ou plutôt, comme je le sais vu que je suis trop vieille pour regarder ce film, la comédienne engagée pour faire la voix) chante: «Je ne sais pas où, je ne sais comment, mais je veux être à partir de maintenant libre comme l'air, là sur ces terres parmi ces… GEEEEEEENS ! »

Je ne me sens plus aucune affinité avec Ariel. Elle voulait faire partie des humains et a même donné sa voix pour aller *cruiser* un prince. Perte de temps. Moi, mon école de filles a fermé et je suis triste. C'était mon océan de paix à moi, que je n'aurais quitté pour rien au monde. Il me semble que je ne ferais rien de trop risqué pour faire partie des humains dits « normaux » et qu'il ne sert absolument à rien de vouloir un prince charmant, ce qui vous conduit à une peine d'amour interminable et à voir ledit prince continuer sa vie avec une autre fille. Je réitère mes opinions au sujet des gars : ça n'apporte que des problèmes. Et si j'ai eu des problèmes avec eux alors que je n'en voyais pas tous les jours, je ne peux pas imaginer ce que ça donnera si je les côtoie quotidiennement à ma nouvelle école.

Ma vie va changer. Mais, pour l'instant, impossible de prédire si elle va changer pour le mieux.

14 h 35
Pendant qu'Ariel se brosse les cheveux avec une fourchette (sa technique personnelle de *cruisage*, tssss), je me dis que si seulement j'avais fait « roche » dans mon combat de roche-papier-ciseaux avec Kat, j'aurais gagné la partie et nous serions allées dans une nouvelle école de filles. Kat est ma meilleure amie, mais nous ne sommes pas tout à fait pareilles en tous

points. Lors de la fermeture de notre école (ouch, j'ai un point dans le ventre juste d'y penser), deux choix se sont offerts à nous: 1) aller dans une autre école privée de filles ou 2) aller dans une école publique.

Kat n'en pouvait plus d'aller dans une école de filles avec uniforme. Et je ne voulais pas aller dans une école publique (surtout pas l'école où vont mon ex et sa nouvelle blonde…). Bref, un combat de roche-papier-ciseaux s'imposait. Nous n'avions pas les mêmes désirs en matière d'établissement scolaire, mais nous n'avions tout de même pas envie d'être séparées! Alors a commencé le combat. Que j'ai perdu. J'ai fait «papier» en étant certaine que Kat ferait «roche». Mais elle a fait «ciseaux». D'habitude, je suis capable de savoir exactement ce qu'elle pense. Je ne devais pas être «connectée» avec mes dons de télépathe cette journée-là (comme la plupart du temps, finalement).

À l'agenda: Améliorer mes dons de télépathe.

À l'agenda n° 2: Arrêter de penser que j'ai des dons de télépathe.

15 h 01

Mon film est terminé. Ben… presque. Je l'arrête toujours avant la fin. Avant qu'Ariel serre son père dans ses bras et qu'elle dise: «Je t'aime, papa.» Je suis incapable de regarder cette scène. 1) On voit en gros plan l'oreille d'Ariel, agrémentée d'une boucle d'oreille blanche. Je trouve bizarre qu'Ariel se soit fait percer les oreilles pour son mariage. Et ça ne ressemble pas à des *clip-on* parce qu'on ne voit pas de clip. Elle est sirène, devient humaine et, poup!, la première chose qu'elle se dit est: «Ah, tiens, je me marie, faudrait bien que je me fasse percer les oreilles.» Je trouve que c'est une invraisemblance dans le film et je n'embarque pas. Bon, on pourrait toujours me servir l'argument: «C'est une *sirène*, qui se bat contre une *pieuvre-sorcière*, et qui se transforme en *humaine* pour marier un *prince*, alors si tu recherches les invraisemblances, tu peux en trouver ailleurs.» Mais les boucles d'oreilles, je trouve que c'est l'invraisemblance de trop. 2) Le «je t'aime, papa» comme tel. Chaque fois, j'ai le cœur qui veut me sortir de la poitrine. Pas parce que ça se passe sur un bateau et que j'ai le mal de mer par compassion, mais parce que c'est quelque chose que, dans ma vie, je ne pourrai plus jamais dire. À part à des photos ou dans mes souvenirs.

15 h 15

Je cherche, dans le meuble de télé, des vieilles cassettes VHS. Je crois que mon père avait filmé un spectacle de ballet jazz auquel j'avais participé quand j'avais huit ans. Et il me semble qu'on le voyait dans le film. Je m'ennuie tellement d'entendre sa voix. Et sa façon de dire mon nom. Il ne disait pas «Aurélie». Il disait «Aurèlie». C'est un détail qui m'énervait beaucoup quand j'étais petite. Je le reprenais sans cesse. Je lui disais: «C'est Auréééééélie, mon nom!» Et il répondait: «OK, Aurèlie.» Et il riait. À ce moment précis, sa façon de rire était spéciale. Il riait seulement avec ses yeux. Sa bouche s'étirait juste un peu, ses rides se creusaient et ses yeux se plissaient et pétillaient. Je crois qu'il faisait exprès de m'appeler « Aurèlie », juste pour me faire capoter. Juste pour que je le reprenne et qu'il puisse rire comme ça. Pour que je me souvienne de sa façon de rire. Et de sa façon particulière de dire mon nom.

15 h 17

Sybil est venue se coucher sur les cassettes dans le meuble de télé. Chaque fois que j'ouvre un tiroir ou une porte quelconque, ma chatte vient s'y coucher. Je ne peux donc plus chercher adéquatement, car elle me bloque l'accès. Et je ne peux pas la chicaner parce qu'elle ronronne et que c'est trop mignon.

15 h 18

Ma mère arrive derrière moi pendant que, agenouillée, j'ai la tête enfouie dans le meuble de la télé, et me demande :

– Qu'est-ce que tu fais ?

Moi : Je cherche la cassette VHS de mon spectacle de ballet jazz.

Ma mère : Tu as fait du ballet jazz ?!?!!!

Ma mère. Elle se souvient zéro de ma vie. Elle m'a réellement posé cette question comme si j'étais une parfaite inconnue et que je lui apprenais quelque chose de totalement inusité. Pourtant, c'est elle qui venait me reconduire à mes cours ! Je me demande si elle se souvient d'avoir accouché de moi.

Moi: Oui. Je faisais du ballet jazz quand j'avais huit ans. J'avais donné un spectacle et papa l'avait filmé. Tu ne t'en souviens pas?!?!

À la seule évocation du mot « papa » (de ma bouche, et non de celle d'une autre bouche comme par exemple celle de la Petite Sirène), il apparaît dans le cou de ma mère des rougeurs, et ça se termine souvent en larmes et en sanglots. Depuis qu'elle a un chum, François Blais, c'est moins pire. Pendant des années, après le décès de mon père, j'ai évité de prononcer son nom ou d'évoquer un souvenir de lui. Mais puisqu'elle est heureuse depuis quelque temps, je me permets un peu plus souvent de parler de lui.

Je me retourne vivement et je vois des rougeurs apparaître dans son cou, qu'elle tente de faire disparaître en respirant plus fort, et elle me dit:

– J'avais rangé ces cassettes.

Moi: Où?

Ma mère: Dans le sous-sol, je crois. Est-ce que tu en as besoin tout de suite? François et moi aimerions bien regarder notre émission maintenant que ton film est fini.

Depuis quelques jours, François et ma mère regardent une émission qui s'intitule *24* (en anglais *Twenty-Four,* ma mère et François prononcent *Twayny-Fowr*) et, comme je ne suis pas du tout bilingue et que le DVD n'est qu'en anglais, je ne la regarde pas avec eux. J'ai essayé, mais je ne comprenais rien, alors j'ai laissé tomber. Eux, ils peuvent passer dix heures d'affilée devant la télé. L'avantage, c'est que je ne les ai pas sur le dos. L'inconvénient, c'est qu'on devait aller magasiner pour m'acheter des vêtements et du matériel scolaire pour la rentrée, mais ma mère remet ça à plus tard, car elle n'est pas capable de décoller de devant la télé, parce que supposément que cette émission la tient en haleine comme c'est pas possible. (Ça paraît qu'elle n'a jamais écouté *Les frères Scott*. En tout cas…)

J'arrête de fouiller dans le meuble de télé, je sors Sybil de là en la prenant dans mes bras et je me relève. Sybil saute aussitôt par terre et s'en va après avoir frôlé le mollet de ma mère.

Moi : Est-ce qu'on peut aller magasiner demain ? Tu me l'avais promis ! Je commence l'école mardi et je n'ai rien à me mettre sur le dos !

À mon ancienne école, je devais porter un uniforme, donc pas de stress matinal pour savoir quoi porter. Et on allait souvent m'acheter des nouvelles chemises à la dernière minute, juste avant la rentrée scolaire. Mais comme à ma nouvelle école il n'y a pas d'uniforme, le magasinage sera plus compliqué. Je dois élaborer tout un look. Et pas n'importe quel look. Un qui colle à ma personnalité et tout et tout. Et pas question d'arriver à l'école avec mon uniforme ! (Même si, je dois l'avouer, il me manquera. C'était si simple…)

Ma mère : Je te le promets ! Il ne nous reste que cinq épisodes et ensuite c'est fini. Alors, on termine ça aujourd'hui, et demain on va magasiner entre filles !

Je suis contente qu'elle précise « entre filles » parce que je n'aurais pas aimé que François Blais se joigne à nous. Bon. J'ai déjà pensé qu'il était diabolique. Et je n'ai trouvé aucune preuve de son diabolisme. Il a même contribué à mon bonheur en parlant à ma mère pour que je puisse aller à l'école publique, comme je le souhaitais (du moins comme le souhaitait Kat qui avait gagné à roche-papier-ciseaux). Mais ça ne veut pas dire que je veux le voir tous les jours pour autant. Il m'a rendu service. C'est tout. Il ne deviendra pas mon meilleur ami juste parce qu'il se montre altruiste une fois tous les trois mille ans, quand même!

Moi : T'as dit ça l'autre jour et la finale de la deuxième saison t'a laissée sur un tellement gros suspense que vous avez tout de suite loué la troisième saison et on n'a pas pu y aller.

Ma mère : Je ne ferai pas ça cette fois-ci. C'est promis.

Moi : OK. Je vais chercher les cassettes une autre fois. Mais dépêchez-vous de finir, et demain on va magasiner, c'est urgent.

Ma mère : C'est compris, boss!

19 h

Pendant que ma mère et François regardent *24* pour la troisième heure d'affilée, je cherche la signification de mes rêves dans un livre trouvé dans la bibliothèque de ma mère.

Danse
danser dans une belle salle : vous vous comporterez d'une manière irréfléchie ;
danser dans une salle vide : joie ;
danser au milieu des inconnus : tristesse ;
apprendre la danse : vous tomberez amoureux ;

tomber en dansant : vous réfrénez vos
sentiments.

Bon… Il n'y a pas « ne pas connaître la chorégraphie ». Donc, on peut dire que « j'apprenais
la danse », car je ne savais pas danser. Je tomberai
amoureuse ? Impossible. Le seul gars qui m'a
intéressée à vie est Nicolas, mon ex qui sentait
super bon, grâce à un assouplissant (ou encore,
nouvelle théorie, désodorisant) qui se trouve
dans une espèce de triangle des Bermudes de
produits ménagers ! (Car je n'ai jamais trouvé
cette odeur en respirant tous les assouplissants
au supermarché, malgré plusieurs recherches.)
Il m'a laissée et sort maintenant avec une autre
fille (que je rencontrerai sûrement à l'école,
aïe). Et tous les autres gars m'énervent. Sauf
Gab, un ami que je me suis fait chez ma grand-
mère, cet été, mais à qui je ne parle plus parce
qu'il habite loin et que c'était une amitié, disons,
estivale. Et Tommy, mon voisin devenu ami.
Mais il m'énerve aussi un peu des fois, alors ça
confirme que *la plupart* des gars m'énervent. Et
je vais aller dans une école où il y en a plein !!
Oh ! noooooooon !!!!!!!!

> Dent
> nettoyer : aider les autres ;
> se faire soigner les dents : déplaisir passager ;
> tombante : mauvaise nouvelle ou abandon
> de défenses inconscientes ;
> arrachée : perte d'argent.

Oh ! non ! je vais recevoir une mauvaise
nouvelle !!!!! Laquelle ????????

Perdre

un objet : retard, contretemps dans la réalisation de vos projets ;

se perdre : perte d'amitié. Soucis d'argent. Angoisse.

Voir « Labyrinthe ».

Labyrinthe

le voir : idée fausse ;

en trouver la sortie : obstacles franchis.

Hum… Aucun rapport avec ma vie.

Dans le fond, c'est niaiseux, l'interprétation des rêves. Un rêve, c'est un rêve, c'est tout. Ce n'est ni un symbole, ni une prémonition quelconque. Je ne comprends pas pourquoi ma mère conserve ces livres poches, intellectuellement dépourvus d'intérêt et d'une pertinence à la limite du « à désirer ». Franchement ! Je range le livre et je vois quelques vieux *Archie*, sûrement rangés là par hasard. Je les apporte dans ma chambre pour lire avant de me coucher.

Note à moi-même : Dire à ma mère de se munir d'ouvrages littéraires plus consistants, intellectuellement parlant.

Samedi 2 septembre

Oh! mon Dieu!!!!!!!!!!!!! Je ne me souviens pas avoir eu aussi honte de toute ma vie entière!!!!!!!!!! (Bon, d'accord, j'admets que je dis ça souvent, mais on dirait que d'une fois à l'autre c'est pire!!!!!)

Comment ça se fait que ma mère ne sait pas que ce ne sont pas les vendeuses qui déterminent les prix des vêtements dans un magasin et que, par conséquent, ce n'est pas à elles qu'elle devrait se plaindre des prix trop élevés, mais bien au propriétaire dudit magasin ou carrément sur le site Internet de la compagnie, où ni mon nom, ni mon visage, ni tout le reste de mon corps ne serait associé à elle?

C'est très gênant d'essayer un vêtement à côté de votre mère et qu'elle regarde le prix en s'exclamant à la vendeuse: «OH MON DIEU! 125 $ POUR UNE JUPE, MAIS C'EST DU VOL! JE N'AI JAMAIS PAYÉ ÇA POUR UN DE MES VÊTEMENTS!!!»

Et qu'elle ajoute (question de me faire mille fois plus honte): «Savez-vous où on pourrait trouver des vêtements du même style mais moins chers?»

Elle a vraiment dit: «Savez-vous où on pourrait trouver des vêtements du même style MAIS MOINS CHERS?»

J'essayais une belle jupe Emily the Strange qui m'allait extrêmement bien, mais elle a refusé de me l'acheter, prétextant qu'elle ne s'était jamais payé elle-même une jupe de ce prix. (Je ne sais pas dans quel monde elle vit, mais dans son monde, les jupes ne coûtent pas cher.)

Comment on se sent dans ces moments? Choisir un synonyme entre les suivants:
- Humiliée.
- Déshonorée.
- Totale victime de l'opprobre maternel.

Ah, il y a aussi: avoir envie de bâillonner notre mère, de l'attacher dans un coin des toilettes du centre d'achat et de s'enfuir avec sa carte de crédit.

14 h

Toujours devant le miroir, en train de m'admirer dans la superbe jupe Emily The Strange, j'essaie les arguments de base:

– S'il te plaît, ma belle maman d'amour, je vais faire tout ceeee queeeee tuuuu veuuuux!!!!

Je lui fais même le regard du chat botté dans *Shrek* (irrésistible, selon moi) et j'adopte un ton hyper attendrissant.

Et, toujours devant la vendeuse (avoir une cape d'invisibilité comme dans *Harry Potter* serait la meilleure option dans un cas comme celui-ci), elle ajoute:

– Je ne te payerai certainement pas des vêtements griffés. Des plans pour que tu te fasses taxer!

La nouvelle peur de ma mère, concernant ma nouvelle école, c'est que je me fasse taxer, c'est-à-dire que des gars ou des filles veuillent me voler mes vêtements, mon iPod (qu'elle m'a fortement suggéré de laisser à la maison) ou encore mes souliers. Et que je sois victime de violence et d'intimidation. C'est SA raison pour ne pas m'acheter des beaux vêtements. Elle dit qu'on peut me trouver des vêtements aussi beaux, mais moins chers. Ce à quoi j'ai répondu :

– Si les vêtements sont *aussi* beaux, je vais me faire taxer pareil.

Ce qui m'a valu un sourire complice de la vendeuse.

15 h 16

Ma mère est un vrai bloc de béton ! J'ai également tenté de la convaincre de m'acheter des Heelys, des souliers munis d'une roue rétractable qui permet de marcher (quand la roue est rétractée) ou de rouler (quand la roue est sortie). Ma mère m'a dit, et je cite : « Toi ?!? Tu veux des souliers avec une roue ?!?!!! Des plans pour que tu te pètes la margoulette ! De toute façon, ça ne doit pas être permis à l'école. »

Note à moi-même : Je préfère de loin qu'elle refuse de m'acheter des vêtements pour cause de possibilité de taxage.

Note à moi-même n° 2 : Je me demande ce que ça peut faire, psychologiquement parlant, d'avoir une mère qui croit que vous êtes totalement incompétente sur roues. À vérifier.

16 h 17

De retour avec tous mes nouveaux vêtements (coûtant moins de 50 $).

J'ai bien essayé de convaincre ma mère du bien-fondé d'avoir des beaux vêtements. Je lui ai parlé des filles des écoles publiques que je croisais dans le temps où je pouvais me cacher derrière l'obligation que j'avais de porter un uniforme. Ma mère m'a répondu qu'elle n'avait pas d'argent.

Je lui ai dit que l'argent que j'ai reçu en héritage de mon père pourrait subvenir à mes besoins vestimentaires.

Elle m'a répondu qu'elle préférait garder cet argent pour m'envoyer dans une bonne université.

J'ai répondu :

– C'est loin ! On a le temps de devenir riches d'ici là !

Ma mère : Ben… À toi de choisir. Si je dépense tout l'argent que j'ai mis de côté pour toi pour l'université, tu devras peut-être travailler, demander des prêts étudiants, avoir de grosses dettes par la suite… Tu devrais peut-être trouver un travail dès cette année pour commencer à économiser tes sous.

J'ai réfléchi un instant.

Hum… Avoir un super look ou une bonne éducation ? Hum…

J'ai choisi la bonne éducation… Évidemment. Tu parles d'une décision à me laisser entre les mains ! C'est presque comme si elle riait de moi. Ou qu'elle me manipulait, en un sens. Car c'est certain qu'entre les deux, tu ne peux pas choisir le look et passer pour la fille qui serait prête à mettre en jeu tout son avenir pour avoir un super look à sa nouvelle école. Trop superficiel. (Même si j'ai envisagé cette option un court instant.)

Je me voyais déjà arriver avec ma jupe Emily the Strange lors de mon premier jour d'école. Croiser Nicolas par hasard, au bras de sa nouvelle blonde. Qu'il se retourne sur mon passage, incapable de faire autrement, trop ébloui par la vision de mon super-top-look. Qu'il laisse sa blonde deux jours plus tard et qu'il me demande souvent de porter ma jupe puisqu'elle lui a permis d'avoir une illumination : redécouvrir son amour pour moi.

Mais bon, tout compte fait, porter une jupe Emily the Strange me ferait peut-être passer pour la fille qui en a trop mis. Celle qui veut absolument se faire remarquer à l'école. Et qui veut reconquérir son ex. Et je ne veux pas vraiment le reconquérir. Il a une blonde. Trop tard. Tout ça à cause de Julyanne, la sœur de Kat, en plus ! Elle a écouté une de nos conversations téléphoniques, a appris que j'avais rencontré un gars (Gab) et qu'on s'était embrassés (on s'est embrassés juste une fois) et l'a dit à Nicolas (*&?%$#@!). Je suis certaine qu'il voulait, à ce moment-là, qu'on reprenne. Mais comme Julyanne lui a dit que j'avais un chum (ce qui n'était pas vrai, Gab et moi on s'est embrassés, mais c'est tout, c'était totalement spontané et exceptionnel – pas exceptionnel dans le sens d'« extraordinaire », mais exceptionnel dans le sens d'« une seule fois ») et il s'est fait une autre blonde. Bon. Je ne suis pas parfaitement certaine qu'il voulait qu'on reprenne. Mais je le suis à 99,999999 %. Julyanne se sent tellement mal depuis ce temps qu'elle fait tout ce qu'on veut, Kat et moi. Elle va nous chercher du jus si on a soif. Elle nous apporte un coussin si on veut s'asseoir par terre. Elle me doit bien ça! C'est bien la moindre des choses de pouvoir être confortable quand on s'assoit par terre quand on a perdu une possibilité de re-sortir avec le gars de ses rêves! M'enfin. Je lui ai pardonné. Elle voulait bien faire. Je ne peux pas garder une rancœur interminable. D'autres choses à faire. Et puis, Nicolas, s'il n'est pas capable de vivre sans avoir de blonde, c'est peut-être que notre amour n'était pas si profond que je l'ai cru. (Ouch! Je ne peux pas trop penser à cette hypothèse, c'est dangereux pour ma survie, on dirait que mon cœur arrête de battre.)

Lundi 4 septembre

Congé férié. Fête du Travail.

Demain, c'est la rentrée.

OOOOOOOOOOH! NOOOOOOOON! Maintenant, il faut non seulement que j'aille à l'école et que j'étudie, mais également que je détermine ce que je vais porter.

Comme si j'avais besoin de ce stress supplémentaire !

Debout devant ma garde-robe, je décide que cette journée sera entièrement consacrée à déterminer mon look de demain. La première journée d'école. La plus importante puisque c'est le jour où tout le monde me verra pour la première fois. C'est là que ma réputation va se jouer. J'aimerais changer de réputation. À mon ancienne école, j'avais une réputation de fille, disons, bizarre. Dans la lune. Extraterrestre. Maintenant, j'aimerais avoir l'air d'une fille normale.

10 h 03

Hot, même.

10 h 04

Limite populaire.

10 h 05

Bon, peut-être pas populaire. Il ne faut pas exagérer.

10 h 06

Juste normale fera l'affaire.

10 h 23

Toujours debout, devant ma garde-robe, j'y pose un regard global.

Bon. Mes vêtements… Tup-tup-tup… Qu'est-ce que je pourrais bien porter demain lors du premier jour d'école ?

Look désiré: Quelque chose de pas trop chic pour ne pas avoir l'air d'y avoir trop réfléchi; quelque chose de pas trop démodé pour ne pas avoir l'air d'être complètement arriérée; bref, quelque chose qui a l'air cool tout en ayant l'air de dire «j'ai attrapé ça à la dernière minute».

Petit problème. Je n'ai rien dans ma garde-robe qui dit ça…

11 h 20

Possibilité de look n° 1: Jeans, vieux t-shirt blanc.

Ce que ce look dit: Je m'en fous de bien m'habiller, je ne suis en compétition avec personne.

Problème avec ce look: Ma mère ne comprendra pas pourquoi je mets de vieux vêtements et ne voudra plus jamais m'en acheter de nouveaux.

11 h 25

Possibilité de look n° 2: Jeans et t-shirt «when in doubt, accessorize» (que j'ai acheté samedi et que ma mère m'a traduit comme suit: «Lorsque tu es dans le doute, ajoute des accessoires»), et je mettrai un collier et des bracelets pour compléter la blague.

Ce que ce look dit: Voici une fille au sens de l'humour aiguisé!

Problèmes avec ce look: 1) petit problème si, comme moi, les gens ne sont pas bilingues et qu'ils ne comprennent pas que je porte tout plein d'accessoires pour faire une blague et 2) j'aurai la pression d'être toujours drôle avec mes vêtements.

11h 32

Possibilité de look n° 3 : Une jupe Emily the Strange et mon chandail kangourou noir.

Ce que ce look dit : Voici une fille cool qui tripe sur Emily the Strange.

Problème avec ce look : Je n'ai pas la jupe Emily the Strange.

13 h 10

Après avoir fait tous les agencements possibles avec mes vêtements, j'appelle Kat.

Moi : Kat, qu'est-ce que tu portes, demain ?

Kat : Mon pantalon cargo vert, avec ma ceinture beige, t'sais, celle en tissu ?

Moi : Pour le haut ?

Kat : J'hésite entre mon t-shirt rose et blanc ou le bleu électrique.

Moi : Ah… Le bleu est pas pire.

Kat : T'aimes pas le rose ?

Moi : Ben non, le rose aussi est beau.

Kat : Ou peut-être mes jeans, avec ma ceinture noire à *studs*, mon t-shirt blanc et mon chandail kangourou noir, ligné rose.

Moi : Ah, bonne idée !

Kat : Mais j'ai peur que ça fasse un peu trop pour une première journée. Surtout s'il fait chaud.

Moi : Ah ! j'ai le même problème. Est-ce qu'on est mieux de tout de suite être *hot* ou, juste pour la première journée, passer plus inaperçues ?

Kat : Sans passer inaperçues, juste se fondre dans la foule.

Moi : Ben, c'est comme un synonyme, genre.

Kat : Non. Si tu te fonds dans la foule, quelqu'un peut quand même remarquer que tu es cool; si tu passes inaperçue, personne ne remarque rien.

Moi: Hum… Je vois la nuance. Peut-être qu'on devrait demander à Tommy de nous aider?

Kat: OK, si tu y tiens. On apporterait des choix de look chez lui?

Moi: Oui, je l'appelle et on se rejoint là dans une vingtaine de minutes!

13 h 35

J'arrive chez Tommy avec un sac rempli de vêtements.

Avant de partir, ma mère m'a demandé où j'allais comme ça avec mes vêtements et je lui ai simplement dit que j'avais un urgent besoin de l'avis de mes amis. Je crois que, pendant un instant, elle a cru que je voulais faire une fugue, je l'ai senti au ton inquiet de sa voix. Elle a semblé rassurée par ma réponse puisqu'elle a simplement haussé les épaules et j'ai pu sortir en traînant mon gros sac sur mon épaule.

13 h 40

Je descends au sous-sol. Tommy joue de la guitare. Je reconnais la mélodie de la chanson *J'erre*, de Dumas. Et je ressens une émotion jusqu'au fond de mon âme en entendant la musique. Avant, je n'étais pas du genre à m'extasier devant ses dons de guitariste, mais cet été, il a appris des nouvelles chansons et s'est beaucoup amélioré. On dirait qu'il est capable de faire bouger tous ses doigts en même temps sur son instrument, ce qui fait qu'on entend plein de notes en même temps. C'est vraiment beau.

Cet été, mes amis et moi étions tous les trois aux quatre coins du monde. (Bon, techniquement, cette affirmation est fausse mathématiquement *et* géographiquement, mais je ne me suis jamais vantée d'être une bollée en maths ou en géo!!!) Kat était dans un camp d'équitation, j'étais chez ma grand-mère pendant que ma mère et son chum étaient en France et que Tommy était dans sa ville natale pour visiter sa mère. Bref, tout ça pour dire que nous étions loin les uns des autres (il est préférable que je m'abstienne de toute information géographique et mathématique) et que je me suis ennuyée d'eux. Et même si je suis déçue que mon école ait fermé, je suis contente d'aller à la même école que Tommy.

13 h 41

Tommy arrête de jouer.

Moi : Wow ! Continue. C'était beau.

Tommy : Merci. Elle est cool à jouer, cette chanson-là.

13 h 42

Kat entre avec deux sacs de vêtements.

Moi : Kat, t'avais pas deux looks à lui montrer ?

Kat : Oui, mais tu m'as mise dans le doute…

Moi : Comment ça ? J'ai rien dit !

Kat : Ben, justement !

Tommy : Qu'est-ce que vous voulez au juste ?

Moi : Que tu nous aides à choisir notre look d'école ! Toi, tu vas à cette école depuis l'an passé, alors tu peux nous aider ! Tu es comme notre espion.

Tommy : Oh, les filles ! Habillez-vous comme vous voulez !

Kat : Hé, ta gueule ! Tu vas avoir un défilé de mode gratuit ! T'es pas mal chanceux d'avoir deux top-modèles comme nous juste pour toi, alors fais ta job d'espion !

Tommy : Vu de même…

Tommy se lève, met de la musique, et on va dans la salle de bain se changer.

14 h 32

Le problème avec Tommy, c'est qu'il n'a aucun goût en matière de mode. Il a choisi le look le plus hideux de Kat. Et, pour ma part, il a choisi quelque chose qui me donnait l'air d'avoir fait un safari en Afrique.

Tommy : Ben pourquoi vous avez acheté des vêtements si vous ne les aimez pas, d'abord ?

Kat : On les aime ! C'est juste que, parfois, certains agencements ne fonctionnent pas. On faisait un test !

Moi : Ouain !

Tommy : Franchement, les filles ! Je trouve que tout ce que vous m'avez montré est super. Vous allez passer inaperçues !

Kat : Oh nooooooon ! On veut se *fondre dans la foule*, pas passer inaperçues !

Tommy : C'est quoi la différence ?

On explique à Tommy pendant qu'il éteint la musique et qu'il empoigne sa guitare. Et, avant de recommencer à jouer, il dit :

— Arrêtez de capoter. Tout ce que vous m'avez montré fonctionne. Vous allez voir, tout le monde s'habille ben relax. Ben normal.

Kat : Comment tu t'habilles, toi ?

Tommy : J'sais pas. Je verrai demain. Du linge propre.

Kat : Propre dans le sens de chic ?

Tommy : Non, dans le sens de « pas sale ».

Kat : C'est ça, ton critère ?

Tommy : Mouais.

Kat (qui se retourne vers moi) : Au ! Tu nous as fait venir ici pour rien ! Il n'a aucun sens esthétique !

Moi : Ben… il a un sens esthétique musical. J'ai pensé que ça se transposait sur la mode. En plus, il connaît le lieu. J'ai pensé que ça nous aiderait.

Kat (en rangeant furieusement ses vêtements dans son sac) : Là, il faut que je range *tous* mes vêtements. Arrrgh !

Tommy : 'Scusez, les filles ! Mais en tout cas, vous dansez bien !

Kat lui lance un coussin et il éclate de rire en se protégeant le visage avec son bras.

14 h 55

En sortant de chez Tommy avec nos sacs, je demande à Kat :

— Pis, sais-tu ce que tu vas porter ?

Kat : J'sais pas trop… En tout cas, on se voit demain ?

Moi : Oui.

Kat : Tu ne peux pas ne pas venir et me laisser toute seule, hein ?

Moi : Ben non.

Kat : Je te connais, Aurélie Laflamme, ce serait bien ton genre !

Moi : Ben non !

22 h 16

Incapable de dormir. Plusieurs idées se bousculent dans ma tête. Je repasse en revue ma garde-robe. Je pense à Nicolas. À sa blonde. À Kat. J'ai appris tous mes locaux de cours par cœur au cas où je perdrais mon horaire et j'essaie de m'en souvenir : B-124, AS-19B, BR-2, A-104…

22 h 20

AR-39, B-111…

22 h 22

Ne pas arriver en retard.

22 h 24

Ne pas oublier de *porter* des vêtements.

22 h 26

Ma mère m'a stressée avec son histoire de taxage.

22 h 28

À l'agenda : Engager un ou deux gardes du corps et/ou m'acheter un chien de garde. Juste au cas où…

À l'agenda n° 2 : Devenir riche et célèbre *afin de* pouvoir engager un ou deux gardes du corps et/ou acheter un chien de garde. (Car je doute que ma mère soit d'accord avec un tel projet, la sachant déjà un peu nerveuse à l'idée que j'aille dans une école remplie de possibles-malfaiteurs-en-puissance. Si je lui fais part de mes inquiétudes, il y a des risques qu'elle me change d'école à la vitesse de la lumière!)

22 h 32

La lumière doit voyager vraiment vite. Je me demande à quelle vitesse exactement… Je me demande si je vais apprendre ça en sciences physiques. C'est mon premier cours demain. Je pourrai poser la question. On me trouvera sûrement très allumée de poser une question, comme ça, lors du premier jour d'école. À moins qu'on me trouve *nerd*? Je suis peut-être mieux d'aller vérifier les informations sur la vitesse de la lumière sur Google. Avoir l'air téteuse lors du premier jour d'école n'est pas le meilleur moyen de se fondre dans la foule. J'ai quand même hâte d'apprendre plein de choses en sciences physiques. Ça va être cool. Oh, mon Dieu! Je suis *déjà* téteuse.

22 h 34

Je ne sais pas ce que Kat voulait dire. Je serai là, demain, c'est sûr! (À moins qu'il y ait une bombe nucléaire prête à exploser et que je doive, disons, me cacher dans un *bunker*.) Il est vrai que je n'ai pas de *bunker*, alors ce qui pourrait m'empêcher d'aller à l'école serait que je serais trop occupée à en construire un dans l'*éventualité* d'un danger d'attaque nucléaire. (Ben quoi? La Troisième Guerre mondiale, tout le monde parle de ça, on n'est jamais trop prudent.)

Mardi 5 septembre

Moi : JE NE VEUX PAS ALLER À L'ÉCOLE !
JE SUIS MALADE ! TU NE PEUX PAS ME
FORCER !

Un rayon de soleil beaucoup trop aveuglant
traverse ma chambre. Je suis dans mon lit, sur le
ventre, je me cache les yeux en enfouissant ma
tête dans mon oreiller et ma mère me crie de
me lever depuis quinze minutes. Elle entre
soudainement dans ma chambre et tire les
couvertures. Sybil est couchée à mes côtés et
nous regarde en alternance comme si nous
étions les personnages d'une mauvaise télé-
réalité.

Ma mère : Tu te lèves et tu te calmes le
pompon. C'est toi qui voulais aller dans cette
école !

Grrrrrrrrr. Grrrrrrr. Grrrrrrrrr. (À l'infini
et plus encore !)

7 h 35

Je ne sais pas quoi porter. Je suis devant ma
garde-robe, complètement désemparée, et ma
mère me regarde les bras croisés, impatiente
que j'aille déjeuner (trop de pression).

Ma mère : Pourquoi tu ne portes pas le
t-shirt que je t'ai rapporté de Paris ?

Elle parle d'un t-shirt noir avec un minou
fabriqué avec des paillettes dorées sous lequel
est écrit « Paris » avec les mêmes paillettes
dorées. Archi-laid. Zéro mon genre. Zéro le
genre de qui que ce soit.

Quand elle me l'a donné, elle a dit : « C'est la grosse mode, là-bas. Et tu aimes les minous. » J'ai souri pour masquer mon malaise (genre : hé, hé) et j'ai rangé le t-shirt dans le fond d'un tiroir. Impossible de porter ça. Ce n'est pas parce qu'on aime un minou (dans mon cas, Sybil) qu'on aime *tous* les minous, particulièrement ceux fabriqués avec des paillettes sur un t-shirt ! Tsss.

Moi : Euh… non. Je… j'avais pensé à autre chose.

Non, je n'ai pensé à rien ! Et je ne sais pas quoi porter ! (Mais c'est sûr et certain que je ne porterai pas le t-shirt de minou à paillettes. De quoi ruiner une réputation avant même d'en avoir une !)

8 h 05

Toujours devant ma garde-robe à chercher quoi porter. Merde ! Kat va arriver dans quelques minutes et je ne sais pas encore quoi mettre. Kat n'habite pas tout près de chez moi, comme Tommy, mais elle a tenu à venir nous rejoindre pour qu'on se rende tous les trois ensemble à l'école. Elle ne voulait pas arriver toute seule de son côté (je la comprends).

8 h 06

En ce moment, j'aimerais vraiment manger une tonne de chocolat. Mais je ne mange plus de chocolat pour éliminer ma boule, cette espèce de motton qui surgit quand je ressens une émotion (en ce moment : stress causé par la rentrée scolaire). De toute façon, l'effet était de courte durée. Maintenant, j'en mange strictement par plaisir. D'ailleurs, j'ai une nouvelle technique pour en manger moins et faire durer le plaisir. Je ne mange que les pépites de chocolat des biscuits aux brisures de chocolat. Bon, ma mère ne tripe pas trop parce que ça fait plein de graines partout, mais moi, ça me permet de me contrôler dans des moments difficiles (surtout que je me fatigue après la dixième pépite).

8 h 14

Ma mère : Auréééééééliiiiiie ! Kat arrive !!!

OK. Très simple. Mes jeans avec un t-shirt rose. Non, bleu. Non, jaune. Non, vert.

Bleu.

8 h 15

Je me dirige vers la porte d'entrée en courant et, par la fenêtre, je vois la voiture du père de Kat se garer. Pendant que Kat lui dit au revoir, j'attrape deux toasts en vitesse (sur lesquelles j'ai mis du Nutella, ça ne compte pas vraiment pour du chocolat parce qu'il y a des noisettes dedans, et tout le monde sait qu'une noisette est une protéine, et que ça en prend au déjeuner) et je sors rejoindre mon amie avant qu'elle sonne à la porte.

8 h 17

On marche en direction de la maison de Tommy. J'éternue trois fois de suite.

Kat : T'as des allergies ?

Moi : Non. Mais, j'sais pas. Ça sent fort. Est-ce que c'est toi ou c'est dans l'air ?

Kat : J'ai mis du parfum. T'aimes ça ? C'est nouveau.

Moi : T'en as donc ben mis !

Kat : Ben, je voulais sentir bon. C'est trop, tu penses ?

Moi : Ben… Ma toast ne goûte même pas le Nutella tellement ça sent fort !

On arrive chez Tommy, qui sort presque aussitôt et qui verrouille la porte.

Tommy : Hé, les filles ! Cool, votre look.

Moi : C'est vrai ?

Tommy : Je ne sais pas, moi ! Hahahaha !

Kat : Oh, t'es con !

Tommy : Les filles, vous sentez donc ben le parfum ! Ouach ! Qu'est-ce que c'est ça ?

Moi (toujours en mangeant ma toast, je pointe Kat avec mon menton) : C'est elle.

Tommy : Je sais que tu ne voulais pas passer inaperçue, mais il y a d'autres moyens !

Je regarde Tommy et lui fais signe de ne pas en rajouter. Il hausse les épaules et met son bras devant son nez.

Kat (en se sentant) : Dans le *Miss Magazine*, ils disaient qu'un parfum nous va bien quand on ne le sent pas ! Je ne me sens pas du tout ! Ça doit bien m'aller !

Moi : Ils se sont peut-être trompés, parce que quand tu ne te sens pas, ça t'en fait peut-être mettre un peu trop. Ça devait être une mauvaise traduction. Ça arrive des fois dans le *Miss* ! L'autre jour, j'ai lu que Chad Michael Murray avait trois frères et une sœur, alors que tout le monde sait qu'il a quatre frères et une sœur.

Tommy : Personne ne sait ça !

Moi : Ben oui, ceux qui tripent sur *Les frères Scott* !

Tommy : Ceux qui tripent sur cet acteur-là, tu veux dire…

Moi : Non, parce que quand on aime une émission, c'est normal d'être intéressée par les articles sur cette émission et, donc, d'apprendre ce genre de choses par hasard…

Tommy : Des choses sans importance ?

Moi : Des détails *intéressants* sur les acteurs de la série. (Je me retourne vers Kat.) Kat, mes toasts goûtent le champ de fleurs à cause de ton parfum !

Tommy : Veux-tu entrer chez nous t'en enlever un peu ?

Kat : Mais comment je vais faire pour sentir bon, maintenant ?

Tommy : T'as jamais entendu parler de ça, le savon ?

Kat : Naaaaaaa ! T'es twit !

8 h 20

Kat sort et demande :

– C'est mieux ?

Moi : Oui.

Tommy (en verrouillant de nouveau la porte) : Cool.

Moi : Hé, avez-vous une gomme ? Je ne pourrai pas me brosser les dents et je ne veux pas avoir une haleine de cheval le premier jour d'école !

Tommy me tend une gomme.

Kat : Hé ! Parle pas contre les chevaux !

Moi : C'est une expression, Kat.

Kat, Tommy et moi sommes arrivés à l'école depuis quelques minutes et nous marchons dans le corridor principal, là où sont alignés tous les casiers. Plein d'élèves circulent, discutent ou rangent leurs livres. Je regarde l'horaire sur lequel est écrit mon numéro de casier et je cherche le casier correspondant. Je suis soudainement surprise de constater que trois couples sont en train de <small>frencher</small> devant leur casier... à bouche-que-veux-tu!

Moi : Aaaaaaarrrrrrk! Dégueu! Le matin?! Ark, l'haleine!!!!!

Kat : Moi, je trouve ça cool!

Moi : D'avoir mauvaise haleine quand tu frenches?

Kat : Non. Qu'on puisse embrasser notre chum, franchement!!!!!!!!!!!!!! Ça fait changement des règles de monsieur Beaulieu.

Notre ancien directeur, monsieur Denis Beaulieu, était assez sympathique, mais très sévère. J'étais souvent en retenue à cause de lui. Mais aujourd'hui, je prendrais n'importe quelle de ses retenues contre le fait de devoir changer d'école...

Moi : Qui t'aurais voulu frencher à notre école? On était juste des filles!

Kat : Toi. Avec ton haleine de cheval, tu sais comment j'aime les chevaux!

Elle fait semblant de s'approcher de moi romantiquement.

Moi (en la repoussant) : Oh, Kat!!!!!!

Kat : Hahahaha! C'est une blague!

8 h 45

J'ai trouvé mon casier. Il est dans une salle de casiers, dans une autre rangée que ceux de Kat et Tommy. Je le regarde. Ce sera mon endroit à moi pour toute l'année. Et, dans quelques semaines, il sera tout en bordel. Non. Cette année, je vais essayer de le tenir propre. Pas comme il y a deux ans, en deuxième secondaire, quand j'avais oublié une pomme et que ç'avait senti bizarre toute l'année jusqu'à ce que je retrouve la pomme quelques jours avant les vacances. D'ailleurs, j'avais eu souvent des retenues à cause du « mauvais maintien de la propreté » dans mon casier.

8 h 50

Tommy et moi sommes assis sur un banc, dans la salle des casiers. Il me pointe des gens et me chuchote à l'oreille qui ils sont.

Il me pointe un gars, taille moyenne, blondinet, cheveux courts, frisés. Une réplique moderne du petit prince.

– Lui, c'est Charles-Antoine Labrosse. Je ne le connais pas, mais on m'a appris qu'il était hyper rejet en première secondaire à cause de son nom de famille.

Moi : À cause de son nom de famille ?

Tommy : Oui, Labrosse. Regarde ses cheveux.

Charles-Antoine est un gars assez frisé. J'imagine les blagues qu'il a dû subir.

Moi : Hon... Pauvre lui.

Tommy : Oh, il ne fait pas pitié. Il s'en est bien sorti. C'est un gars super impliqué dans l'école, maintenant. Il est de tous les comités ! Tout le monde l'appelle CA.

Moi : Ah, fiou !

Tommy : Lui, c'est Iohann Martel.

Je remarque un grand brun bouclé aux yeux bruns, athlétique, qui parle avec d'autres amis et qui sort des livres d'un casier.

Tommy (qui continue) : C'est un sportif. Assez populaire auprès des filles. L'an passé, il a fait gagner son équipe de soccer.

Pendant que je le regarde, il m'aperçoit à son tour et je détourne les yeux, un peu gênée d'avoir été surprise à l'observer.

Tommy : Oh, regarde la fille, là-bas, c'est Coralie Parent-Nadeau.

Moi : Hé, c'est pas la fille dont tu m'as déjà parlé ? T'avais un kick sur elle !

Tommy : Je t'ai jamais dit ça !

Moi : Ouiiiiiiiiiii !

Tommy : Chuuut ! (Il chuchote.) Je la trouvais juste *cute*.

Je jette un coup d'œil à la fille. Une blonde assez foncée, aux yeux bleus.

Tommy : Regarde là-bas.

J'aperçois un gars moyennement grand, un peu grassouillet, avec une mine sympathique.

Tommy (qui continue) : C'est Samuel Tremblay. Tout le monde l'appelle Gizmo. Sois toujours fine avec lui, il est le seul qu'on connaît à avoir une Wii.

Moi : Oh ! Chanceux !

La Wii, une console de Nintendo, est hyper difficile à trouver dans les magasins. Ceux qui en ont une sont presque mythiques. Je n'ai jamais pu jouer, car ma mère ne veut pas m'en acheter une et il y a une super longue liste d'attente pour la louer au club vidéo.

Moi (qui continue) : As-tu joué ?

Tommy : Non. L'an passé, il m'avait invité à un party chez lui, mais j'étais allé à Musique-Plus avec toi à la place.

Il me lance un regard furtif.

MusiquePlus. Cette fameuse journée. Tommy avait cru que je lui mentais quand je lui disais que j'avais un chum et, alors qu'on regardait par les fenêtres de MusiquePlus pour voir ce qui se passait, il m'avait embrassée. Le problème n° 1, c'est qu'un caméraman filmait dans notre direction. Il ne nous filmait pas nous, mais l'animatrice, et nous étions en arrière-plan. J'avais repoussé Tommy. Mais le problème n° 2 est que le caméraman avait fait un mouvement de caméra qui ne montrait pas la partie où je repoussais Tommy. Bref, Nicolas a vu la scène à MusiquePlus avant que j'aie pu lui expliquer quoi que ce soit. Et il m'a laissée.

Kat arrive près de nous et demande :

– Hé, moi, je veux aller demander à me faire changer de casier pour être à côté de toi, Aurélie ! Qu'est-ce que vous faites ?

Moi : Regarde la fille, là-bas, c'est Coralie, sur qui Tommy tripait l'an passé !

Kat : Où ??????!!!!!!!!

Tommy : Les filles ! Je ne me tiens plus avec vous si vous continuez à être twits de même ! Je vais continuer à me tenir juste avec JF, entre gars.

Jean-Félix Ouimet, le meilleur ami de Tommy, qu'on a déjà croisé dans quelques partys, arrive près de nous.

JF (en faisant une poignée de main élaborée) : Tommy Boy…

Tommy (en faisant la poignée de main élaborée) : Jiffy Pop…

Tommy a emménagé dans notre quartier (juste à côté de chez moi), chez son père, après Noël, l'an passé. Il voulait mieux connaître son père, mais aussi son petit frère Noah et sa petite sœur Charlotte (en fait, demi-frère et demi-sœur, mais Tommy n'utilise jamais ces termes, qu'il qualifie de détails techniques). Comme ses parents se sont séparés quand il avait six ans et qu'il a toujours vécu avec sa mère, qui habite à cinq heures de route d'ici, il n'a vu son père que très peu souvent. Celui-ci a refait sa vie, sa mère, non. Et Tommy avait envie de goûter à des moments avec la famille de son père, qui est aussi sa famille. C'est pour cette raison qu'il est venu vivre ici et qu'il a changé d'école en milieu d'année scolaire. Ça lui a pris du temps à convaincre sa mère, qui ne voulait pas se séparer de lui. Il fallait qu'il soit motivé, je trouve, pour laisser derrière lui son école, ses amis, sa mère… Arrivé ici, il s'est rapidement lié d'amitié avec Jean-Félix qui, semble-t-il, partage ses goûts musicaux, même s'il ne joue d'aucun instrument.

Tommy : JF, tu connais Aurélie et Kat.

JF : Salut, les filles ! Désolé, pour votre école.

Pendant l'été, il semble que Jean-Félix ait subi une transformation extrême. Il est passé de petit gars rondouillet à grand gars hyper mince. Il a dû grandir d'au moins dix pouces et perdre au moins vingt livres ! (Approximativement…) Mais avant d'arriver, Tommy nous a demandé, à Kat et à moi, de ne faire aucun commentaire à ce sujet parce que ça l'intimide.

En le voyant, j'ai donc réprimé (difficilement) toute expression de surprise.

Kat : On est super contentes ! Hein, Au ?

Moi (sans conviction) : Oh oui… Ça va régler le problème de la crise du logement au Québec parce qu'ils vont construire des condos dans notre ancienne école. Super.

Kat me fait des gros yeux et je constate, si je me fie à mes dons de télépathe qui semblent être actifs aujourd'hui, qu'elle m'envoie le message de ne pas me montrer sarcastique devant son futur mari. Hum…

JF : Je vous laisse, mon cours est à l'autre bout de l'école. On se voit ce midi ?

Tommy : Cool.

9 h 05

Tommy me pointe du doigt un professeur qui arrête deux étudiants en train de s'embrasser et qui leur tend un billet.

Tommy : Ils appellent ça des « manifestations amoureuses ». C'est interdit.

Moi : Ah ! Je pensais que c'était normal et que tout le monde s'embrassait tout le temps comme ça.

9 h 07

Le prof s'approche de nous et nous dit :
– Hé, hé ! Salut, salut !

Tommy lui sourit.

Moi : C'est qui ?

Tommy : Mathieu, un prof de troisième secondaire que j'avais l'an passé.

Personnellement, je crois que ce prof a été trop influencé par les *Teletubbies* et qu'il pense qu'on a besoin de tout entendre deux fois pour comprendre.

9 h 08

Je ris intérieurement de ma réflexion tout à fait hilarante sur les *Teletubbies* en marchant dans le corridor pour me rendre à mon local de cours. Sciences physiques, local AS-19B. Tommy et Kat sont un peu en avant de moi et s'obstinent sur un sujet qui m'échappe quand tout à coup, je le vois. Nicolas. Mon premier chum. Le premier gars que j'ai embrassé. Le gars que j'aimais p.q.t.m. Il est avec son meilleur ami, Raphaël (un des gars les plus énervants que je connaisse). Il n'y a aucune fille avec eux. Il ne tient la main de personne. Il n'est pas en train de frencher quelqu'un non plus, comme les autres couples aperçus plus tôt. J'ai l'impression que tout autour de lui devient flou et au ralenti et qu'il n'y a que nous deux.

Il s'arrête un instant devant moi et me dit:
– Salut.

Ma gorge s'assèche. Il est vraiment étrange de constater à quel point la bouche a besoin de salive pour émettre des sons, car ma bouche n'en contenant plus, je suis incapable de dire quoi que ce soit.

Je réponds tout de même:
– Rahhhh… Saleu, rhu, rhei, rhei.

Il sourit et poursuit son chemin. Je baisse les yeux, un peu sous le choc.

Bon, ne paniquons pas. Évidemment, ce n'est pas le «salut» idéal. Dans mes rêves, quand j'imaginais cette scène, c'était beaucoup mieux. Dans mes rêves éveillés, on s'entend.

Car dans ceux où j'étais endormie, je perdais mes dents. Alors, à choisir entre mes rêves endormis et la réalité, je préfère encore la réalité : parler tout croche, mais garder mes dents. (Je vérifie d'ailleurs avec ma langue pour vérifier qu'elles sont bien toujours en place dans ma bouche.)

Bof. Au pire, il a peut-être pensé que j'étudie une nouvelle langue (genre l'arabe ?), ce qui me donne un petit air exotique.

9 h 10

La première cloche sonne. Il faut se rendre au local du cours qui commence dans cinq minutes.

Je cherche dans la foule Kat et Tommy qui ont disparu et je me répète : « Le chocolat n'est qu'un dessert, le chocolat n'est qu'un dessert » quand je fonce dans quelqu'un.

Tommy.

Il m'aide à ramasser mes choses en me demandant :

– À quoi tu pensais, coudonc ?

Moi : Euh… Que le chocolat n'est qu'un dessert.

Tommy : Il était temps que t'allumes !

Kat arrive et dit :

– Qu'est-ce que t'as fait encore, Tommy ?!

Moi : Il n'a rien fait, c'est moi…

Kat : On te cherchait ! Viens, on va être en retard à notre premier cours !

Moi : Je vais aller aux toilettes et je te rejoins.

Kat : OK, comme tu veux, mais dépêche !

9 h 11

Tommy m'indique où sont les toilettes pour filles et je m'y rends, pendant que dans le sens contraire, tout le monde se rend à son local de cours. Je me regarde dans le grand miroir des toilettes et je respire. Ah-fuuuuu. Ah-fuuuuuu. Si j'avais été dans mon ancienne école, je n'aurais pas vu Nicolas. Je me serais rendue à mon nouveau local sans problème puisque je connais l'école par cœur, et je n'aurais pas eu une montée d'émotion en voyant quelqu'un parce que personne, là-bas, ne me faisait ressentir d'émotion.

9 h 12

J'entre dans une toilette, pour m'asseoir. Question de reprendre mes esprits. Je verrouille la porte.

Après quelques secondes, je me sens un peu mieux.

Le local n'est pas très loin d'ici. Si je cours, je pourrai m'y rendre sans être en retard.

9 h 13

J'essaie de déverrouiller la porte de ma toilette.

9 h 14

J'essaie toujours de déverrouiller la porte de ma toilette. Avec vigueur.

9 h 15

La deuxième cloche sonne. J'essaie de déverrouiller la porte de ma toilette. Avec vigueur, force, colère et frustration.

9 h 20

Le loquet de la serrure est coincé et la rondelle qui dirige le loquet ne répond plus aux commandes. En fait, elle répond à mes commandes en tournant dans un sens et dans l'autre. Mais le loquet est coincé et la porte demeure verrouillée. Je suis officiellement coincée dans la toilette.

9 h 25

Trois choix s'offrent à moi: 1) pleurer, 2) trouver une solution ou 3) frapper sur la porte sans arrêt. Je commence, évidemment, par pleurer.

9 h 35

Frapper sur la porte sans arrêt s'avère inutile.

J'essaie de trouver une solution.

Première option: Monter sur la toilette, passer par-dessus le mur séparant les deux toilettes et sortir par l'autre toilette.

Hmmm. Je risque de mettre un pied dans l'autre toilette et d'arriver dans mon cours de sciences physiques avec un pied mouillé. Bref, d'avoir l'air folle.

Ou encore, carrément, de tomber par terre, de me casser le cou, de devoir manquer l'école pour une partie de l'année et de devoir recommencer l'année, l'an prochain, sans Kat ni Tommy.

Mauvaise idée.

Deuxième option: Passer sous la porte.

J'observe l'espace. Pas très grand. Si je me rentre le ventre, j'ai peut-être des chances de passer. Mais ce n'est pas assuré. J'ai des fesses assez proéminentes. Si je reste coincée là, la moitié de mon corps hors de la toilette et l'autre en dedans, les gens arriveront à la prochaine pause et leur premier contact avec moi sera de me voir, la moitié du corps sous une porte de toilette. Adieu, réputation! En plus, il y a un peu de liquide sur le plancher. Du pipi? Il faudrait que je rampe dans le pipi. Ou-ach-e!

Meilleure option: Rester ici. Quelqu'un me trouvera.

10 h
Na na coud escape, nanananananana my onword, nananananananananana girl forever, nananananananana sweet…

Je me suis résignée à ma vie de captivité en toilettes.

Je fredonne la chanson *Sweet Escape* de Gwen Stefani et je regarde les graffitis sur la porte des toilettes. Je sors de mon sac un crayon et je corrige les fautes. Quelqu'un a écrit « Monsieur Deslauriers pu ». Je corrige « pu » pour « pue ». Ça me chicotait. Quelqu'un d'autre a écrit: « Je t'aime JF! Tu est l'homme de ma vie! » J'ai barré le t de « est ». Ultra-*nerd*, mais je n'ai rien à faire et personne ne saura que c'est moi. (Je m'en suis assurée en réprimant l'envie d'écrire « Aurélie + Nicolas *4ever* » dans un cœur. Ç'aurait pu ruiner mon anonymat.)

10 h 30
La cloche sonne.

10 h 31

J'entends les gens affluer dans le corridor. Personne ne passe par les toilettes.

10 h 33

La porte de la salle de toilettes s'ouvre, alors que je chante toujours, avec moins de vigueur. J'entends la voix de Kat qui demande :

– Aurélie ?

Fiiiiiiiiiiiooooooooooooouuuuuuuuuuuuu. Enfin sauvée ! ! !

J'arrête de chanter net.

Moi : Kat ! Je suis ici !

Kat : Qu'est-ce que tu fais là ? Je savais que t'étais stressée à cause de Nicolas, mais pas au point de manquer un cours, franchement !

Moi : Je suis coincée dans la toilette ! ! !

Kat : Hein ? ! ? ! ! ! Tes fesses sont trop grosses pour le siège ?

Moi : Non ! Nounoune ! La porte ne se déverrouille pas.

Kat : Ah. Attends, je vais chercher quelqu'un.

Moi : Nooooon !

Kat : Tasse-toi sur le côté, d'abord, je vais donner un coup de pied dedans.

Je me tasse.

Kat donne un premier coup de pied. La porte reste en place.

Moi : Vite, avant que quelqu'un arrive et qu'on passe pour des bizarres !

Kat : En classe, le prof a nommé ton nom pour les présences, et tout le monde regardait autour. Disons que tu n'es pas passée inaperçue.

Moi : Oh non ! Je suis faite pour le reste de l'année.

Kat : Ben non !

Moi : Oui ! Bon, Kat. Utilise tes talents de danseuse et de cavalière de chevaux et donne un coup de pied de toutes tes forces.

Kat donne un deuxième coup de pied et crie : « Aaaaaaaahrrrr ! » La porte s'ouvre vivement pendant que je me protège le visage. (Ce serait bien le bout que je me fende le crâne !)

Je sors de la toilette et je serre Kat dans mes bras en la remerciant.

10 h 42

Kat fredonne la toune de Gwen Stefani, mais avec les vraies paroles, parce qu'elle est meilleure en anglais que moi.

Moi : Hé ! C'est la toune que je chantais pour passer le temps !

Kat : C'est *ma* toune !!!!!!! Tu me l'as mise dans la tête.

Moi : Moi aussi, c'est ma toune !!!!

Kat : Whouuuuuuu !

Tommy arrive près de nous et demande :

– Bon, qu'est-ce qui se passe encore ?

Kat et moi éclatons de rire. Comment expliquer ? On lui dit qu'il fallait être là.

20 h 23

J'ai été appelée chez le directeur pour avoir foxé un cours. Très différent de monsieur Beaulieu, Paul Deslauriers est un peu plus jeune (je dirais quarante-trois ou quarante-quatre ans), et il a éclaté de rire quand il a su ce qui s'était passé. Il s'est même excusé au nom de l'école et m'a promis de faire réparer la porte. Je suis sortie de là un peu sous le choc, car Denis Beaulieu m'aurait mise en retenue tout de suite, totalement incrédule et insensible à mon drame humain.

Tout le reste de la journée s'est relativement bien passé. J'ai eu des cours de maths, d'éducation au choix de carrière (ECC) et d'histoire, et j'ai essayé de ne pas penser à cette journée catastrophique.

20 h 25

En fait, j'ai honte!!! x 1000!!!!!!!!!!!!!!!

Mais bon, je me suis calmée grâce à deux bains, de l'encens, un environnement feng shui et trois chocolats chauds. (C'est une blague pour le chocolat chaud… Pour le feng shui aussi… Et l'encens, j'y suis allergique. Ben… pas vraiment allergique, mais je trouve que ça pue. Par contre, c'est vrai pour les deux bains. Mais ce serait plutôt un seul bain. Alors je ne suis pas *totalement* menteuse!)

20 h 36

Certains pourraient m'accuser d'avoir un sens de l'exagération démesuré. Moi, je dirais simplement que je ne suis pas douée en approximation. Nuance.

Jeudi 14 septembre

PSYCHO :

COMMENT SURVIVRE À LA RENTRÉE SCOLAIRE ?

C'est demain le jour J. J pour « Je ne sais pas comment je vais survivre à la rentrée scolaire, au secouuuuurs ! » Pas de panique ! Le *Miss Magazine* t'a préparé un petit guide de survie !

SOIS PRÊTE !

Quelques jours avant la rentrée scolaire, assure-toi d'avoir tout le matériel recommandé par l'école. Ça t'évitera un stress inutile, lors des premiers jours de classe, d'avoir en ta possession les manuels scolaires, crayons, effaces, nouvel étui à crayons, bref, tout ce dont tu as besoin ! Si tu le souhaites et que c'est possible, tu peux aller visiter ton école pour te familiariser avec les lieux. Si tu connais des gens qui fréquentent cet établissement, demande-leur de te parler de l'école, ça pourra te rassurer. Essaie aussi de déterminer à l'avance ce que tu vas porter et même le lunch que tu apporteras ! Ainsi, la veille de la rentrée, tu pourras te reposer. Le jour de la rentrée, tu n'auras pas mille et une choses à penser et tu éviteras d'arriver en retard... à condition que tu règles ton réveille-matin à la bonne heure, bien sûr !

LE JOUR DE LA RENTRÉE

Le jour de la rentrée, prends un déjeuner consistant afin d'avoir assez d'énergie pour passer une bonne journée. Pars tôt. Ainsi, s'il t'arrive un pépin en route, tu ne seras pas en retard et tu n'auras pas ce stress supplémentaire. Si tu le peux, arrange-toi pour arriver en même temps qu'une amie qui va à la même école que toi. Tu te sentiras moins seule. Une fois à l'école, tu seras sans doute bombardée de consignes et d'informations. N'hésite pas à prendre des notes. Les nouveaux lieux, les nouvelles personnes ainsi que tout ce qu'on te dira, ça peut être beaucoup à la fois. Essaie d'aller repérer à l'avance les salles où auront lieu tes cours. Il se peut qu'au début tu ne les trouves pas du premier coup et que tu sois en retard. Ne t'en fais pas. Ça arrive à tout le monde !

TROUVE TA MOTIVATION !

Tu as passé tout l'été à te prélasser et tu ne te sens pas d'attaque pour commencer une nouvelle année scolaire ? Tu ne te sens pas prête à reprendre la ronde des devoirs, des études et de l'organisation de l'agenda ? Tu préférerais davantage te retrouver à la plage avec ta *best* ou encore dans les bras du beau Mathieu ? Tu dois te trouver une motivation qui te permettra d'accomplir tes tâches. Est-ce ton futur métier ? Ton avenir ? Le fait de bien réussir à l'école ? Ou à moins grande échelle : de te faire de nouveaux amis, de pouvoir t'impliquer dans un comité, de t'inscrire à une activité parascolaire, à un cours de danse ? Bref, tu dois trouver ne serait-ce qu'une bonne raison, un côté positif à l'école, et ça te permettra de mettre ton été derrière toi et de foncer tête première dans cette nouvelle année scolaire qui s'amorce!

UN PEU DE CONFIANCE!

Peut-être es-tu stressée de retourner à l'école parce que tu y as vécu des choses difficiles l'année précédente. Peu importe ta raison d'avoir peur, sache qu'il n'en tient qu'à toi de ne pas répéter ce que tu as vécu par le passé. Présente-toi à l'école la tête haute. Confiante. Tu as perdu tes amis? Tu t'en feras d'autres! Tu as été victime d'intimidation ou de taxage? À la moindre incartade de ce genre, dénonce tes agresseurs. Tu as obtenu de mauvais résultats scolaires? Organise mieux ton temps afin de commencer l'année en lionne! Tu avais des problèmes d'attention? Rappelle-toi toutes les cinq minutes pendant ton cours de focaliser sur ce que dit ton professeur. Nouvelle année, nouvelle attitude, nouvelle vie!

IMPLIQUE-TOI!

L'école est souvent un lieu qui regorge d'activités parascolaires. Tu peux ainsi profiter du plus grand nombre d'expériences possible afin de t'enrichir personnellement et de pouvoir t'adonner à tes passions, de façon encadrée, dans tes temps libres! Tu aimes le sport? Pourquoi ne pas t'inscrire dans une équipe? Tu aimes l'art? Pourquoi ne pas prendre un cours de musique, de dessin ou d'art dramatique? Tu aimes écrire? Pourquoi ne pas t'inscrire au journal étudiant? Tu aimes t'impliquer sociale-ment? Informe-toi sur les activités qui te permettront de le faire. Il n'y a pas de comité qui répond à ta passion? Pourquoi ne pas le fonder? Tu as plein de ressources à ta disposition. L'école est une mini-société. Détermine tes besoins, tes passions, tes buts et fonce!

TE FAIRE DE NOUVEAUX AMIS

Regarde autour de toi dans tes cours. Y a-t-il des gens que tu trouves sympathiques, que tu aurais envie de connaître? Donne-toi du temps. Souris aux gens et montre-toi ouverte à les rencontrer, tu auras ainsi plus de facilité à lier connaissance que si tu restes dans ton coin. N'hésite pas à aller leur parler. Essaie d'établir un contact en leur posant des questions, en commentant le cours, etc. Si tu vois qu'il n'y a pas d'ouver-ture de la part d'une personne, dirige ton attention vers quelqu'un d'autre. Il ne sert à rien d'insister! Et, surtout, souviens-toi qu'on préfère souvent les gens qui dégagent une énergie positive!

L'ENTENTE AVEC LES PROFS

Il se peut que tu t'entendes super bien avec tes profs, comme il se peut qu'il y en ait avec qui tu t'entends moins bien. Si la situation est vraiment problématique, n'hésite pas à demander conseil aux adultes autour de toi. Tu peux toujours essayer de parler au professeur en lui exposant le problème calmement et en lui expliquant comment tu te sens par rapport à telle ou telle situation. Attention : n'essaie surtout pas de te venger en faisant un mauvais coup. C'est toi qui y perdras au change. Ton problème a plus de chances d'être réglé si tu essaies d'y trouver des solutions pacifiques !

RAISON VERSUS ÉMOTION

Il est possible que tu doives t'adapter au rythme scolaire en plus d'avoir à vivre quelque chose de personnel dans ta vie. Et, habituellement, travail et émotion ne font pas bon ménage. Ça peut aussi bien être une émotion positive (nouvel amour, succès scolaire, bonne nouvelle, etc.) qu'une émotion négative (peine d'amour, colère envers un autre élève, sentiment d'injustice, etc.). Essaie, autant que possible, de ne pas te laisser dominer par tes émotions. Sois forte toute la journée, pendant que tu es à l'école, et une fois à la maison, laisse-toi aller au flot d'émotions qui t'habite. Pendant la journée, si tu sens l'émotion monter, pense à autre chose, change-toi les idées et dis-toi qu'une fois chez toi, tu pourras la vivre. Si jamais tu t'en sens incapable parce que l'émotion est trop forte, essaie de t'isoler quelques instants pour reprendre tes esprits afin de mieux continuer le cours de ta journée.

DES PROBLÈMES À RESTER MOTIVÉE ?

Demande de l'aide ! À l'école, il y a plusieurs intervenants qui peuvent t'aider à trouver ta propre motivation et même à découvrir tes passions. N'hésite pas à te servir des ressources offertes.

DES TRUCS POUR RÉUSSIR !

• Dors. Une nuit de sommeil fait des merveilles !

• Mange bien ! Mieux tu nourriras ton cerveau, mieux il fonctionnera !

• Apporte des collations comportant des protéines (noix, fromage) et un fruit.

• N'attends pas à la dernière minute pour faire tes travaux scolaires. Si tu le fais, tu te sentiras vite débordée et tu manqueras des notions importantes.

• Établis un horaire avec des objectifs réalistes.

• Fais-toi un calendrier ou une liste de choses à faire et raye les tâches accomplies au fur et à mesure ; cela te procurera un sentiment de devoir accompli.

• Bouge ! Il est prouvé que l'activité physique augmente le rendement scolaire.

ESSOUFFLÉE ?

C'est important d'avoir des rêves et des projets, mais il se peut que tu te sentes étouffée par un horaire hyper chargé. Ne t'emballe pas trop vite afin de ne pas te décourager sous le poids des tâches à accomplir. Vas-y à ton rythme, un jour à la fois ! Évalue tes priorités selon tes obligations et tes passions.

Bonne rentrée scolaire à toutes !

Mercredi 20 septembre

Il y a toutes sortes d'éternuements : il y a le classique «atchou» ou le *cute* «atsou» ou encore l'indécis «aaaaa-aaaa-aaa-t-chou». Certains ajoutent un petit style en disant le dernier «ou» de façon très aiguë et ça donne «atchouuuuu».

Mais le pire éternuement est celui de François Blais. Il m'énerve au plus haut point quand il éternue. Il fait «Yarrr-tchahhh». Et il le fait cinq fois de suite.

Nous regardons la télé en attendant que le souper soit prêt. Nous ne regardons rien en particulier. Une chance! Car ses éternuements m'auraient sans doute fait manquer des détails importants. François Blais s'intéresse surtout aux bulletins de nouvelles, et moi aux pubs. Je trouve que la pub me renvoie une image de mon avenir très peu réjouissante.

Exemple n° 1 : Un prince veut embrasser une princesse, mais celle-ci préfère dormir parce que son matelas est confortable.

Exemple n° 2 : Un gars aime sa blonde parce qu'elle lui donne une télé.

Exemple n° 3 : Des filles dansent comme des malades parce qu'elles ont une serviette sanitaire qui ne fuit pas.

Et je me questionne particulièrement sur celle qui est diffusée en ce moment. On voit deux mariés qui sont pressés d'avoir terminé de dire leurs souhaits pour sauter dans leur voiture.

Dans mon imagination, je remplace la tête des mariés par celles de Nicolas et moi (même si leur fin heureuse est de monter dans une voiture).

Je soupire en repensant à l'article du *Miss Magazine* que j'ai lu sur la rentrée scolaire, qui ne faisait aucunement mention à «comment survivre à la rencontre avec la nouvelle blonde de son ex lors de la rentrée scolaire», ce qui m'aurait été d'une grande utilité.

Mardi 12 septembre, jour de ma rencontre avec la blonde de mon ex

Elle s'appelle Jessica. Jessica Nadeau. C'est, selon moi, la plus belle fille que j'ai vue de ma vie. Mais selon Kat, c'est la fille la plus ordinaire du monde. Tommy trouve qu'elle se situe entre ce que je pense et ce que Kat pense. Jean-Félix dit que l'apparence ne compte pas. Alors, j'ai commencé à lui chercher des défauts, mais c'est impossible. C'est comme si c'était une fille parfaite. Elle est sportive (alors que je cours comme un canard et, pour les archives, les canards ne courent pas ou très rarement), elle écrit des poèmes (comme moi, mais les siens doivent être meilleurs), et je ne lui connais pas d'autres qualités parce que, soyons réalistes, je ne la connais pas tant que ça parce que je ne l'ai vue qu'une fois (si on ne compte pas celle où je l'ai vue et où je me suis rendu compte à la dernière minute que je pouvais prendre un autre chemin pour me rendre à ma destination, question de faire plus d'exercice. Ben quoi ? Le *Miss* conseille de bouger, que c'est bon pour les neurones et tout et tout ! Et, comme je ne suis pas très sportive, j'ai suivi ce conseil, comme je suis *tous* les conseils du *Miss* !).

Bref. Ça faisait une semaine que l'école était commencée. J'avais pris un certain rythme. J'avais également découvert que, l'école étant tellement grande, il ne m'arrivait pas si souvent que ça de croiser Nicolas et que, quand ça arrivait, on se disait salut et on poursuivait notre route sans trop de malaise. (C'est pour la même raison que, soit dit en passant, mon histoire de « prisonnière des toilettes » n'a pas fait grand bruit. Le lendemain, personne n'en parlait, ce qui fait extrêmement différent par rapport à mon ancienne école où tout le monde l'aurait su en trois secondes et quart et où tout le monde en aurait parlé pendant des mois et des mois.) Bref, le mardi 12 septembre, juste avant mon dernier cours de la journée (maths), je les ai vus. Dans la salle des casiers. En train de s'embrasser. Je marchais avec Kat et je suis restée figée sur place. Avec une boule de feu dans la gorge. On m'aurait annoncé que j'avais déjà été un dragon dans une autre vie que je n'aurais même pas été surprise. J'ai ressenti une faiblesse. Tout est devenu flou pendant un moment. Et j'étais incapable de détacher mon regard d'eux. Kat me parlait, mais je n'entendais que « beooow, blaaaaah, beoooooow ». Finalement, elle a vu ce que je voyais. Et elle m'a prise par le bras et m'a dirigée vers une fontaine, située tout près de la sortie de la salle des casiers, pour que je boive de l'eau. Puis, après quelques minutes, Jessica Nadeau est arrivée à la fontaine pour boire elle aussi. Et je ne pouvais faire autrement que de la regarder intensément. Que de l'imaginer en train d'embrasser Nicolas. Imaginer qu'elle goûtait elle aussi son haleine de gomme au melon. Et qu'elle respirait sa bonne odeur d'assouplissant. J'avais des chocs électriques dans toute la poitrine quand elle m'a soudainement lancé :

– Ben quoi ?

Bon, j'admets que quelqu'un qui vous fixe comme je devais la fixer, ça doit être intimidant.

Kat : Euh… on se disait justement que t'avais un… super beau collier. Tu l'as pris dans…

Jessica : Une bijouterie ! Hahaha ! Il y en a plein ! Il y a plein de belles couleurs aussi ! Allez-y, ils étaient en promotion la fin de semaine dernière.

Et elle est gentille, en plus. On ne peut même pas dire que c'est une *bitch*. Si elle avait été *bitch*, ç'aurait été hyper rassurant. On aurait pu avoir une saine compétition. Moi la non-*bitch* versus la super-*bitch*. Mais non. Elle est belle, gentille et talentueuse (du moins, je le présume parce que si elle a toutes les qualités, elle doit forcément être talentueuse en plus, même si je n'ai jamais pu constater ses talents).

Jessica : Moi, c'est Jessica. Vous êtes nouvelles ? Vous venez de l'école qui a fermé ?

Kat : Oui. On est vraiment contentes. Moi, c'est Katryne et elle, c'est Aurélie.

Jessica : Ben, en tout cas, j'espère que vous allez aimer ça, ici !

Et elle est partie après nous avoir souri de toutes ses dents (très blanches, même si j'ai tenté d'y repérer du jaunissement). Et Kat, totalement investie de son rôle de meilleure amie, a dit :

– Pfff ! Tsss ! Pfff ! Je suis sûre qu'elle pue des pieds !

Après quoi, je lui ai lancé un regard rempli de reconnaissance.

Le pire vient ensuite.

Nicolas s'est dirigé vers la sortie de la salle des casiers et, en sortant, il m'a lancé un de ces regards. C'était comme si on ne s'était jamais connus, jamais embrassés. Comme si on n'avait jamais été proches dans le passé. Parce que dans le présent, il semblait si loin. Comme si je n'existais plus pour lui.

Puis, quand Nicolas est parti, Kat, qui a dû sentir ce que j'ai ressenti, m'a dit :

– Au, va falloir que tu décroches...

Retour à mercredi
20 septembre, 18 h 16

Les mariés de la pub sautent dans leur nouvelle voiture et je lève les yeux au ciel. Je trouve les pubs souvent très niaiseuses. Je passe la remarque à François Blais qui me dit :

– Tu veux que je t'explique quelque chose ?

François Blais est le boss de ma mère. Ils travaillent dans une compagnie qui se spécialise en marketing. J'ai commencé mes cours de choix de carrière et je ne suis pas encore décidée sur mon avenir, mais une chose est sûre : je ne suivrai pas les traces de ma mère. Je déteste qu'on me parle de marketing.

Moi (sans conviction) : Hu-hum…

François : La voiture qu'ils vendent dans cette pub coûte cher.

Moi : Ouain…

François : Donc, il faut la vendre à des gens qui ont de l'argent, donc, souvent des gens instruits.

Moi : Ah.

François : Une règle de marketing dit qu'il est difficile de vendre quelque chose à quelqu'un d'instruit et le public est de plus en plus instruit. Pour une voiture, par exemple, tu ne peux pas lui parler du moteur, des freins, de la tenue de route ou encore des pneus, car l'acheteur posera toujours plus de questions là-dessus et trouvera la faille. Il faut donc s'adresser à son cœur d'enfant en évoquant le plaisir qu'il aura à conduire. On n'y parle pas des bienfaits du produit, parce qu'on s'adresse au cœur d'enfant des clients. C'est pour ça que tu trouves plusieurs pubs niaiseuses.

Moi : Parce que je ne suis pas assez instruite pour les trouver cool ? Illogique.

François : Hahahahaha ! Aurélie, tu es formidable !

Ma mère (de la cuisine) : C'est prêt !!!

18 h 24

Les parents de François Blais ont un chalet à la campagne où ils cultivent un jardin. La mère de François Blais nous a donné un gros paquet de carottes de son jardin et, depuis, on ne mange que des mets contenant des carottes : potage de carottes, muffin aux carottes, pâté de carottes, sauce-à-spaghetti-avec-carottes-plus-que-ne-doit-en-contenir-une-sauce-à-spaghetti et même du pâté chinois avec des carottes !

Moi (en regardant mon assiette sans appétit) : Maman, je suis en train de devenir orange tellement je mange des carottes !

Ma mère : C'est bon pour toi, des bonnes carottes ! Ça contient du bêta-carotène et c'est plein d'antioxydants.

Je regarde François Blais qui me fait un clin d'œil. Ma mère travaille en marketing, elle est spécialisée dans la vente de produits et je la trouve très peu convaincante. (Ou elle ne me croit pas assez instruite pour s'adresser à mon cœur d'enfant. Mais quel plaisir pourrait-elle trouver à manger des carottes ?) Je me demande si elle conserve son emploi seulement parce qu'elle est avec son patron. Mais qu'arrivera-t-il s'ils cassent ? Ma mère sera remerciée. Et on n'aura rien à manger.

Tout compte fait, des carottes, c'est mieux que rien.

18 h 43

Ma mère : En fin de semaine, les parents de François nous invitent à leur chalet.

Moi : Ah, cool !

Je me penche vers Sybil pour essayer de lui glisser un bout de carotte en douce, qu'elle refuse.

Moi : Sybil, on va avoir la maison à nous toutes seules ! (Dans ma tête : Partyyyyyyyyy ! Je me retourne vers ma mère :) Je peux inviter Kat ?

Ma mère : Non, tu viens avec nous ! Tu vas voir, c'est le fun, il y a un lac.

Moi : T'es déjà allée ?

Ma mère : Non, mais…

François : J'aimerais bien que vous rencontriez mes parents. Mon frère et ma sœur seront là avec leurs enfants aussi.

Moi (en prenant une bouchée) : Hmmmmm ! J'adoooooooore les carottes ! C'est vraiment bon, ta recette, maman ! C'est quoi ? Du pain de viande aux carottes ? Wow !

Ma mère : En fait, c'est un pain de viande oriental. Avec des carottes. Et le petit goût, c'est du cumin. J'ai pris la recette sur Internet. T'aimes ça ?

Moi : Trop top !

N'importe quoi pour changer de sujet.

Jeudi 21 septembre

Raisons que je pourrais invoquer pour ne pas aller au chalet :

• Obsession télévisuelle
Je pourrais commencer à regarder *24* en leur disant que c'est eux qui m'ont donné la piqûre. Ils comprendraient forcément mon obsession.

• Agoraphobie
Je pourrais faire une crise d'agoraphobie à l'épicerie, mettre ça sur le dos de l'épuisement et rester au lit avec un thermomètre en disant que je ne peux me permettre de rencontrer des gens dans cet état ! Si jamais ma mère me demande le rapport entre l'agoraphobie et le thermomètre, je n'ai qu'à lui répondre que, puisqu'elle n'a jamais fait de crise d'agoraphobie, elle ne peut savoir quels en sont les symptômes, et que j'aimerais avoir l'avis d'un professionnel au lieu de son diagnostic non pertinent.

• Verrues plantaires
Je peux dire que j'ai une verrue plantaire et que, par respect pour les autres, je ne peux pas risquer de propager des verrues au chalet.

• Risque d'incendie
Je peux semer la panique en prétendant avoir entendu des rumeurs à l'effet qu'un

pyromane parcourt le quartier et me montrer héroïque en proposant de rater la fin de semaine au chalet afin de protéger la maison.

• Germophobie

Je prétends que je suis nouvellement germophobe et que je ne peux aller dans un chalet sans m'assurer au préalable qu'ils ont stérilisé l'endroit. (Pour prouver mes dires, je n'ai qu'à ne toucher à rien avec mes mains et à mettre des gants.)

• Risque de mort n° 1

L'automne, c'est le temps de la chasse et je n'ai pas de veste orange. Donc, si jamais je me promène dans le bois, je risque d'être confondue avec un chevreuil.

• Arachnophobie

Il y a toujours des araignées dans un chalet et je déteste les araignées. Si j'en vois une, je crierai au meurtre et je perturberai la quiétude des visiteurs du chalet venus pour s'y reposer en toute tranquillité.

• Écologie

Aller dans un chalet est très peu écologique et contribue à la destruction de la planète. 1) Je vais apporter des vêtements, mais je ne les porterai pas tous. Malgré tout, ils vont tous sentir l'humidité. Je devrai les laver alors qu'ils étaient déjà propres. Quel gaspillage inutile d'eau ! 2) Dans les chalets, il y a une fosse septique pour les toilettes et c'est TRÈS mauvais pour l'environnement. Pour faire notre part pour contrer la propagation d'algues bleues dans les lacs, il faut éviter d'utiliser des fosses septiques et/ou carrément un chalet !

• Pauvreté nº 1

On peut perdre beaucoup d'argent en allant dans un chalet. Tu achètes de la bouffe, telle que chips ou nachos, et tout à coup, elle disparaît, bouffée par des souris ou des rats !

• Stérilité

À cause de la pollution, les lacs sont maintenant remplis de bactéries dangereuses et certaines de ces bactéries peuvent rendre les femmes stériles. Si ma mère veut un jour devenir grand-mère, elle doit absolument m'empêcher d'aller dans des chalets situés au bord d'un lac !

• Perdre la vue

Au chalet, les murs sont souvent en stuc. Si je trébuche, que je tombe, et que je me cogne la tête contre le mur de stuc, je cours plus de risques de devenir aveugle ! (***À vérifier dans un manuel médical.)

• Risque de mort nº 2

Les maringouins sont maintenant porteurs de virus mortels tels que le virus du Nil et le sida. Il vaut mieux se tenir loin des endroits où ils se retrouvent en grande concentration.

• Pauvreté nº 2

Au chalet, on mange beaucoup de hamburgers sur le barbecue. Or, ces viandes peuvent être la cause de maladies très graves telles que l'encéphalopathie spongiforme bovine, appelée aussi maladie de la vache folle. Si on en meurt, on ne le sait pas et seulement une autopsie peut le déterminer. Or, une autopsie n'est pas couverte par l'assurance maladie et s'en payer une, question de faire avancer la science, peut coûter très cher et, pour une famille mono-parentale de classe moyenne comme la nôtre, ça peut être très difficile pour le budget.

• Risque de mort n° 3

On ne sait jamais quand un tueur en série peut apparaître. C'est long, courir dans les bois, avec un tueur qui te poursuit sans relâche… et ça arrive toujours dans les films d'horreur! Ils n'ont qu'à regarder des classiques, *Halloween*, *Scream*, etc.

• Vol de voiture

Des nouveaux mariés pourraient apercevoir la belle voiture de François Blais et la lui voler. (Mais bon, ça, ça pourrait arriver n'importe où.)

Vendredi 22 septembre

Dans l'auto, avec François Blais.

Ma mère avait une réunion importante avec un client et on s'est tous levés en retard à cause d'une panne d'électricité qui a déréglé nos réveille-matin. J'étais suuuuuper stressée d'arriver en retard et François Blais m'a proposé de venir me reconduire, en me disant qu'il n'avait rien de pressant à faire au bureau ce matin.

J'écoute la musique de My Chemical Romance grâce à mon iPod pendant qu'il écoute une émission matinale de jasette à la radio.

Il me tape sur l'épaule.

– Aurélie!

Je me retourne vers lui et il fait:

– Mamamamamamamamamamamamaaa!

Moi (en enlevant l'écouteur de mon oreille gauche): Quoi?

François: Je te parle!

Moi: Je ne le savais pas!

François: Ce n'est pas très poli d'écouter son iPod quand on est en compagnie de quelqu'un.

On arrive à l'école et je sors de la voiture en lui rappelant un léger détail qu'il semble avoir oublié:

– T'es pas mon père.

15 h 25

Le vendredi, Kat et moi, on termine notre journée avec le cours de sciences physiques. Tommy, lui, finit sa journée en éduc. Chanceux! Il a toujours moins de devoirs la fin de semaine. En tout cas, au moins Kat et moi sommes dans le même groupe.

Le prof de sciences physiques, monsieur Jean Gagnon, a l'air assez vieux. Peut-être la fin cinquantaine. Il a un long nez qui ressemble à un bec de canard et il a d'ailleurs une voix nasillarde. Il a le dessus de la tête chauve et une couronne de cheveux blancs et des yeux bleus très pâles. Il a l'air plus vieux que monsieur Marcel Létourneau, mon prof d'histoire, qui lui aussi semble être dans la cinquantaine. Lui, il est toujours bien habillé, avec un beau pantalon et un cardigan. Il a une moustache. Et il sent le bon parfum. Des filles de secondaire cinq ont dit à d'autres filles qu'elles ont fait une recherche et qu'elles avaient trouvé la marque de son parfum. Ah. Paul Rivest, mon prof d'éducation au choix de carrière (qui est aussi professeur de français en première secondaire) est un grand monsieur dans la jeune quarantaine et assez sympathique. Anita Fernandez, la prof d'anglais, une femme dans la quarantaine avancée qui a un accent espagnol, est très gentille aussi. Elle nous fait regarder *Les frères Scott* en anglais! Ça s'appelle *One Tree Hill* (aucune idée de ce que ça signifie!). Chad a une voix bizarre. C'est sa vraie voix, je sais, mais je suis plus habituée à sa voix française alors ça me fait bizarre. Tous mes autres profs sont vraiment jeunes. Maude Bouchard, la prof de maths, est trop cool! Elle me fait presque aimer les maths. Elle est assez jolie, rigolote, et elle parle vite et fait toujours des blagues. (Il paraît qu'elle sort avec Louis-Philippe Côté, le prof de maths de deuxième secondaire.) C'est ma prof préférée! Et pour que je dise qu'une prof de maths est ma prof préférée, il faut vraiment qu'elle soit cool. Sonia Carignan, la prof de français, est une femme à la diction parfaite qui parle très doucement et qui regarde tout le monde avec beaucoup d'intensité. Depuis le début de l'année, elle nous parle de littérature et d'auteurs classiques. Denis Pelletier, le prof d'éduc, est assez jeune lui aussi et plusieurs rumeurs circulent à l'effet qu'une fille de cinquième secondaire de l'an passé serait tombée amoureuse de lui. Honnêtement, je ne sais pas ce qu'elle lui trouvait! On dirait un clown! En plus, il est petit et parle un peu comme un orang-outang. (Je n'ai jamais entendu un orang-outang parler, mais j'imagine que, s'ils parlaient, leur voix sonnerait comme celle de Denis.) Et la plus cool, c'est Diane Séguin, en art dramatique! C'est l'option que Kat et moi avions choisie ensemble pour avoir plus de chances de nous retrouver dans le même groupe. Dès le premier cours, elle nous a parlé d'un film de Charlie Chaplin, *Les lumières de la ville*, nous a raconté le *punch* et s'est mise à pleurer! Après quoi, elle a tourné sur elle-même sur son bureau et elle a commencé le cours. (Kat et moi on s'est regardées et j'ai mimé avec mes lèvres: «Intense.») Elle nous a dit qu'elle était une ancienne comédienne qui avait décidé de transmettre sa passion pour l'art dramatique. Et il paraît que les comédiennes ont de la difficulté à gérer leurs émotions. En tout cas, c'est une fille du groupe qui a évoqué cette théorie après le cours.

15 h 45

J'ai une pensée pour mon ancienne école et mes anciens profs. Celle qui me manquera le plus est sœur Rose, ma prof de bio, qui était toujours aussi tentée de nous parler de la qualité de ses rideaux que de la matière qu'elle avait à enseigner. J'ai appris à travers les branches qu'elle avait pris sa retraite. Quant aux autres profs, ils ont trouvé du travail dans d'autres écoles privées, à ce qu'il paraît.

16 h

Monsieur Gagnon : Un changement physique est une transformation au cours de laquelle la matière conserve sa nature, tandis qu'un changement chimique modifie les propriétés de la substance. Certains changements physiques ou chimiques peuvent avoir un impact sur l'environnement, la santé et l'économie. En fin de semaine, votre devoir sera de me trouver des exemples de transformations physiques qui causent des impacts sur l'environnement, la santé, l'économie et la société.

16 h 20

La cloche sonne ! Wouhou ! ! ! Tout le monde se lève en même temps sans laisser le prof finir de parler. Ce qui me fait sentir un peu mal pour lui, mais je ne veux pas rester là toute seule à l'écouter, ça détruirait ma réputation.

16 h 31

Je prends mes livres dans mon casier et Kat vient me rejoindre.

Kat : Est-ce que ça te tente qu'on fasse le devoir de sciences physiques ensemble en fin de semaine ?

Moi (en grimaçant) : Ouarrh… Je vais au chalet des parents de François Blais.

Kat : T'es toujours frue que ta mère sorte avec François Blais ?

Moi: Non… Elle est heureuse, c'est ce qui compte. Et elle est moins sur mon dos. Mais il m'énerve, c'est plus fort que moi. Il éternue comme ça: «Yarrrrhhhhcha!» Ça me tape. Hé! J'ai une idée! Est-ce que je peux déménager chez vous? Je vais m'occuper de Julyanne! Ou tu pourrais me cacher, genre, dans le sous-sol, et me nourrir avec des restes de table?

Kat: Hahahaha! Hé! Viens coucher chez nous en fin de semaine! Ce sera la dernière fin de semaine qu'on pourra passer ensemble parce que je commence mes cours d'équitation la semaine prochaine.

Kat, qui a passé l'été dans un camp d'équitation, a tellement aimé son expérience qu'elle a supplié ses parents pour pouvoir poursuivre ses cours. Cet été, elle faisait ce qu'on appelle de la selle western, car elle trouvait que la selle anglaise, c'était un peu snob. Mais au cours de l'été, à force de côtoyer les gens, elle a réalisé qu'elle n'avait finalement que des préjugés et que ce qu'elle voulait vraiment faire était de la selle anglaise. (Je la soupçonne de préférer le costume… Elle me jure qu'elle n'est pas si superficielle. Mais elle m'a déjà confié que le chapeau de cow-boy qu'ils portent, en selle western, ne lui allait pas aussi bien qu'une bombe, le casque qu'ils portent en selle anglaise. Hum…) Ses parents ont hésité longtemps, étant donné les coûts élevés des cours d'équitation. Mais ils ont finalement accepté. Et elle est aux anges depuis ce temps-là! Elle n'arrête pas de me montrer son programme, de me parler de son équipement, etc., etc.

Elle s'est découvert cette passion à la suite de sa rupture avec Truch (Jean-David Truchon), son ex. Et ça l'a complètement transformée. Depuis le début de l'année, quand elle voit Truch dans les corridors, elle le salue comme s'il était un grand ami. Je lui ai déjà demandé si ça lui faisait un petit pincement (comme moi avec Nicolas) et elle a répondu que non. Puis, elle me fait des métaphores (très maladroites selon moi) sur les chevaux et la liberté (méchante liberté de devoir transporter des humains de plus de cent livres avec une selle qui vous serre le ventre, un mors qui vous arrache la bouche et des œillères qui vous empêchent de regarder le paysage!).

C'est vrai que, quand elle commencera ses cours, je pourrai passer moins de temps avec elle, car ses fins de semaine seront consacrées à ses cours et à ses devoirs.

Moi: Je ne peux pas, je te dis! J'ai essayé de trouver toutes les raisons possibles pour ne pas y aller, mais aucune n'est crédible!

Kat: Dis-lui que tu as beaucoup de devoirs à faire!

Mais oui!!! J'ai pensé à tout, sauf à ça!

À rayer de la liste des carrières potentielles: Avocate.

Je passerais des heures et des heures à trouver le bon plaidoyer sans jamais mettre le doigt sur l'argument béton pouvant me permettre de gagner le procès. Mes clients m'en voudraient beaucoup, penseraient qu'ils se seraient mieux défendus sans moi, commenceraient à se présenter au tribunal sans avocat, ce qui deviendrait une mode, bref plus personne n'engagerait d'avocat pour se défendre, tous les avocats seraient au chômage, ce qui augmenterait les impôts des contribuables, tout ça à cause de moi. Le poids de la disparition de ce métier dans l'Histoire serait trop lourd à porter.

Samedi 23 septembre

Ma mère a accepté !

Hier soir, je lui ai dit que j'aurais vraiment adoré aller au chalet, mais que j'avais beaucoup de devoirs à faire et, comme elle m'a précisément demandé d'améliorer mon rendement scolaire, je n'avais donc pas d'autre choix que de me montrer responsable (j'ai vraiment dit « responsable » pour appuyer mon propos, c'est une idée de Kat) et de rester ici pour travailler. J'ai aussi ajouté que la mère de Kat était d'accord pour que je passe la fin de semaine chez eux. Ma mère a alors dit :

– Ça ne te dérange pas trop que j'y aille ?

Et j'ai dit :

– Ben noooooooon, voyoooooooons !

C'était un peu exagéré et ç'aurait pu mettre la puce à l'oreille de ma mère sur le fait que, dans le fond, je n'avais aucune envie d'aller au chalet, rencontrer des inconnus et manger des carottes. Ç'aurait pu faire échouer mon plan. Mais elle a accepté. Et je suis ici, chez Kat.

Nous avons réellement passé la journée à faire nos devoirs. (Bon, en réalité, nous avons passé notre journée à faire nos devoirs *et* à parler de toutes sortes d'autres sujets plus intéressants.) Et nous sommes couchées depuis une heure (Kat dans son lit, moi sur un matelas par terre à côté de son lit) et nous nous racontons toutes sortes de choses en chuchotant. Je crois que les parents de Kat sont eux aussi couchés, car on n'entend plus rien dans la maison.

23 h 01
Kat (de son lit) : Aurélie, pourrais-tu venir avec moi aux toilettes ?

Moi : Meh ! Non ! Pourquoi ?

Kat : Parce que, tu vas voir, ça va être le fun !

Moi : Le fun ? De te regarder aller aux toilettes ?

Kat : Ben tu n'es pas obligée de regarder.

Moi : BEN J'ESPÈRE !!!!!!

Kat : Allez, viens !

Moi : Je n'y vais pas si tu ne me dis pas pourquoi tu veux absolument que j'aille avec toi aux toilettes ! C'est supposé être une affaire intime, ça !

Kat : OK, OK, je vais te le dire ! Au camp, cet été, il y a du monde qui disait que si on répétait dix fois le nom d'une madame dans les toilettes, elle pouvait apparaître dans le miroir… ensanglantée… Et j'ai peur… depuis ce temps-là, d'aller aux toilettes toute seule.

Moi : Le nom de n'importe quelle madame ? Genre, si je dis le nom de ma mère dix fois, elle va apparaître dans le miroir? Ouain, j'avoue que si elle me voyait réveillée à cette heure-ci, elle serait assez effrayante…

Kat : Non, franchement! Pas n'importe quel nom! Le nom d'une madame… en particulier.

Moi : Quelle madame?

Kat : La… femme du diable.

Moi : La femme du diable? On ne sait même pas si le diable existe, Kat! Et là, sa femme apparaîtrait dans les miroirs des salles de bain? Pfff!

Kat : Si tu répètes son nom dix fois.

Moi : C'est n'importe quoi!

Kat : Non, c'est vrai!

Moi : C'est quoi son nom?

Kat : Je ne veux pas te le dire! Parce que si je te le dis, tu vas avoir aussi peur que moi! Ou tu vas peut-être vouloir l'essayer et je ne veux pas! Je ne suis plus capable d'aller aux toilettes sans penser à… cette femme… et j'essaie de m'empêcher de prononcer son nom, mais j'ai tellement peur!

Moi : Franchement, c'est une histoire de camp! Juste pour faire peur! Est-ce qu'ils te l'ont racontée en se mettant leur lampe de poche sous le menton, aussi?

Kat : Ben, il y a vraiment du monde qui l'a vue!

Moi : Voyons, Kat! Si le diable existe et qu'il a une femme, pourquoi elle apparaîtrait dans les salles de bain? Méchante éternité, ça! Tu es pognée pour apparaître dans l'endroit le plus nauséabond d'une maison!

Kat : Ben franchement, c'est clair! C'est comme sa punition vu qu'elle est méchante!

Moi : HAHAHAHAHAHAHA ! En arrivant au paradis, Dieu lui a dit : « Hé, toi, tu as tellement été méchante que, pour le reste de l'éternité, tu vas être dans la merde ! »

Kat : HAHAHAHAHAHA ! T'es nouille ! Ç'aurait été cool que tu sois là cet été et que tu dises ça aux gens qui la voyaient.

Moi : Ils inventaient ça ! Franchement !

Kat : Est-ce que tu peux venir avec moi quand même ? J'ai vraiment peur…

23 h 05

On entre dans la salle de bain et Kat me lâche le bras pour se diriger vers la toilette.

Kat : Retourne-toi s'il te plaît.

Moi : Je ne vois rien, il fait noir !

Kat : Tourne-toi quand même ! C'est psychologique.

Moi : Ben, là, si je me tourne, je fais face au miroir.

Kat : T'as dit que ça ne te dérangeait pas.

Moi : OK, OK, je me tourne.

Kat : Bouche tes oreilles aussi.

Moi : Hein ? ! ? Pourquoi ?

Kat : Je ne veux pas que tu m'entendes faire pipi !

Moi : Ben là, je suis juste à côté de toi. Même si je bouche mes oreilles, je vais entendre.

Kat : Ah oui, t'as raison. Bouche tes oreilles et chante une chanson en même temps.

Moi : Oh ! Kat !

Kat : S'il te plaît ! Allez !

Moi (en me bouchant les oreilles) : *Na na na na na none girlfriend. Hé hé hum hum a nanananananouone.*

23 h 10

Kat : En passant, cette année, il faudra vraiment que tu t'améliores en anglais. J'ai failli me faire pipi dessus tellement je la trouvais drôle, ta version de *Girlfriend*, d'Avril Lavigne.

Moi : En passant, tu devrais aller aux toilettes toute seule !

Kat : Oh, sois pas insultée !

Minuit

Incapable de dormir. Je me demande quel est le nom de la femme du diable ? Jocelyne ? Monique ? Pierrette ? Lucie ? Il me semble que ce sont tous des noms doux, genre des madames qui pourraient faire des tartes. Franchement, je ne sais pas pourquoi Kat ne veut pas me dire son nom.

Kat (en chuchotant) : Au, est-ce que tu dors ?

Je sursaute au son de sa voix.

Moi : Ah ! Tu m'as fait peur !

Kat : 'Scuse. Tu dormais ?

Moi : Non, je pensais à la femme du diable.

Kat : Oh ! Arrête de penser à ça ! Faut que je te parle d'une théorie.

Moi : Sur la femme du diable ?

Kat : Non, sur toi.

Moi : Sur moi ?

Kat : Oui ! Je pense que t'es excellente en anglais. Inconsciemment.

Moi : Inconsciemment ?

Kat : Oui. Tu chantes toujours des chansons qui ont rapport avec ta vie !

Moi : Hein, comment ça ?

Kat : Ben là, premier jour d'école, t'es pas trop à l'aise à l'école et tu chantes une toune de

Gwen Stefani qui dit qu'elle va s'échapper, se refaire un nouveau monde, etc.

Moi: Hasard. C'est juste une toune populaire.

Kat: L'autre jour, après avoir vu Nicolas à la fontaine, tu as chanté *Surrender*, de Billy Talent, pendant deux jours!

Moi: Ouain, pis? J'aime beaucoup ce groupe.

Kat: Une toune qui parle de quelqu'un qui a perdu espoir de retrouver la personne qu'il aime.

Moi: C'est ton interprétation.

Kat: Et là, ce soir, tu chantes *Grilfriend*, d'Avril Lavigne, une toune qui parle d'une fille qui n'aime pas la blonde d'un gars et qui trouve qu'il devrait plutôt sortir avec elle parce qu'ils ont des sentiments cachés l'un pour l'autre.

Je m'assois en Indien sur le matelas. Kat est allongée sur le côté et s'appuie sur ma main.

Moi: Hein? C'est weiiiiird.

Kat: Peut-être que ton inconscient parle anglais! Mais ton conscient ne connaît juste pas les mots de vocabulaire.

Moi: Hein?!? Ça se peut???

Kat: C'est super fort, l'inconscient!

Moi: Donc, je parle anglais, mais c'est juste que consciemment, je ne le sais pas.

Kat: Oui! Dans le fond, t'es vraiment bonne en anglais. Ton cerveau connecte avec la langue, c'est juste que tu ne connais pas encore les mots. Faut que tu les apprennes et tu vas devenir top bilingue!

Moi: Hein?!? Trop cool!!!!!!

Kat: Tu vas pouvoir regarder toutes les séries et les films avec la vraie voix des acteurs!

Moi : Bof… Si je me fie à mon expérience dans le cours d'anglais, j'aime mieux leur voix française.

Kat : Franchement ! Ce n'est pas leur vraie voix !

Je hausse les épaules.

Kat : Ben tu vas pouvoir connaître à l'avance les *punchs* des séries télé qu'on aime parce que, dans leur langue originale, elles sont toujours diffusées avant les traductions ! Et on pourra en parler, enfiiiiiiiiin ! ! ! ! !

Moi : Wouhou ! ! ! ! ! ! !

Kat : Wouhou ! ! ! ! ! ! ! ! !

Mardi 26 septembre

C'est décidé ! J'en ai parlé à Tommy, à JF, à Kat et même à quelqu'un que je ne connais pas en attendant l'autobus. Et tout le monde était d'accord pour dire que, si ça pouvait me faire du bien, je devrais dire à Nicolas ce que je ressens encore pour lui (sauf la personne qui attendait l'autobus qui avait juste l'air de me trouver bizarre de lui parler de ça et qui n'a simplement rien répondu et qui a replongé le nez dans son livre à la minute où j'ai terminé mon récit : vraiment impoli !).

Il faut juste que je trouve le bon moment.

Mercredi 27 septembre

Aujourd'hui n'est certainement pas le bon moment.

Raison : je sens que mon instinct amoureux est à son plus bas.

J'ai demandé à Kat si elle tripait sur Jean-Félix. Et elle a éclaté de rire en ajoutant :

– Tellement pas ! ! !

À rayer de la liste des carrières potentielles : Propriétaire d'une agence de rencontres.

Cette carrière me conduirait carrément tout droit à la faillite. Je connaîtrais certes des années fructueuses à mes débuts, avec l'ouverture de ma compagnie. On ferait appel à moi pour rencontrer l'âme sœur. Mais rapidement, on remarquerait mon manque d'instinct amoureux. Je ferais se rencontrer des gens qui n'ont aucun intérêt l'un pour l'autre et qui n'ont aucune compatibilité. Certains, se fiant trop à mon jugement, pourraient aller jusqu'à se marier et me reprocheraient cette erreur. Ils se plaindraient à une émission telle que *J.E.* ou *La facture*, m'accusant d'avoir chargé trop cher pour une rencontre sentimentale infructueuse, ce qui mènerait ma compagnie dans la déchéance la plus totale. Je serais tellement détestée par mes compatriotes qu'on devrait m'interviewer avec une bande noire sur les yeux afin de garder mon anonymat pour me protéger de la violente colère de ceux qui se seraient sentis lésés par mon entreprise. Et je devrais, bien sûr, rembourser à tout le monde les sommes qu'ils m'avaient versées en toute confiance. Pas *hot*.

Jeudi 28 septembre

Tommy et Kat m'ont donné chacun dix dollars pour que je passe aux aveux avec Nicolas tellement ils ne sont plus capables de m'entendre parler de lui. Bon, évidemment, je n'ai pas pris leur argent, mais j'ai compris le message.

Je vais le faire après l'école. Je vais lui dire exactement ceci :

– Nicolas, je sais que tu as une blonde maintenant et je ne voudrais surtout pas m'immiscer dans votre amour. Mais je voulais juste te dire que je t'aime encore. Il fallait seulement que je te le dise, c'est tout.

J'ai écrit mon discours sur un papier au cas où je l'oublierais. Et surtout pour ne pas faire de gaffe ou bégayer, ce qui serait mon genre. Ça m'a pris du temps avant de trouver le mot « m'immiscer », je voulais vraiment trouver le mot juste. Mon discours est passé par plusieurs chemins. Au début je voulais dire :

– Nicolas, je sais que tu as une blonde et tout et tout et loin de moi l'idée de vous séparer, mais l'été passé, quand on s'est revus, j'ai senti qu'il y avait de l'électricité dans l'air et je sais que ce n'était pas à cause d'un orage électrique, mais bien à cause de notre amour…

Et je continuais comme ça pendant dix autres lignes. Tommy a juste éclaté de rire et m'a dit que mon message était confus. Qu'avec un gars, fallait être claire. Je lui ai demandé si ça lui ferait peur que je lui dise que je l'aime, et Tommy m'a répondu que ça lui ferait peur s'il ne me connaissait pas et que j'arrivais, bang!, comme ça, mais que Nicolas et moi avions une histoire et que cette histoire était en train de me consumer complètement. Et que la seule façon de crever l'abcès (ce à quoi j'ai répondu à Tommy que mon amour pour Nicolas n'avait rien d'un abcès, ce qui lui a fait lever les yeux au ciel), c'était de lui dire la vérité une fois pour toutes afin de pouvoir passer à autre chose.

16 h 20

La cloche sonne pendant que monsieur Létourneau nous parle de la conquête de l'Amérique avec une telle ferveur que ça me donne du pep. Je suis plus motivée que jamais. Je me sens comme Christophe Colomb qui a découvert l'Amérique. Je me sens comme Jules César, après sa victoire, quand il a dit : « *Veni, vidi, vici.* »

Moi aussi, je suis venue, j'ai vu, j'ai vaincu. (Techniquement, ce n'est pas encore fait, alors c'est un peu présomptueux de ma part d'utiliser cette phrase, mais c'est pour expliquer dans quelle, disons, énergie je me situe. Une énergie de conquérante *et* de vainqueur.)

16 h 35

Je prends mes livres en vitesse et je vais attendre Nicolas dehors. Le décor est magnifique pour ma déclaration d'amour. Il fait super beau, très chaud pour la fin septembre même si un petit vent frais nous caresse le visage, et toutes les feuilles font un tapis coloré au sol. Le vent fait tomber les feuilles qui sont encore accrochées aux arbres. Je m'imagine dire à Nicolas que je l'aime et qu'il me dise qu'il m'aime lui aussi et que Jessica était plus comme une amie, qu'elle savait très bien dès le départ qu'il en aimait une autre, mais qu'elle a quand même voulu essayer. Nicolas et moi, nous nous embrassons, des feuilles rouges et jaunes s'accrochent dans mes cheveux, Nicolas les enlève doucement. Deux semaines plus tard, Jessica, Kat et moi sommes les meilleures amies du monde, ce qui comble Nicolas de joie, lui qui n'a jamais voulu faire de peine à qui que ce soit.

La petite brise me chatouille le nez. Je respire l'air automnal, cette petite odeur de bois brûlé.

Kat, Tommy et JF arrivent près de moi et me demandent si je lui ai parlé. Je leur réponds que non, encore alanguie par le bonheur que me procure la perspective de mon avenir après ce que je m'apprête à faire.

Je noue mon chandail autour de ma taille. J'avais décidé de porter mon kangourou bleu aujourd'hui parce qu'il va bien avec mon teint (selon ma mère, en tout cas), mais il fait un peu trop chaud et j'essaie d'éviter tout ce qui pourrait me déconcentrer dans le discours que j'ai à faire à Nicolas. (Ce serait zéro séduisant d'être suintante de transpiration.)

Soudain, je vois Nicolas sortir de l'école. Il est seul.

Tommy me pousse vers lui. Et, soudainement, je ne respire plus. Je me souviens des grands conquérants. Je ne me laisse pas envahir par la timidité et je lance, peut-être un peu trop confiante (ça me surprend moi-même) :

– Nicolas, faut que je te parle.

Nicolas : OK.

Je reste bouche bée un instant. Il est là, devant moi. Il dépose son skate, qu'il tenait sous son bras, par terre. Et je n'ai qu'à lui dire ce que j'ai préparé.

Moi : Je... ben... les orages... électriques...

Kat arrive près de moi et me chuchote à l'oreille de sortir mon papier. Nicolas regarde autour pendant que je fouille dans mon sac et que je dis :

– J'avais un mot... écrit... avec... un crayon...

Pendant que j'ai la tête penchée dans mon sac, j'entends :

– Salut, Aurélie ! Hééé ! Salut, Kat !

C'est Jessica.

Je trouve enfin mon papier. Je le sors. Nicolas attend toujours. Et Jessica reste près de lui. Nicolas ne lui dit pas : « Peux-tu m'attendre deux secondes là-bas, je te rejoins. » Il ne dit rien. Il reste là. Et elle reste près de lui. Ils sont assez intimes pour que je dise à Nicolas : « Je veux te parler » et qu'il ne lui dise pas de partir. Et elle, de son côté, se sent assez à l'aise pour rester là, pensant qu'elle est la bienvenue. Nicolas lui a probablement dit : « Je suis sorti avec elle pendant quelques semaines, mais ça n'a pas été important. » Ça n'a pas été important. Pour lui. Et moi, je suis encore là, devant lui, à vouloir lui avouer mon amour qui ne s'en va pas. Pourquoi il ne s'en va pas au juste? Qu'est-ce que j'ai à être encore là, devant lui et sa blonde, à vouloir lui dire que je l'aime encore? Qu'est-ce que ça va m'apporter? Rien. Ou, au pire, l'humiliation.

Je suis vraiment twit.

Nicolas et Jessica me regardent. Je tiens mon papier dans mes mains.

Gros malaise.

Je ne peux évidemment pas faire ma déclaration d'amour devant Jessica. Je ne peux plus rien dire.

Il faut que je trouve quelque chose.

Ils me regardent, de plus en plus perplexes.

Je force une quinte de toux.

– Euh… (tousse) je (tousse tousse)…

Jessica: Es-tu correcte?

Moi: (Tousse, tousse) Je (tousse) n'ai (tousse tousse) plus de voix. (Je mets la main sur mon cou pour préciser visuellement la source du problème.) On se parle une autre (tousse tousse) fois. Désolée (tousse tousse tousse)…

16 h 55

Nicolas et Jessica m'ont dit «bye». Je marche pour sortir du terrain de l'école avec Tommy et Kat. On ne dit rien, mais je sais exactement ce qu'ils pensent. Pour éviter qu'ils me disent ce que je pense qu'ils auraient envie de me dire, je leur suggère de continuer sans moi, que je vais les rejoindre.

17 h 01

Je marche seule. Je regarde le paysage, un peu pensive. J'ai soudainement très froid. Je défais le nœud des manches du chandail à ma taille et, au moment où je m'apprête à l'enfiler, un gars passe en patin à roues alignées et me le prend vivement des mains. Il se retourne. C'est Iohann Martel. Il continue à rouler en brandissant mon chandail dans les airs et en riant.

Super. J'ai non seulement perdu tout espoir de reconquérir Nicolas, mais je suis également victime d'un taxeur. Ma vie est réellement ex.tra.or.di.naire.

P.-S. : Si j'avais mes Heelys, j'aurais pu partir à sa poursuite. Ma mère ne peut se rendre compte à quel point elle était dans le champ en refusant de m'en acheter.

P.P.-S. : Si j'avais des Heelys, je ne serais pas partie à sa poursuite parce que, d'après ma courte expérience, quand on est victime de taxeurs, la dernière chose qu'on veut faire, c'est les poursuivre. Mais bon, si j'avais eu mes Heelys, j'aurais pu arriver chez nous plus vite à cause des roues dont sont munies ces chaussures, et j'aurais eu froid moins longtemps vu que je n'ai plus de chandail. Donc, d'une manière ou d'une autre, ils auraient été pratiques.

Octobre

Déboussolée

RECORD GUINNESS DE L'ARAIGNÉE LA PLUS GROSSE ET LA PLUS LAIDE DU MOOONNDEEE!!!

vous aurez de la chance! BZZ BZZ

YOU TUBE

Pour faire le tour du mooonnde!

BISCUIT AU CHOCOLAT AUX MORCEAUX DE CHOCOLAT GÉANT

CROCS D'ACIER!!

CONGÉ!

ACTION DE GRÂCE
glouglouglouglouglou

HALLOWEEN
31 OCTOBRE
MARDI
PARTY

CHANGER D'ÉCOLE!
CHANGER D'ÉCOLE!
CHANGER D'ÉCOLE!

JUMP CABLE
HA HA HA HA HA!!!

BOULON MANQUANT

Mercredi 4 octobre

14 h 15

Monsieur Létourneau est dans une envolée lyrique sur Jacques Cartier qui, à la vigueur avec laquelle il en parle, semble être son idole. Il nous raconte son épopée en pliant les genoux et en agitant vivement les bras.

Un peu confuse, je lève ma main et je lance:
– Un peu *loser* de chercher l'Inde et de découvrir le Canada. Et il était tellement convaincu de son affaire qu'il a appelé les habitants du Canada des Indiens? Méchant moron!

Monsieur Létourneau: Injuste, mademoiselle Laflamme! Il faut distinguer les motifs qui l'ont incité à prendre la mer et les résultats qu'il a obtenus. Quelquefois, on ne trouve pas ce qu'on cherche, mais on découvre autre chose de tout aussi intéressant, sinon plus!

À rayer de la liste des carrières potentielles: Historienne.

J'aurais peut-être trop de jugement par rapport aux explorateurs et autres conquérants. On me reprocherait mon manque d'objectivité et je ferais peut-être même la manchette des journaux avec mes prises de position controversées sur l'histoire. Je finirais ma vie en prison après un scandale m'impliquant dans la vente d'une antiquité qui, à mes yeux, était sans grande valeur.

Parenthèse de vie. Autrefois, une réflexion du genre faite en classe m'aurait conduite tout droit dans le bureau de monsieur Beaulieu. Je dois avouer, et je n'aurais jamais cru dire ça un jour, que j'aimais ça. Quand je me retrouvais chez monsieur Beaulieu, ça me donnait un petit congé de cours. L'école, c'est vraiment beaucoup de travail et beaucoup d'énergie cérébrale. Je réalise aujourd'hui que mes visites chez le directeur me permettaient un peu, disons, d'évasion. Et j'en aurais eu bien besoin aujourd'hui. Il me semble que cette école n'est pas faite pour moi. Confirmé X 1000 depuis mon épisode « taxage », même si ça ne s'est produit qu'une seule fois depuis une semaine (une fois de trop, selon moi).

Kat a été consternée d'apprendre que j'ai été victime de taxage. Elle m'a proposé d'aller parler à Iohann (totale inconsciente), ce que j'ai refusé. (Je l'ai d'ailleurs sommée de n'en parler à personne.) Ça ne me surprend pas trop de Kat. Elle n'a pas vraiment le « gène » de la peur (sauf, étrangement, depuis son camp d'été, d'où elle a ramené cette peur stupide de voir apparaître la femme du diable dans le miroir de la salle de bain). Elle me trouve d'ailleurs très bébé quand je crie parce que je vois une araignée (euh???? femme du diable???!!!) et me dit toujours que je devrais régler cette phobie. (Bon, je ne veux pas combattre ma phobie, car j'ai peur de ne plus avoir peur des araignées, et, donc, de ne plus avoir la présence d'esprit de me protéger. ET C'EST QUAND MÊME MOINS PIRE QUE D'AVOIR PEUR DE LA FEMME DU DIABLE QUAND ON VA AUX TOILETTES!!!!!!)

Je lui ai dit que j'avais une solution : changer d'école. Mais elle a dit que ce n'était peut-être qu'un cas isolé et que je n'avais pas trop à m'en faire pour ça et que ça ne nous servirait à rien de repartir à zéro dans une autre école. Que ce serait peut-être même pire (pire que de se faire voler son chandail préféré ?).

P.-S.: Je savais que mon chandail bleu était parmi mes préférés, mais avant de me le faire voler, je ne savais pas qu'il était *mon préféré*.

Avantage du taxage : Perdre quelque chose nous fait réaliser sa valeur (et constater que nous sommes philosophique et spirituelle en faisant de telles découvertes).

Bref, j'espérais secrètement que, à la suite de mes plaintes répétées, Kat me suggère de changer d'école, mais ça ne semble pas lui avoir traversé l'esprit comme solution pour le moment. (Pfff! Totale égoïste!) Elle m'a simplement conseillé de ne pas trop m'en faire, mais d'en parler à quelqu'un si ça se reproduisait.

À rayer aussi de la liste des carrières potentielles : Planificatrice financière.
Pas nécessairement à cause des finances, mais surtout à cause du côté «planification», car statistiquement, rien de ce que je planifie ne

semble fonctionner. Je devrais donc redoubler d'ardeur pour satisfaire mes clients. Et je devrais travailler sans répit. J'ai besoin d'un travail me permettant plus d'oisiveté.

Vendredi 6 octobre

Journée pédagogique.

11 h 10

Je me suis enfin réveillée à une heure décente! Ahhhhh! Ça fait du bien! Je crois que mon corps s'est trop dépensé ces derniers temps: études, adaptation à une nouvelle école, création d'un look adéquat, taxage... Cette journée de repos est bien méritée!

11 h 41

Je viens de raccrocher avec Tommy. Il m'a appelée pour me dire que Kat, Jean-Félix, moi et lui avons été invités chez Gizmo pour jouer aux jeux vidéo cet après-midi. Tommy est super content d'avoir été invité. Il avait hâte de pouvoir jouer à la Wii!

11 h 45

Brrr. Brrr. Il fait froid.

Je cherche ce que je devrais porter. Il fait froid ce matin, mais ça se peut que ça se réchauffe aujourd'hui et que j'aie trop chaud si je décide de porter quelque chose qui ne va pas avec la température qu'il fera peut-être mais qu'il ne fait pas encore.

Franchement, la température devrait se décider. Certains jours, il fait cinquante mille degrés, d'autres il fait moins cinquante mille, on ne sait jamais comment s'habiller! (Le climat est complexe cet automne, on ne sait pas trop si c'est l'automne ou l'été.)

À rayer de la liste des carrières potentielles: Miss météo.
Les gens pourraient se plaindre de mon manque de précision, si, par exemple, j'annonçais la venue imminente d'une tornade pouvant dévaster la province tout entière et que, la journée de la supposée tornade, il ne s'agisse que d'une simple bourrasque. Les téléspectateurs, que j'aurais bien sûr invités à quitter la ville pour plus de sûreté, pourraient se fâcher et poursuivre la station qui m'emploie. S'ensuivrait un très long procès où on m'accuserait d'avoir semé la panique générale, ce qui me conduirait tout droit vers l'humiliation publique et, finalement, au *burnout*. Tenter de choisir une future carrière moins stressante et moins risquée.

Midi
Tous mes vêtements sont sales (ben, en fait, tous ceux que j'aurais vraiment aimé porter). J'ai appelé ma mère au travail pour lui rappeler son laxisme concernant ses tâches ménagères, ce qui ne lui ressemble pas, elle qui est habituellement très portée sur le ménage et qui ne

manque jamais de me rappeler à l'ordre quand j'oublie de nettoyer la salle de bain. (Bon, d'accord, je ne l'*oublie* pas comme tel, c'est seulement que ça ne me *tente* pas, mais elle ne peut savoir ce qui se passe *exactement* dans ma tête et ma mère me répète toujours la même chose.) Elle a prétexté qu'elle n'avait pas eu le temps de faire le lavage à cause de son horaire chargé (pfff). Si je lui sortais un argument comme ça pour me défiler de mes tâches, elle piquerait une crise digne de celles où, totalement incapable – selon ses dires – de supporter plus longtemps la crasse tenace, elle m'obligerait à nettoyer la toilette avec une brosse à dents (bon, ce n'est techniquement jamais arrivé, mais ç'aurait pu, car elle a déjà pété sa coche par rapport à son incapacité à supporter davantage de saleté et, dans ces moments, je n'ai jamais osé lui rappeler que nous descendions d'hommes des cavernes qui n'avaient aucune notion des bactéries.)

Bref, je n'ai rien d'autre de propre et de potentiellement portable que le t-shirt que j'ai porté la veille.

C'est un t-shirt super cool, que j'aime bien. Il fait ressortir mon teint, on dirait. Et je ne l'ai pas porté pour séduire Nicolas (parce que c'est une cause désespérée, j'en suis bien consciente maintenant) ni pour attiser l'intérêt qu'a mon taxeur pour mes vêtements (il n'y a d'ailleurs même pas porté attention, je ne sais pas si je devrais en être soulagée – parce que personne n'aime se faire taxer – ou insultée, car s'il ne prend pas un chandail, est-ce parce que le chandail en question est laid?) En tout cas, soit

a) il est pas mal sélectif pour un voleur ou b) il a pris sa retraite du taxage.

Mais bon, comme personne ne semble m'avoir regardée hier, j'imagine que si je porte encore mon t-shirt aujourd'hui, personne ne remarquera que je le portais hier, et s'ils voient que je porte un t-shirt, ce sera, à leurs yeux, comme une nouveauté. Cool. Très cool.

14 h 10
En entrant chez Gizmo, pendant qu'on range nos manteaux dans la garde-robe d'entrée :
Kat : Au ! Tu ne portais pas ce t-shirt hier ?
Moi (en haussant les épaules) : Pas grave !

P.-S. : J'ai trouvé ça assez déplacé qu'elle me passe cette remarque sur mon t-shirt alors que j'étais déjà à terre, vu l'effet qu'il n'a pas provoqué la veille.

15 h 13
Tommy joue à *Guitar Hero*, un jeu de Play-Station 2 qui consiste à jouer sur une fausse guitare, depuis 45 minutes. Tout le monde est impressionné par son doigté et il ne veut plus arrêter de jouer.

15 h 45
Jean-Félix, Kat et moi regardons Tommy et parlons également avec des élèves de l'école que nous connaissons moins.

Depuis le début de l'année, certaines personnes font remarquer à JF à quel point il a maigri. Je comprends pourquoi il ne veut pas s'en faire parler. On dirait que les gens pensent qu'il ne s'est pas rendu compte qu'il a changé. Jean-Félix a toujours une réplique habile pour ce genre de commentaire, qui passe de : « Ah, je n'avais pas remarqué » à « C'est peut-être toi qui as grossi et tu me vois plus mince » ou bien, comme tout à l'heure, il m'a fait beaucoup rire en répliquant ainsi à un gars qui lui passait une remarque sur son changement physique : « Lâche les chips et toi aussi tu peux y arriver. » Ce qui a énormément bouché un coin au gars qui a mis quelques secondes avant de réaliser qu'il venait de se faire insulter d'une façon, disons, assez courtoise.

J'aimerais bien avoir son sens de la répartie. Dans ces moments, je ne saurais répondre que : « Ba be ba booo », ce qui, j'en conviens, ne boucherait un coin à personne. J'ai demandé des trucs de répartie à JF qui m'a répondu :

– Le truc, c'est de préparer les phrases à l'avance. De prévoir le coup.

Aaaaah ! Se préparer. Hum…

16 h 34

Kat et moi voulons partir. On n'a pas pu vraiment jouer parce que le tout s'est transformé en performance extraordinaire de Tommy. Et on s'emmerde. Inactive, je regarde la Wii et je suis un peu fâchée contre Tommy qui monopolise une console qu'on ne devait même pas, au départ, utiliser. C'est juste que, quand il a vu la guitare en plastique, il s'est senti interpellé (c'est lui qui m'a dit ça quand je suis allée lui dire qu'on partait).

106

17 h 35

Tommy m'appelle et me dit :

– C'était wak, la journée de jeux !

Moi : Ouain… *Ta* journée de jeux.

Tommy : 'Scuse, mais c'était trop cool.

Moi : Mais t'es guitariste. Tu joues de la vraie guitare. Tous les jours.

Tommy : On peut évoluer dans la vie.

Je repense soudain à sa guitare en plastique sans corde et à son bonhomme 3D qui avait une attitude franchement arrogante, et j'ai sérieusement cru, l'espace de quelques secondes, que Tommy était rendu fou en parlant d'évolution.

Moi : T'es sarcastique ?

Tommy : Qu'est-ce que t'en penses ?

Moi : Que t'es rendu pas mal bon à la guitare. La vraie. Tu devrais te partir un *band* ou quelque chose du genre.

Tommy : Mouain… Trop cool, *Guitar Hero*, quand même, hein ? T'essayeras la prochaine fois.

Note à moi-même : Les activités que me propose Tommy me conduisent souvent à une déception. Tenter à l'avenir de proposer moi-même les sorties et/ou ne le considérer dorénavant que comme un voisin et ne lui parler que pour lui emprunter du sucre.

Note à moi-même n° 2 : Sauf s'il m'invite à nouveau à jouer avec la Wii chez son ami, dans ce cas, reconsidérer sérieusement « Note à moi-même n° 1 ».

Samedi 7 octobre

Quand je lui parle de ma vie, ma mère me dit toujours : «Tu vas voir, quand tu vas avoir mon âge, tu vas trouver ta vie bien plus stressante !» Ce qui me rend perplexe. Chaque fin de semaine, elle se tape des séries télé en DVD alors que j'étudie. Je me demande bien qui a la vie la plus stressante !

Lundi 9 octobre

Congé férié.
Action de grâce.

J'appelle ma grand-mère Laflamme en l'honneur de l'Action de grâce.
Moi : Allô grand-m'man !
Ma grand-mère : Oh ! Allô, ma belle fille ! Ça va ?
Chaque fois que je l'appelle la semaine, j'entends le son de sa télé (je crois qu'elle passe sa journée à regarder des *soaps* hyper plates) et elle ne prend jamais le temps de baisser le volume avant de répondre.
Télé (fausse citation/dramatisation) : Mais pourquoi as-tu dit ça à Amber ?

Moi : Je t'appelle pour te souhaiter joyeuse Action de grâce !

Ma grand-mère : On ne dit pas ça, « joyeuse Action de grâce ».

Télé (fausse citation/dramatisation) : Jamais je n'aurais cru que tu pouvais me trahir. Non, tu ne peux pas t'en aller et nous laisser, le bébé et moi.

Moi : Mais oui ! J'ai déjà entendu du monde dire ça.

Ma grand-mère : Ah bon ?

Télé (fausse citation/dramatisation) : Jack, je savais qu'elle viendrait ici, mais tu ne dois pas la croire. S'il te plaît, Jack.

Moi : Ben, qu'est-ce qu'il faut faire, d'abord ?

Ma grand-mère : Une dinde…

Moi : Glouglouglouglouglou.

Télé (fausse citation/dramatisation) : Amber n'est rien pour moi ! Épouse-moi ! Ouiiii !

Ma grand-mère : Quoi ?

Moi : Baisse le son de ta télé !!!

Ma grand-mère : Oh, oui ! Un instant.

Elle dépose le téléphone, ce qui fait un gros bruit dans mon oreille, et revient quelques secondes plus tard. Le volume de la télé est moins fort.

Ma grand-mère : Qu'est-ce que tu disais ?

Moi : GLOUGLOUGLOUGLOUGLOU.

Ma grand-mère : Pourquoi tu fais ça ?

Moi : Tu m'as dit qu'il fallait faire la dinde. C'était une blague. Mais mon *punch* a été coupé à cause de la télé.

Ma grand-mère : Hahahahahahaha ! Tu es super drôle, ma belle fille ! Je m'ennuie pas mal de toi, en tout cas. Quand est-ce que tu viens me voir ?

Moi: Je ne sais pas… Ma mère est pas mal occupée. Et il faut non seulement que j'aille visiter les parents de ma mère, mais maintenant aussi les parents de son chum…

J'entends tout à coup son souffle qui fait « pouh ffffff ».

Moi: Grand-maman, tu n'as pas recommencé à fumer, hein?

Ma grand-mère: Non, non, je… respirais. Hé, tu sais avec qui je suis?

Moi: Non.

Ma grand-mère: Émilien Picard. Tu sais, le jeune homme qu'on trouvait bien habillé au mariage Rodrigue-Blackburn?

Moi: Celui où la mariée était habillée avec une robe de satin hahahaha bleuté et hahahaha une hahahahaha crinoline? HAHAHAHAHA!

Cet été, j'avais découvert que le passe-temps de ma grand-mère était d'espionner les mariages. Et j'ai commencé à partager cette activité avec elle. Comme elle habite devant l'église, on était aux premières loges.

Ma grand-mère: Hahahaha! Oui, celui-là!

Moi: Ben là, jeune homme! Il avait à peu près soixante-cinq ans!

Ma grand-mère: C'est ce que je dis, un jeune homme. On joue aux cartes ensemble. Au charlemagne. Avec un petit groupe. C'est ben agréable.

Moi: Moi aussi je m'ennuie de toi, j'ai hâte de te voir!

Ma grand-mère: Oh, t'es fine!

14 h

Ma mère : Aurélie, quand tu finis la pinte de lait, ne la remets pas au frigo. Avertis-nous pour qu'on puisse aller en racheter.

Avertis-*nous* ? Qui ça ? Elle et… Dieu ? À ce que je sache, nous sommes deux à habiter ici.

À l'agenda : M'informer sur la schizophrénie.

Mardi 10 octobre

Après le dîner, je me promène dans les corridors avec Kat. Elle me raconte à quel point elle est aux anges dans cette école. Elle aimerait bien avoir un chum mais n'a pas encore jeté son dévolu sur un gars en particulier. En fait, elle m'a avoué (après m'avoir fait jurer d'apporter ce secret dans ma tombe) qu'à ses cours d'équitation, elle tripe sur Olivier, son moniteur, qui est beaucoup trop vieux pour elle (vingt-huit ans). Son plan est d'attendre d'avoir dix-huit ans et de l'inviter à sortir. Que treize ans de différence d'âge, c'est vraiment très courant, que ça se voit souvent. Et elle dit que ce n'est pas long, attendre trois ans, quand c'est l'âme sœur. (On peut m'imaginer, ici, lever les yeux au ciel). L'âme sœur : pfff et re-pfff. Rien de tel n'existe.

13 h 12

Pendant que Kat me parlait de son dernier cours d'équitation (et surtout d'Olivier, que j'imagine – sûrement à cause des chevaux et de la description de son uniforme d'équitation que Kat m'en fait – comme le prince William, même si ça ne doit pas être le cas) en faisant virevolter ses mains dans tous les sens et que, un peu dans la lune, j'étais obnubilée par les rebondissements de sa queue de cheval, je me suis sentie violemment plaquée contre un casier. En reprenant mes esprits, j'ai réalisé que Iohann Martel, qui était à quelques pas plus loin, m'avait poussée contre le casier.

Kat : Au ! Es-tu correcte ?

Elle se retourne vers lui et je sens qu'elle s'apprête à lui crier des bêtises.

Moi : Chut ! Ne dis rien ! Il pourrait nous battre après l'école ou quelque chose du genre. On est mieux de l'ignorer.

Fiou ! Je l'ai arrêtée juste à temps.

Kat : C'est vraiment un con, ce gars-là. Tu ne veux pas que je m'en mêle. Tu ne veux en parler à personne. Il va falloir que tu trouves une solution.

Changer d'école ! Changer

d'école! Changer d'école! Changer d'école!
Changer d'école! Changer d'école! Changer
d'école! Changer d'école! Changer d'école!
Changer d'école! Changer d'école! Changer
d'école! Changer d'école! Changer d'école!
Changer d'école! Changer d'école! Changer
d'école! Changer d'école! Changer d'école!
Changer d'école! Changer d'école! Changer
d'école! Changer d'école! Changer d'école!
Changer d'école! Changer d'école! Changer
d'école! Changer d'école! Changer d'école!
Changer d'école! Changer d'école! Changer
d'école! Changer d'école! Changer d'école!
Changer d'école! Changer d'école! Changer
d'école! Changer d'école! Changer d'école!
Changer d'école!

Même l'acharnement télépathique n'a aucun effet sur elle.

13 h 45
Ça fait dix minutes qu'on est dans le cours d'éducation au choix de carrière et ça fait trois lettres que Kat m'envoie avec des soleils et des cœurs et plein d'autres niaiseries, en me réitérant à la fin de chaque lettre que je suis sa *best 4ever*. Elle sent que je suis un peu à bout de nerfs après ce qui s'est passé dans le corridor. Elle a raison. Je me sens un peu sonnée.

Je suis victime de taxage *et* d'intimidation.

C'est officiel : je déteste ma nouvelle école. C'est viscéral. Rien ne pourra me la faire aimer à présent.

13 h 52

Impossible d'en parler à ma mère. Elle capoterait solide et me changerait d'école après avoir engueulé le directeur de cette école (comme si c'était sa faute). La honte absolue. Et comme Kat n'envisage pas la perspective d'aller dans une autre école, je me retrouverais toute seule.

13 h 56

Paul, le prof d'ECC, précise qu'il est important de trouver un emploi correspondant bien à nos aptitudes.

Puis, je me mets à penser aux pubs. De voiture, entre autres. Où se rendent les gens avec leur voiture ? Pas à leur travail. Ils se rendent sur une colline ou encore dans la forêt. Ou encore les pubs de barres tendres. Les adultes sont malheureux à leur travail et on leur vend de l'évasion, même avec des barres granola !!! À quoi ça sert de venir à l'école si c'est pour nous trouver un travail qui nous rendra tellement malheureux que la seule chose qui nous procurera du bonheur, c'est de pouvoir nous payer une voiture qui a une bonne tenue de route pour fuir sur une colline ou encore d'avoir envie de nous taper une pause à un point tel qu'une barre granola nous fait vibrer ?

Alors, pour résumer ma pensée... En ce moment, je suis à l'école pour apprendre des choses qui me permettront de trouver un travail.

Le travail, c'est prouvé, ça rend forcément malheureux, car les gens veulent s'acheter toutes sortes de choses pour s'en sauver.

Donc, de façon simplifiée : si école = travail, et que travail = être malheureux, donc… école = malheur !!!

L'avenir ne me semble guère réjouissant. (Même si je m'améliore en maths.)

C'est décidé, je ne remets plus jamais les pieds dans une école. De ma vie.

Mercredi 11 octobre

J'ai pris un thermomètre. Je l'ai mis sous une lampe. Je l'ai rangé dans son étui. J'ai dirigé ensuite la lampe sur moi et je l'ai laissée me réchauffer pendant quelques minutes. J'ai dit à ma mère que je ne me sentais pas bien. Elle a pris le thermomètre que je venais de ranger et me l'a mis dans la bouche en me touchant le front.

Ma mère : Pauvre puce ! Tu fais 102 de fièvre. Il faudrait peut-être aller à l'hôpital.

Moi : Non. Je crois que j'ai juste besoin de me reposer.

17 h 15

Je me suis reposée et j'ai lu des *Archie*. Je crois que je méritais ce congé. Ma mère est revenue du travail et m'a rapporté du chocolat. Wow ! La vie est vraiment belle sans école.

19 h 10

Kat est passée me porter mes devoirs. Que j'ai volontairement laissés de côté. L'école, c'est définitivement terminé pour moi. Elle m'a demandé ce que j'avais. Je ne lui ai pas dit que je feignais la maladie pour éviter l'école. Je lui ai dit que j'avais une maladie très rare pas encore découverte. (J'ai failli ajouter que je croyais que ma maladie courait surtout dans les écoles publiques, mais j'ai pensé qu'elle se douterait de quelque chose si je poussais trop loin.)

20 h 03

Tommy est venu me jouer de la guitare (de la vraie). Il m'a dit qu'il revenait de chez Gizmo où il a encore joué à *Guitar Hero*, auquel il est vraiment accro. Il m'a même dit que *Guitar Hero*, le jeu, l'aidait davantage à pogner avec les filles que de jouer de la vraie guitare. Ah bon. La vie scolaire me semble très peu intéressante maintenant que je n'en fais plus partie.

Jeudi 12 octobre

J'ai fait le tour du monde !

Grâce à une famille de Hong Kong, j'ai visité la tour de Pise. (Très beau, en plus, il faisait soleil avec un ciel très bleu. Un peu de vent, mais pas assez pour être désagréable.)

J'ai vu la performance de Céline Dion avec l'hologramme d'Elvis Presley, présentée *live* à *American Idol*, aux États-Unis. (J'ai trouvé ça assez étrange. *American Idol* est un concours pour dénicher de nouveaux talents. Je me suis demandé s'ils avaient eu tant de mal que ça à dénicher quelqu'un de vivant capable de chanter aux côtés de Céline. Peut-être que c'était une mauvaise cuvée…)

J'ai visité le Vatican, à Rome. (J'ai trouvé qu'on y ressentait une certaine quiétude, j'en ai profité pour avoir une pensée pour la paix dans le monde.)

J'ai aussi vu les pyramides d'Égypte avec un couple américain. (J'ai été fascinée par le Sphinx, mais il me semblait bizarre qu'il se trouve en plein centre-ville, à côté des autobus et des restos de *fast-food*; j'imaginais que ce site était plus, disons, pittoresque.)

J'ai visité le Louvre (comme ma mère cet été). J'y ai vu la *Joconde* (à travers une vitre).

J'ai aussi visité le château de Versailles et j'ai vu les quartiers de la reine Marie-Antoinette.

J'ai assisté au défilé de la fierté gaie à Bangkok, en Thaïlande. (Vive la différence!)

J'ai vu les ruines mayas de Chichén Itzá, au Mexique. (Quel travail de construction! Tout ça sans grue, sans camion à benne, ni pelle mécanique! Wow! Impressionnant!)

J'ai admiré l'architecture magnifique du Taj Mahal, en Inde. (Un chef-d'œuvre de l'humanité.)

Je suis allée à Walt Disney World et j'ai fait toutes les attractions. (Le Rock'n'Roller Coaster est le manège qui m'a procuré le plus de sensations fortes.)

J'ai vu le chanteur Corneille chanter *Parce qu'on vient de loin*, en Afrique. (La foule était déchaînée ; deux filles me faisaient penser à Kat et moi au spectacle de Simple Plan il y a deux ans.)

Et j'ai fait un *road trip* à Casablanca, au Maroc, avec un couple de Français.

Tout ça grâce à YouTube.

Qui a dit qu'on avait absolument besoin de l'école pour parfaire sa culture générale ?

Vendredi 13 octobre

Ma mère m'a demandé si je me sentais assez bien pour retourner à l'école et j'ai répondu que non. Elle m'a rappelé que, demain, c'était son anniversaire et m'a demandé si je croyais pouvoir être assez en forme pour un souper avec mes grands-parents Charbonneau. J'ai dit que ça me surprendrait, que j'avais encore besoin de beaucoup de repos (hé hé).

Midi

À : Aurélie Laflamme
De : Tommy Durocher
Objet : Schtroumpfs

Pour te désennuyer pendant ta maladie.

http://www.bdoubliees.com/journalspirou/
sfigures6/schtroumpfs/combien.htm

Rétablis-toi vite ! :)

Tom

12 h 05

Hahahahahaha !

Tommy m'a envoyé un lien où on peut voir tous les noms des Schtroumpfs. Il y en a un qui s'appelle : Schtroumpf n'aimant pas les Schtroumpfs chantants !!!!!!!!!!!!!!

Hahahaha !

Et un autre : Schtroumpf atteint de calvitie.

Hahahahahahaha !

Oh, la vie est tellement belle quand on vit à la maison !

Note à moi-même : Peut-être que je vais dire à Tommy que je fais semblant d'être malade pour vivre enfin ma vie telle que je l'entends. Il voudra peut-être faire comme moi.

Note à moi-même n° 2 : Évidemment, ma vie ne consistera pas à regarder des Schtroumpfs. Ce n'était qu'un passe-temps. Aujourd'hui, j'avais simplement besoin d'un petit répit. C'était épuisant, visiter le monde !

14 h

WOUAAAAAAHHH!!!!! HORREUR!!!!
TOOOOOTAAAAALEEEE TERREUR!!!!!!!!
J'étais tranquillement en train de regarder le
nom des Schtroumpfs lorsqu'une araignée est
apparue: DEVANT MES YEUX!!!!!!!!!!!!!!
SUUUUUUPER GROSSE!!!!!! Elle descendait
du plafond!!!!!!!!!!!!! Tout bonnement!!!!!!
J'ai bondi hors de ma chaise et j'ai appelé ma
mère en huuuuuuuuurlant, incapable de
prononcer un mot. Je me suis ressaisie quand
elle a dit, paniquée:

– J'appelle le 911!

Au moment où j'ai crié: «Nooooooon!
C'est une araignée! Une araignée!!!!!!!!!!!»,
ladite araignée a atterri sur l'ordinateur!!!!!
J'ai échappé le téléphone par terre et j'ai tenté
de reprendre mes esprits, puis, tout en suivant
la trajectoire de l'araignée, j'ai repris le téléphone d'une main et, voyant que ma mère
n'était plus à l'autre bout du fil, j'ai composé
machinalement le numéro de téléphone de
l'école. J'ai parlé à la secrétaire et je l'ai sommée
de me trouver Tommy Durocher de toute
urgence.

14 h 04

Tommy (avec une voix essoufflée et inquiète): Oui, allô?

Moi (en pleurs): Tommy! Il faut absolument que tu viennes chez nous! Je t'en
suppliiii-iiiiiii-iiiii-e!!!! Aaaaaaahhhhhh!!!!!!!
Tout. De. Suite.

Je continuais à hurler et à pleurer dans les oreilles de Tommy qui m'encourageait à me calmer et qui a fini par dire :

– J'arrive.

14 h 13

Accroupie dans un coin du divan, portant des lunettes de soleil et me secouant la tête pour être certaine qu'il n'y a pas d'araignée ou, pire, de nids d'araignées dans mes cheveux, j'ai vu Tommy arriver et sortir d'un taxi et je me suis précipitée pour lui ouvrir la porte.

En larmes, je lui ai pointé l'araignée, qui était presque de la grosseur d'Aragog, l'araignée géante dans *Harry Potter* (sans aucune exagération de ma part, même si, léger détail technique sans importance, Aragog est plus gros que ma maison).

Tommy : Pourquoi tu portes des lunettes de soleil ?

Moi : Pour moins voir l'araignée !!!!!!!!!!!! Au secours, vite !!!!! Je ne la trouve plus !!!!!!!

Tommy : Tu m'as fait quitter l'école pour… une araignée ?!

Moi : Ouiiiiiii, vite !!!!!!!!!!

Tommy parcourt la cuisine, scrute près de la table où j'avais mis l'ordinateur et regarde un peu partout. Je le suis en lui tenant le bras, armée du dictionnaire des rêves (aucun rapport, c'est juste pour préciser l'arme du crime).

Moi : Ahhhhhhhh ! Attention !!!!! Elle est là !!!!!!!!!

Je vois l'araignée par terre, près de Tommy, qui vient de descendre de la table de la cuisine en glissant avec son fil.

Je lui lance le dictionnaire des rêves, mais elle réussit à l'esquiver. Je crie de toutes mes forces pendant qu'elle prend la fuite à toute vitesse.

Moi: Tommy!!!!!!! Attrape-la vite!!!!!!!

Tommy avance de deux pas et l'écrase nonchalamment avec son pied, tout en me lançant un regard découragé.

Moi: Es-tu sûr qu'elle est morte? Es-tu sûr????? J'ai lu dans un livre que les araignées faisaient juste semblant d'être mortes des fois pour échapper à leur prédateur.

Il me montre son soulier. Elle est bel et bien écrapoutie.

14 h 17

Alors que je suis encore remuée par l'invasion de cette araignée et par son assassinat (que je qualifierais de pure autodéfense), Tommy me rappelle gentiment qu'il doit retourner à l'école. Ce que je comprends, évidemment. Je lui suis reconnaissante de ne rien dire d'autre et de ne pas me juger (ce qui aurait été inutile).

Il m'a simplement avoué qu'il trouvait que je n'avais pas l'air très malade, physiquement (il a vraiment ajouté «physiquement»).

Tommy: Qu'est-ce que je vais leur dire, à l'école, comme raison de mon départ?

Moi: Dis-leur que ton amie était malade.

Tommy: Ah oui, je vais leur dire que t'es tombée et que tu croyais avoir une commotion cérébrale, et que t'avais besoin de quelqu'un pour t'emmener à l'hôpital, mais que finalement quand je suis arrivé, c'était juste une bosse. Aucune commotion.

Moi : Ben là !!! Je vais avoir l'air de m'inquiéter pour rien !!! Hyper parano !!!

Tommy : Tu m'as quand même fait venir… de l'école… pour une araignée.

Moi : Bon, OK. Dis ce que tu veux, d'abord.

Au moment où il allait ouvrir la porte, j'entends une sirène et je vois une ambulance arriver, suivie de la voiture de ma mère.

Oh. Merde.

14 h 18

Des ambulanciers sonnent et Tommy les fait entrer.

Un ambulancier (vraiment top beau, bon, aucune importance, détail) nous regarde et dit :

– Quel est le problème ?

Tommy : C'est beau, tout est sous contrôle.

Ma mère entre ensuite en courant, paniquée et en pleurs et crie :

– Aurélie, Aurélie !!!!

Et elle me serre dans ses bras. Puis, elle me regarde et dit :

– Qu'est-ce qui s'est passé ?

Moi : Tu… n'as pas… entendu… ce que je t'ai dit ? À propos de… l'araignée ?

Ma mère : J'ai appelé l'ambulance aussitôt que je t'ai entendue hurler.

Je regarde Tommy qui sourit en coin.

Moi : Euh… c'était… une, disons… fausse alerte.

14 h 37

Sermon de ma mère après le départ de Tommy et des ambulanciers :

– Blablabla on n'appelle pas les gens en hurlant pour des araignées… (Elle ne dirait pas ça si elle avait vu la quasi-tarentule.) Blablabla pourquoi tu n'es pas allée à l'école? Tes notes sont meilleures que jamais?! Blablabla sais-tu combien ça coûte une ambulance? Blablabla punie pour deux semaines! Blablabla. (Elle a même ramené l'histoire du petit garçon qui criait au loup, ce qui n'a aucun rapport. J'ai zéro peur des loups. Ils ont la décence de ne pas entrer par effraction dans une maison où ils ne sont pas les bienvenus et j'ai la présence d'esprit de ne pas me pointer là où ils vivent.) Ce n'est pas demain la veille que ma fille va arrêter d'aller à l'école blablablablablablablablabla (à l'infini pendant des heures et des heures, bon j'exagère, peut-être seulement une heure, mais c'est déjà beaucoup.)

22 h 10

Finalement, Iohann Martel est un moindre mal. Je vais lui donner tout mon argent, je préfère cela plutôt que de risquer ma vie avec des arachnides et/ou une mère en colère.

Samedi 14 octobre

Souper (inévitable pour cause de révélation au grand jour de maladie imaginaire) avec mes grands-parents Charbonneau et François Blais pour l'anniversaire de ma mère.

Ma mère et moi nous sommes semi-réconciliées pour l'occasion. Et, avec l'aide (financière) de François, je lui ai offert le DVD de la cinquième saison de *24*, ce qui a semblé lui faire très plaisir. Je lui ai également donné de la mousse de bain à l'odeur de poire parce que je trouvais que ça lui allait bien. Elle m'a serrée dans ses bras et elle m'a dit qu'elle m'aimait (un «je t'aime» d'usage, pas très senti, avec encore un peu de colère dans la voix).

J'ai dû répondre à toutes les questions «grand-parentales»: «Comment ça va dans tes études? As-tu un p'tit chum?» Etc., etc. (Questions que ma grand-mère Laflamme ne me pose plus depuis que je lui ai expliqué cet été à quel point c'est fatigant.)

Ensuite, ma grand-mère a mis des chandelles sur un gâteau qu'elle avait apporté pour l'occasion (je suis surprise de constater que, bien que ma mère soit à ce point portée sur le ménage et qu'elle me répète sans cesse de faire attention aux bactéries, elle trouve tout à fait approprié de souffler sur un gâteau que tout le monde va par la suite manger) et on a chanté *Bonne fête*.

À rayer de la liste des carrières potentielles: Chanteuse.
Ça me coûterait trop cher en fenêtres.

Mercredi 17 octobre

J'ai travaillé très fort tout le week-end pour me remettre à jour dans les cours. Kat et Tommy m'ont un peu aidée (au téléphone, car il m'était interdit d'avoir d'autres contacts humains). Alcatraz (une ancienne prison à haute sécurité que j'ai aussi visitée grâce à YouTube) était une sinécure, comparée à ma vie.

Tommy m'a dit que, finalement, personne ne lui a posé trop de questions sur son départ précipité de l'école la semaine dernière, mais que ceux qui l'ont fait n'ont pas été surpris d'apprendre que j'avais subi une commotion cérébrale. J'étais un peu insultée lorsque, finalement, il m'a avoué qu'il me niaisait. (*&?%$#@!)

Lundi, pendant le cours de français, Sonia nous a parlé des palindromes, les mots qu'on peut lire dans les deux sens (j'ai déjà appris ça à mon école l'an dernier), en nous expliquant que ça pouvait s'étendre à un texte au complet, qu'on peut lire dans les deux sens (ce qui m'a étonnée). Elle nous a parlé d'un auteur qu'elle admirait, Georges Perec, qui avait écrit un livre complet en palindrome. Il paraît que cet auteur a également écrit tout un livre sans utiliser la lettre e. Ma-la-de! (Pendant qu'elle nous en parlait, Kat m'envoyait des petits mots où elle dessinait un *nerd* à lunettes dont le cerveau explosait, ce qui m'a fait rire.) Sonia nous a lancé le défi d'essayer d'écrire un texte qu'on pouvait lire dans un sens comme dans l'autre. Elle nous a promis que quiconque réussirait obtiendrait cinq points boni sur la note finale de fin d'étape.

Comme les bulletins seront émis en début de semaine prochaine et que je dois absolument convaincre ma mère que j'ai eu un début d'année scolaire «académiquement» réussi, j'ai travaillé très tard, hier soir, et j'étais très contente du résultat (assez faciles, finalement, les palindromes):

Ayaya Ayaya
Tut Tuut Tut
Pop Pop
La La La L'Pop Pop
Tut Tuut Tut
Ayaya Ayaya

10 h 30 (ce qui aurait pu être mon heure de gloire si ma prof de français savait reconnaître le talent)

Sonia m'a informée qu'elle n'acceptait pas mon palindrome et qu'elle ne me donnait aucun point boni. Ce que j'ai trouvé très injuste.

Moi: Non seulement j'ai fait tout un palindrome, mais je n'ai pas utilisé la lettre e, je suis une double Georges Fenec!

Sonia: Georges Perec.

Moi: C'est ce que j'ai dit.

Sonia (avec un sourire en coin): Tu as dit Georges Fenec.

Moi: Je dois bien savoir ce que j'ai dit. C'est *ma* bouche.

127

Sonia : Bon, de toute façon, le fait est que tu n'as pas utilisé des mots.

Moi : Ce n'était pas *spécifié* pour le travail !

Sonia (en souriant) : Aurélie, franchement ! Je vous demande d'écrire un texte, le terme « mot » est implicite.

Soupir (X 1000).

Note à moi-même : Tenter, en vieillissant, de ne jamais perdre le don de la précision.

Jeudi 19 octobre

J'étais tranquillement à la fontaine en train de boire un peu d'eau lorsque j'ai senti que ma tête était propulsée vers le jet. Le visage détrempé, j'ai regardé et j'ai vu (malgré les gouttes d'eau qui embrouillaient ma vue) qu'encore une fois Iohann (alias mon bourreau) riait de moi. (L'être humain a besoin de deux litres d'eau par jour pour favoriser le bon fonctionnement physiologique de son organisme, mais je comprends l'importance des machines distributrices de boissons gazeuses, qu'on peut consommer à même une canette sans risque d'arrosage…)

Ma vie est définitivement un enfer.

Vendredi 20 octobre

Au souper, avec François Blais et ma mère.

Je mange du ragoût de boulettes sans appétit. (Je me demande bien, de toute façon, qui mange du ragoût de boulettes avec appétit.)

Ma mère : Aurélie, est-ce que tout va bien ces temps-ci ?

Moi : Hu-hum. Super.

Ma mère : Est-ce quelque chose te rend triste ?

Moi : Hummm, non.

Ma mère : Veux-tu nous dire ce qui ne va pas ?

Depuis quand ma mère est un « nous » avec son chum, et depuis quand je dois me confier à ce « nous » ? Si je veux parler, je vais parler à ma mère ! Pourquoi veut-elle absolument que je parle devant *lui* ?

Je la regarde et j'essaie de lui faire un regard qui signifie que je préférerais qu'elle cesse son interrogatoire.

Ma mère : Veux-tu encore du ragoût de boulettes ?

Moi (en me levant de table) : Oh ! Arrête de me poser des questions !

Ma mère me regarde froidement et me dit :
– Tu t'excuses ou tu vas dans ta chambre ?

Moi : Je m'excuse. C'est juste que j'ai besoin d'air…

Je regarde ma mère avec des couteaux dans les yeux.

Ma mère s'approche de moi doucement et me serre dans ses bras. Je ne réagis pas, car je ne vois pas le rapport de son geste.

D'un côté, je voudrais la repousser jusqu'au bout de mes bras. Tout simplement. Tout d'elle m'énerve au plus haut point. Sa mauvaise mémoire, son obsession pour le ménage, son chum, sa façon de parler au « nous », TOUT. Et, d'un autre côté, j'aurais tellement envie d'être seule avec elle pour qu'on se parle, qu'on rie et que je puisse coller mon nez dans le creux de son cou, là où ça sent si bon. Mais maintenant, jamais je ne pourrais mettre mon nez là ! Des plans pour que François Blais l'ait embrassée juste avant et que ça sente sa salive ! Ark ! Franchement dégueu ! J'y pense et j'ai un haut-le-cœur.

Elle se retire en laissant ses bras sur mes épaules.

Ma mère : On est un peu à pic, ces temps-ci, ma belle, hein ? Écoute, si jamais tu veux qu'on parle (elle pointe François Blais avec son menton, ce qui provoque un léger haussement incontrôlable de mes sourcils), on est là.

François : Préférez-vous que je vous laisse ?

Ma mère me regarde et attend que la réponse vienne de moi. Le problème, c'est que je ne peux pas lui dire que je suis malheureuse à mon école. Et surtout pas lui parler de mes problèmes parce que, encline à la panique, elle serait psychologiquement incapable de le supporter et me changerait d'école sans tenir compte de mon avis. Une école sans taxeur, mais sans Kat ni Tommy. Même Jean-Félix me manquerait, maintenant que je le connais davantage. C'est ma gang. J'ai une gang. En plus – même si je n'ai pas encore reçu mon bulletin pour le prouver –, ça va bien dans mes cours.

Je me sens tellement perdue.

Moi : Non, reste, François. J'ai des devoirs, de toute façon.

François : J'ai une bonne idée ! Tu as besoin d'air ? Viens au chalet de mes parents en fin de semaine. Il n'y aura que nous et mes parents, c'est très grand, tu pourras avoir du temps seule pour faire tes travaux scolaires.

Moi : Ouain…

Autant me rendre à l'évidence. Je suis pognée avec lui pour le reste de l'éternité.

18 h 57

Je m'enferme dans ma chambre. Tommy m'a invitée à aller regarder un film chez lui avec Jean-Félix, mais je suis toujours en punition (mais je n'aime pas donner cette raison, par orgueil). J'ai parlé un peu au téléphone avec Kat, mais elle ne voulait pas parler trop longtemps, car elle doit être en forme pour son cours d'équitation de demain.

18 h 59

Étendue sur mon lit, je caresse Sybil qui ronronne et qui n'arrête pas d'ouvrir et de fermer les yeux.

On cogne à ma porte.

J'espère que c'est ma mère et je dis :

– Entre.

C'est François.

Déception.

François: Si ça va mal à ton école, je comprends que tu aies peur d'en parler à ta mère parce que tu ne veux pas l'inquiéter. Mais je veux juste te dire que si jamais tu as le goût de me parler, ton secret sera bien gardé avec moi. Un petit truc que j'utilise toujours quand quelque chose ne va pas, c'est que je fais une liste des avantages et inconvénients de la situation. Ça me permet de voir les choses avec une nouvelle perspective.

Pfff! Tu parles d'une idée niaiseuse!

20 h
Avantages d'aller à ma nouvelle école:
• Kat.
• Tommy.
• Jean-Félix.
• Profs cool (sauf le prof d'éduc et le prof de sciences physiques).
• Bonnes notes.
• Plus près de la maison, donc je peux me lever plus tard.

Inconvénients d'aller à ma nouvelle école:
• Devoir me casser la tête chaque matin pour m'habiller.
• Me faire voler mes vêtements.
• Nicolas et sa blonde.
• Portes de salle de bain défectueuses (une fois).
• Puanteur. (Il y a comme une petite odeur insupportable en tout temps, ça m'agresse.)

Conclusion: Cette opération est complètement stérile, comme je le pensais. François

Blais est totalement incompétent en relations humaines.

Questionnement : Une incompétence en relations humaines est-elle synonyme de diabolisme ? Hum…

Samedi 21 octobre

Pour une fin de semaine de relaxation, ça commence bien !

Il a fallu que je me lève aux aurores (8 h).

8 h 45

En route pour le chalet.

9 h 12

Ma mère m'a permis d'écouter mon iPod.

C'est que leur conversation m'ennuyait. François et ma mère s'obstinaient sur le chemin à prendre. François disait qu'il va à ce chalet depuis assez longtemps pour le savoir. Ma mère disait que son itinéraire à elle est beaucoup plus rapide.

J'ai fait un petit sourire en coin à François Blais, car je me sentais victorieuse de pouvoir écouter mon iPod en leur compagnie sans qu'il puisse faire un seul commentaire. Hihi.

J'écoute donc ma musique pendant que je fais un devoir de français.

Sur la route, nous arrêtons dans une halte routière pour une pause à la toilette.

J'en profite pour marcher un peu afin de me dégourdir les jambes.

Je croise un gars, fin vingtaine, qui m'adresse la parole, mais je ne comprends rien.

J'enlève un écouteur et j'appuie sur «pause».

Moi: Quoi?

Gars: *You speak English?*

Bon. Il parle anglais.

Moi: *Yeah, a little bit.*

Je parle un peu. Du moins, selon Kat. Et mon inconscient.

Gars: *Blang blang blang... Jump cable... blang blang blang.*

Il répète «*jump cable*». Je ne comprends rien.

Moi: *Slowly, please.*

Il parle plus vite que les Loco Locass rappent. Je vais lui en chanter, moi, du rap en français, pour voir s'il va tout comprendre!

Il commence à s'énerver. Il fait de grands gestes et répète «blaaang blaaaang blaaaaang».

Bon, je ne comprends rien, mais il faut juste que je me concentre et que je connecte avec mon inconscient bilingue et je vais tout comprendre.

Le gars a l'air sympathique. Zéro menaçant. *Jump*, ça veut dire «saute». *Cable*, ça veut dire «câble». «Sauter par-dessus des câbles.» Il me fait peut-être part de son métier. Il travaille pour le Cirque du Soleil ou quelque chose du genre et il veut simplement discuter et il trouve frustrant que je ne comprenne pas ce qu'il dit. À moins que, puisqu'il travaille pour le Cirque du Soleil et que c'est quand même un cirque mondialement connu, il ait un peu la tête enflée et qu'il trouve totalement inconcevable que je ne le reconnaisse pas.

Moi: Aaaaah! (avec l'accent anglophone) Cirque du Soleil! *Yeah! You jump* (je saute sur place). Coooool! *I didn't recognize you. Because of* (je pointe mon visage) *the make-up.*

Gars: *Blang. Blang. Blang. Jump. Cable.*

Puisqu'il perd vraiment patience, je conclus que j'ai mal compris. Et qu'il me fait sûrement une blague qui a rapport avec sauter par-dessus des câbles! Il n'y a rien de plus irritant que de tenter de faire une blague à quelqu'un (surtout si elle est hilarante) et que la personne ne comprenne pas le *punch*. Et c'est pour ça qu'il est un peu sorti de ses gonds. Il faut simplement que je rie de sa blague et il sera content et, surtout, rassuré sur son talent de conteur. Et il me laissera tranquille.

Moi: HAHAHAHAHAHAHA!!!!!

Gars: *OK, bye bye.*

Moi: *OK, byyyye! Thank you for the good joke! HAHAHAHA! Jump cable! Very funny!*

Et je lui fais un signe avec le pouce en l'air.

9 h 45

Je monte dans l'auto et François se met à rouler.

Il me demande:

– À qui tu parlais?

Moi: À un monsieur vraiment sympathique!

Ma mère: Ah oui? Tu sais que je n'aime pas trop ça que tu parles à des inconnus.

135

Moi : Je n'ai plus dix ans ! J'ai quinze ans.

Ma mère : Quand même… Ne le refais plus. Là, on te surveillait, mais ne fais jamais ça si tu n'es pas dans un lieu public où quelqu'un peut t'enlever ou quelque chose du genre. S'il t'arrivait quoi que ce soit, je…

Moi : Oh ! Maman ! Il m'a simplement raconté une super drôle de blague ! Peut-être que vous la connaissez et que vous pouvez me l'expliquer. Parce que… à cause de son accent, j'avais du mal à saisir.

François : Laquelle ?

Moi : Oh, ça parlait d'un gars qui saute par-dessus des câbles…

François : Quoi ?

Moi : C'était en anglais. Il faut être parfaitement bilingue pour comprendre.

François : Je suis bilingue. Qu'est-ce qu'il a dit, exactement ?

Moi : Ben… il disait *jump cable*, *jump cable*.

François (en se mettant la main sur la bouche) : Oh non ! Qu'est-ce que t'as fait ?

Moi : J'ai ri, pourquoi ?

François : *Jump cable*, ce sont des câbles à *booster* ! Il était en panne de voiture et il avait besoin d'aide !

Ma mère : Ouuuuaaaahahahahahahahaha ! (À l'infini jusqu'à ce qu'elle soit obligée de se remettre du mascara.)

Sans commentaire. Oui, un. À ma défense, je trouve qu'il aurait eu le physique de l'emploi pour être acrobate au Cirque du Soleil ou même humoriste.

P.-S.: Câble à *booster*… ce n'est pas anglais, ça?

P.P.-S.: Le Québec est supposé être b-i-l-i-n-g-u-e majoritairement francophone. Pourquoi c'est *moi* qui devrais m'adapter à lui?

À rayer de la liste des carrières potentielles: Mécanicienne.

Si je devenais mécanicienne, on remarquerait rapidement mes lacunes linguistiques en anglais et, comme aucun mot français n'est utilisé pour décrire les pièces (ou s'ils le sont, personne ne les comprend), les clients s'impatienteraient devant mon trop large vocabulaire mécanique français (qui serait inversement proportionnel à mes connaissances en la matière) et me donneraient toutes sortes de surnoms disgracieux, puisés à même la Bible. Le propriétaire du garage, conscient que je fais fuir les clients, me congédierait, suggérant par le fait même au gouvernement de m'expatrier – puisque je ralentis l'économie – avec la mention de ne plus jamais remettre les pieds dans mon pays.

Dimanche 22 octobre

Je suis revenue du chalet. Les parents de François Blais sont cool (plus cool que, disons, un bouledogue enragé), mais sont un peu snobs (ils trouvent que les Rice Krispies ne sont pas des vraies céréales, tsss).

Pendant la fin de semaine, François se penchait souvent vers Sybil pour lui caresser le cou, ce qu'elle adore.

Note à moi-même: Il ne semble pas très actif sur les indices de diabolisme.

Note à moi-même n° 2: Doctor Evil, dans le film *Austin Powers*, a un chat comme animal de compagnie. Hum…

Conclusion: Être gentil avec un chat ne fait pas nécessairement de vous un saint.

Lundi 23 ocotobre

Poème :
La pluie

Elle descend tranquillement le long du mur
Elle est seule, vraiment
Et n'a comme armure
Son ombre seulement

Elle se retourne vers la lune
Mais la lune l'ignore
Elle parle à la brume
Mais la brume dort

Tout autour, elle observe
Mais il n'y a rien à voir
De sa solitude, elle voudrait une trêve
Mais elle n'en a pas le pouvoir

Elle regarde au loin
Ceux qui se tendent la main
Et elle se sent seule
Car pour elle, ils sont aveugles

Elle aurait tant voulu
Combattre ce vent si fort
Elle n'existe presque plus
Car au bout du mur l'attend son triste sort

Elle n'aura finalement jamais connu
d'autre vie
Que celle de goutte de pluie.

Mardi 24 octobre

Yahooooooooooo!!!!!!!!!!!!!!!!!!!!!!!

J'ai des super bonnes notes sur mon bulletin de première étape!!! J'ai 92 % en maths. 92 %. Moi. Moi?! Aurélie Laflamme! J'ai Qua. Tre. Vingt. Douze. Pour. Cent. En maths!!!!!!!!!!!!!!!!!

Mes notes les plus faibles sont en sport (évidemment!) et en éducation au choix de carrière. (Mais ça, ça ne dérange pas trop, ça me surprendrait qu'un futur employeur juge mes perspectives d'avenir dans la compagnie d'après mes notes d'éducation au choix de carrière. Il me semble que je l'imagine, regardant mon bulletin, se dire: «Hum… Bien que vous me paraissiez compétente et visiblement déterminée à obtenir le poste, vous n'étiez pas très forte en éducation au choix de carrière à l'époque du secondaire. Vous me semblez indécise professionnellement parlant et c'est malheureusement un atout pour notre compagnie que nos employés aient toujours été certains de leur choix de carrière.»)

Ma mère m'a dit que j'étais enfin libre!!! Finie, ma punition! Youpiiiiii!!!!!!!

18 h 02

Ma mère m'a permis d'aller chez Tommy.

19 h 57

Je cours jusque chez moi pour appeler Kat.

Essoufflée, je prends le téléphone et je compose son numéro.

Moi: Kat??!!?!!!!!!!!!!!!!!!!!!! J'ai un potin d'intérêt neuf sur une échelle de dix. Ah pis non! Dix!

Kat: Quoi?!?!

Moi: Tommy a une blonde!!!!!!!!!!!

Kat: Hein?!? Qui voudrait sortir avec *lui*?

Moi: Oh! Franchement! T'es pas fine!

Voilà! Tommy est allé jouer à *Guitar Hero* chez Gizmo samedi et il s'est pogné Carol-Ann Veilleux, qui était supposément «impressionnée par sa performance quand il a joué» (c'est ce qu'il m'a dit). Méchante nouvelle! Wouah! Qu'est-ce que j'en ai manqué des choses, pendant que j'étais en, disons, «prison».

Mercredi 25 octobre

Ce matin, ma mère faisait du lavage avant d'aller travailler. Elle est venue me demander où j'avais mis mon chandail bleu, car ça faisait longtemps qu'elle ne l'avait pas nettoyé.

Comment se fait-il qu'elle ne se souvienne d'absolument rien de ma vie, mais qu'elle se souvienne que j'avais (jadis, avant de me faire taxer) un chandail bleu?

Moi: Euh... quel chandail bleu?

Ma mère: Mais voyons, celui que tu avais toujours sur le dos!

Pff! je ne l'avais pas toujours sur le dos, rapport?!?!!!

Moi: Euh… je l'ai laissé, euh… à l'école. Dans ma case.

8 h 04

Ce n'est pas grave. Mon chandail bleu, ce n'est que du matériel. Et pour une fille zen comme moi, le matériel est superflu.

Je me suis réveillée avec une toute nouvelle attitude ce matin! Tout cela grâce à 1) mes bonnes notes et 2) le dictionnaire des rêves à la section «abeille». (J'ai rêvé que j'étais poursuivie par un essaim d'abeilles et que l'une d'entre elles me piquait.)

Le problème, c'est qu'un essaim d'abeilles signifie: «Vous aurez de la chance». Être piqué signifie: «Vous serez victime d'une agression». Cette contradiction que m'envoie mon cerveau – de façon très peu subtile, en passant, quand on sait interpréter les rêves comme moi – m'a inspirée une toute nouvelle philosophie.

J'ai décidé d'être responsable de mes choix (même s'ils ont été motivés par roche-papier-ciseaux) plutôt que d'en être victime. Tant pis si je me fais taxer. Je suis très bien capable de vivre avec ça. Je vais accepter ce fait de façon détachée. Ça deviendra partie intégrante de ma vie. Mes taxeurs pourront même dire que je suis leur meilleure taxée, car je le prendrai en riant, avec philosophie. Ça fera partie de ma vie comme n'importe quel désagrément peut faire partie d'une vie. Je serai taxée, mais heureuse.

8 h 15

Oui, oui, oui, oui, oui, oui, oui.

8 h 35

Ce sera génial.

8 h 40

Ben là, « génial », il ne faut pas exagérer. Disons, « supportable ».

Midi

Je mange à la cafétéria avec Tommy, Kat et Jean-Félix, toujours inspirée par mon bonheur retrouvé. On mange toujours tous les quatre ensemble depuis le début de l'année. Carol-Ann Veilleux est assise à une autre table avec ses amies. Elle et Tommy n'arrêtent pas de se lancer des regards timides.

Moi : Pourquoi tu ne manges pas avec elle ?

Tommy : Ben, je mange avec vous. On ne sort pas ensemble depuis assez longtemps pour changer de table.

Depuis que je suis arrivée au secondaire, j'ai remarqué que les tables de la cafétéria représentent toute une gestion ! Aussitôt que tu poses les fesses à une table, elle devient ta table pour le reste de l'année ! Et si jamais tu te chicanes avec tes amis et que tu es amie avec des gens assis à une autre table, il sera très difficile de te joindre à eux, car les habitudes de la cafétéria ne se changent pas si facilement. Et puis, finalement, si jamais tu réussis à t'intégrer à un groupe assis à une autre table et que tu te réconcilies avec tes amis de l'ancienne table, tu seras bannie de la table numéro 2 à jamais si tu remets les pieds à la table numéro 1.

Et dire que ma mère pense que ma vie est plus simple que la sienne!

12 h 15

Je suis totale enragée!!!!

J'étais en train de manger un sandwich au jambon que je m'étais moi-même concocté hier en prenant soin de me cacher de Sybil (qui adore me voler mes tranches de jambon) quand, tout à coup, Iohann est passé près de moi et m'a volé mon biscuit. Mon biscuit au chocolat. *Double* chocolat. Géant. Aux *morceaux* de chocolat. (Notons que je n'ai pas dit «brisures», mais «morceaux».) Que m'a fait ma mère pour me faire *plaisir*. Après ma punition. En l'honneur de mon bulletin. Et ma mère a la mauvaise manie de modifier les recettes d'une fois à l'autre, si bien que rien de ce qu'elle cuisine ne goûte jamais vraiment la même chose. ET CEUX-LÀ ÉTAIENT PARTICULIÈ-REMENT BONS! Et c'était la DERNIÈRE fois que je pouvais en manger! Il l'a pris dans ses mains et l'a immédiatement MIS DANS SA BOUCHE! Il a commencé à le mastiquer en souriant en coin. J'ai senti soudainement la colère monter en moi. Il peut me prendre mes vêtements. Il peut me voler tout mon argent. Il peut me pousser dans les cases. MAIS IL NE PEUT PAS ME VOLER MON BISCUIT GÉANT AUX MORCEAUX DE CHOCOLAT! Ma seule consolation dans ce monde cruel!!!! (Consolation, côté dessert/pâtisserie et non émotif: le chocolat n'est qu'un dessert, je ne l'oublie pas.)

J'ai commencé à respirer de plus en plus fort. J'étais rouge de rage.

Cette fois, il est allé trop loin.

J'aurais envie d'aller lui dire ma façon de penser. Je me lèverais, je m'approcherais de lui et je lui dirais…

Je ne lui dirais rien, en fait. Je ne me suis jamais vue avec un œil au beurre noir et ce n'est pas aujourd'hui que j'ai envie de savoir si c'est un look qui me convient.

12 h 16

Pendant que Iohann s'éloignait, Tommy s'est tourné vers lui, et vers moi, et vers lui, et vers moi, puis il a dit:

– Qu'est-ce qui se passe?

Kat: Au est victime de taxage.

Moi (en me retournant vivement vers elle): Kat!!! Je t'avais dit de ne pas le dire!

Kat: Ben là! Il s'en serait rendu compte un jour ou l'autre!

Tommy: Iohann? Ça me surprend. L'an passé, il a gagné le trophée du gars que tout le monde aime au gala Méritas.

Jean-Félix: Iohann Martel? Monsieur Sports? Il est devenu taxeur? C'est vrai qu'au primaire, il se tenait avec un gars, voyons, c'était quoi son nom, donc? En tout cas, peu importe. L'an passé, ce gars, Martin *Whatever*, s'est fait mettre à la porte de l'école. Mais il ne se tenait plus avec lui depuis longtemps, il me semble, parce qu'il a commencé à se tenir avec la gang cool de sportifs en première secondaire.

On se retourne tous vers la table où est assis Iohann, en compagnie en effet de la gang «cool» et «populaire» de quatrième secondaire.

145

Moi (tentant de prononcer un mot à travers une technique de respiration me permettant de garder mon calme) : Mon biscuit…

Tommy : En tout cas, si jamais il te fait des problèmes, tu me le diras pis ça va être sa fête.

Kat : Ça va être sa fête ! POUHAHAHAHA-HAHAHAHA ! Où est-ce que t'as pris ça, cette expression-poche-là ?

Tommy (mal à l'aise) : Ben… dans un film d'action.

Kat : Quelle espèce de film poche c'était ? HAHAHAHAHAHAHA !

Tommy : En tout cas ! Tu me le diras pis je vais m'arranger avec.

Jean-Félix : On va être deux, *man*.

Kat : Arrêtez de faire vos héros, là, il est plus grand et plus bâti que vous !

Jean-Félix : On est deux. Et moi, je fais du karaté.

Il fait un mouvement de karaté avec ses bras en criant : « Iikya ! » Et j'éclate de rire.

Jean-Félix : Hé ! Ris pas ! Je suis bon en karaté, je te dis !

Kat : Pfffffouaaahhh ! C'est ça, ton régime ?

Kat et moi, on ne peut plus arrêter de rire.

Jean-Félix : Oh, vous êtes immatures. Je fais du karaté depuis longtemps ! J'ai eu une poussée de croissance, c'est tout. Il n'y a pas de miracle là-dedans !

Tommy : Regarde, c'est beau. Fais-toi taxer pis arrange-toi toute seule, Laf !

Moi (à travers quelques rires) : Ben non ! Je vais te le dire pis tu lui feras sa fête.

Kat (qui se met à chanter) : Bonneeeee fêteeeee Iohann ! Bonneeeee fêteeeee Iohann ! HAHAHAHAHAHAHA !

Moi (presque incapable de prononcer tellement je ris): Hip hip hip!

Kat (à travers son fou rire): Hourraaaaaa!

On rit tellement qu'on en pleure.

Puis, Carol-Ann arrive et nous regarde, un
peu perplexe, ce qui casse un peu l'ambiance.
On arrête de rire pour la saluer.

Avant de partir, Tommy me lance son
dessert (un Jo Louis).

Ensuite, il s'en va passer le reste de l'heure
du dîner avec elle (sûrement pour frencher).
Alors, Jean-Félix, Kat et moi les taquinons
pendant qu'ils partent en faisant:

– Ouuuuuuuh!

15 h 05

Cours d'éduc.

C'est ma quatrième année au secondaire et
c'est la quatrième année que je dois me taper
des sports que je déteste: basket-ball, volley-
ball, ballon-chasseur, etc. Je n'en peux plus.

Aujourd'hui, Denis nous a annoncé qu'on
jouait au basket-ball.

Je dis à Denis que je refuse de jouer.

Il me répond:

– Tu es obligée.

Personne ne m'obligera plus jamais à quoi
que ce soit!

15 h 12

J'arrive sur le terrain. Le sifflet de Denis
nous envoie le signal du début du jeu. Et, alors
que tout le monde s'affaire sur le terrain de
basket, je reste plantée dans un coin, les bras
croisés, à regarder mon prof en chien de faïence.

Je souhaite secrètement qu'il m'envoie chez le directeur. Et que j'aie enfin la paix! À la limite, si on me renvoie de l'école, je n'aurai plus besoin de feindre la maladie. Je pourrai avoir la paix. LA PAIX!

15 h15

Denis souffle dans son sifflet et crie:

– Aurélie Laflamme! Dans mon bureau!

Enfin! Je suis libérée!!!

Il ajoute:

– Les autres, continuez à jouer.

Et il siffle une fois de plus alors que les autres recommencent à jouer.

15 h 16

Le bureau de Denis est une petite pièce vitrée qui donne sur le gymnase. Je m'assois les bras croisés et je le défie du regard.

Denis: Pourquoi tu ne veux pas jouer?

Le fait qu'il s'appelle Denis, comme mon ancien directeur, me procure un léger sentiment de nostalgie de mon ancienne école. Mais ce Denis est tout à fait différent. Il est jeune. Il tient un ballon dans ses mains et je regarde son sifflet qui pend à son cou. Il porte des shorts et un coupe-vent. Je me demande bien ce qu'il fait avec un coupe-vent dans l'école. Où il n'y a aucun vent.

Moi: Je t'ai averti que je ne voulais pas jouer. Je suis tannée qu'on m'oblige à faire des choses que je ne veux pas faire! Je déteste le basket-ball! C'est plate. P.L.A.T.E. Je déteste aussi le volley-ball! C'est pire! Je ne suis pas capable, moi, de le pogner, le ballon, en faisant le mouvement! (Je caricature le mouvement de bras du volley-ball en grimaçant.)

Denis: Qu'est-ce que tu veux faire, alors?

Moi: Depuis que je suis en première secondaire, on joue à ces jeux plates alors qu'il existe toutes sortes de sports! Pourquoi on ne ferait pas des sports individuels? Genre... du yoga! Top tendance! Ou du karaté pour apprendre à se défendre! C'est important de savoir se défendre! De la gymnastique! Un cirque, genre le Cirque du Soleil!

Denis (songeur): Un cirque... Aurélie, je n'avais pas pensé à ça, mais ce sont de bonnes idées. Si on faisait un *deal*, toi et moi? Tu joues au basket-ball et je m'arrange pour que, le mois prochain, on fasse des sports individuels. Peut-être même un cirque.

Je suis bouche bée.

J'avais juste dit ça comme ça...

21 h 50

Dans mon lit. Toujours bouche bée.

22 h 01

TOUT LE MONDE EST VIRÉ SUR LE TOP DANS CETTE ÉCOLE OU QUOI?!?!!!!!!

Jeudi 26 octobre

Ouch! Je me suis mordu la langue. (Point culminant de ma journée.) En plein cours de français. Pendant que je lisais la réponse 3a dans le cahier d'exercices. D'ailleurs, question existentielle : pourquoi, lorsque tu ne fais pas le numéro 3a de ton devoir, c'est toujours toi qui dois y répondre lors de la correction?

Puis, Charles-Antoine Labrosse est venu dans chaque classe passer des dépliants pour le gros party d'Halloween costumé qui aura lieu le mardi 31, après l'école. Il est venu à la dernière période, pendant le cours d'histoire, ce qui nous a changé les idées de l'adaptation des colonies en Nouvelle-France après 1663.

Samedi 28 octobre

François Blais est, pour une rare fois, hors de mon champ de vision. Il n'est pas avec ma mère aujourd'hui et la raison m'importe peu.

Ma mère et moi en avons profité pour mettre des décorations d'Halloween. On a décoré une citrouille et elle est tellement laide qu'on a éclaté de rire au moins un milliard de fois en la regardant (OK, peut-être seulement un million).

Ma mère a coupé une autre citrouille pour faire des tartes et un potage. Je l'ai aidée et je dois dire que, pour une tâche ménagère, j'ai trouvé ça le fun (je dois vieillir).

À un moment donné, je brassais le potage et ma mère est venue ajouter quelques épices. Puis, tout à coup (honnêtement, je ne sais pas trop ce qui lui a pris), alors que j'allais goûter au potage, elle s'est jetée sur moi (elle ne voyait donc pas que j'étais en train de cuisiner?) et s'est mise à me chatouiller! J'ai crié et je me suis sauvée mais elle m'a poursuivie jusque sur le divan, sur lequel elle m'a jetée pour m'embrasser sur les joues, en même temps qu'elle continuait à me chatouiller en criant:

– Guerre de bisous! Guerre de bisous!

Moi: Hahahaha! Arrête! Je n'ai plus cinq ans! Hahahaha! Arrête! M'maaaaaaaan! Franchement!

À rayer de la liste des carrières potentielles: Clown.

Ça doit être trop épuisant de rire toute la journée. Ça ne doit pas faire trop sérieux de demander à un médecin de nous signer un arrêt de travail forcé pour cause de trop grande dilatation de la rate. Donc, je ferais tout pour provoquer le moins de rires possible, question de rester en santé. On remarquerait rapidement mes lacunes professionnelles. Par exemple, mon manque d'intérêt à transformer des ballons en toutes sortes d'objets style chiens, chapeaux ou fleurs serait flagrant. Ce qui décevrait beaucoup les enfants. Et mes patrons. Évidemment, je mettrais ça sur le compte d'une santé fragile, mais je serais rapidement remerciée. Je devrais me trouver un nouveau champ d'intérêt et retourner aux études. J'aimerais pouvoir trouver un métier qui ne m'obligerait pas à retourner à l'école.

22 h 15

Quinze minutes après m'être couchée, je suis allée voir ma mère dans son lit. Elle dormait. Je l'ai collée. Je l'ai embrassée sur la joue. Et je suis partie.

Note à moi-même: Surtout, n'en parler à personne. Jamais.

Dimanche 29 octobre

Magasinage intensif de mon déguisement d'Halloween avec Kat. Ma mère est venue nous reconduire au centre commercial. Attendre à la dernière minute n'est pas l'idéal, car tous les meilleurs déguisements sont partis, mais je me fais avoir chaque année.

Finalement, on a tout trouvé au magasin du dollar! On se déguise en vampires.

Le nom de vampire de Kat: Vampirella.

Le mien: Crocs d'acier. (J'ai lancé ce nom parce que je trouvais ça niaiseux qu'on se trouve de faux noms. Les vampires ne changent pas de nom en devenant vampires, franchement! On peut avoir le même prénom et être vampires! Mais Kat trouve que ça aide à entrer dans la peau du «personnage» d'avoir de faux noms. Soupir.)

Lundi 30 octobre

Je me rends compte que «la taxée heureuse» est un rêve impossible. Je l'ai compris après que Iohann m'a foncé dedans en marchant dans le corridor. Je n'ai pas voulu le dire à Tommy parce que je crains que, s'il se bat avec Iohann, il en ressorte gravement blessé. Iohann est vraiment plus sportif que lui. Il est grand, musclé. (Et beau.) Bon, ce détail est vraiment très peu important dans les circonstances. Mais honnêtement, je me demande pourquoi un beau gars comme lui, qui semble avoir du talent en sports et pas complètement dépourvu d'intelligence, envisage une carrière de bandit. Je crois qu'il lui manque une *boat*! (Je ne sais pas si ça s'écrit comme ça, *boat*! Il me semble que *boat*, c'est un bateau. Et je ne sais pas trop pourquoi il lui manquerait un bateau dans la tête... Je veux dire qu'il lui manque certainement un boulon dans la tête et je ne sais pas si c'est comme ça que s'écrit l'expression anglaise, surtout que je n'ai plus trop confiance en mon bilinguisme inconscient.) Mais bon. Tout ça pour dire que je ne peux en parler. Ni à Tommy. Ni à ma mère.

Ni à personne. C'est un problème que je dois régler moi-même ! Au plus vite !

15 h

Comment ?

18 h 37

En revenant de l'école, Kat m'a conseillé d'appeler *On t'écoute*, l'organisme d'aide téléphonique pour les jeunes. Ouain… pas bête (même si j'espère toujours qu'elle aura l'illumination de me proposer de changer d'école, l'ultime solution selon moi, mais en attendant que lui vienne cette épiphanie, c'est la seule solution envisageable…).

18 h 39

Hum… qu'est-ce que je pourrais leur dire ?

18 h 45

Carrément : « Je suis victime d'intimidation et de taxage, aidez-moi. » Non, ça fait trop « je fais pitié ». Et je ne fais pas pitié. Je fréquente simplement une école qui éduque de futurs malfrats en puissance. Nuance.

18 h 51

Bof ! C'est anonyme. Il ne le sait pas, lui, que j'ai pris la résolution de, disons, voir la vie avec de nouvelles lunettes (celles du bonheur). Alors, ça ne compte pas trop si je me plains.

18 h 52

Ça sonne.
Un monsieur répond.

Moi : Euh… oui… euh… j'ai un petit problème… d'ordre… scolaire.

Le monsieur : Je t'écoute.

Je ne sais pas pourquoi ils disent toujours ça quand on appelle. L'organisme s'appelle *On t'écoute*, on le sait bien qu'ils nous écoutent ! Ils ont peur d'avoir l'air de faire de la fausse représentation s'ils ne nous le rappellent pas ou quoi ?

Moi : Euh… oui, bon, il y a un gars, à l'école…

Le monsieur : Hu-hum…

Moi : Qui me… je ne sais pas trop comment dire ça. Qui me fait du trouble.

Le monsieur : As-tu essayé d'en parler à un adulte ?

Moi : Êtes-vous un adulte, vous ?

Le monsieur : Oui.

Moi : Bon, ben, c'est à vous que j'en parle.

Le monsieur : Comme tu veux…

Moi : Qu'est-ce que je peux faire ? S'il vous plaît, aidez-moi, je n'en peux plus ! Si j'en parle à Tommy, en tout cas, un de mes amis, il va se battre avec lui et il va se faire clancher parce que Iohann est assez musclé. Des muscles très découpés. C'est un joueur de soccer, vous voyez le genre ? En fait, il a un assez beau corps, pour un gars, mais bon, il s'en sert pour le mal, alors… En tout cas, pas rapport. Bref, si j'en parle à ma mère, elle voudra me changer d'école. Et si j'en parle à un prof, il appellera ma mère qui me changera d'école. Et je préfère être victime de taxage, mais aller à la même école que Kat plutôt que de ne pas être victime de taxage et aller à une école sans Kat. Mais ce que je préférerais vraiment, c'est aller à la même école que Kat sans être victime de taxage. Qu'est-ce que je peux faire ?

20 h

Je relis le mot dicté par le bénévole d'*On t'écoute*. Une phrase que je dois dire à Iohann s'il m'intimide encore. Je dois dire exactement : « Si tu m'intimides encore une seule fois, j'appelle la police. Ta vie est soit entre tes mains, soit entre les miennes. À toi de décider. »

Et il m'a conseillé de mettre la menace d'appeler la police à exécution au prochain signe d'intimidation. Car si je ne mets pas la menace à exécution, il croira qu'il peut continuer, que je fais des menaces en l'air.

Le bénévole m'a dit que les victimes étaient protégées et que je pourrais garder l'anonymat.

Il m'a dit que si c'était quelqu'un de très violent, de simplement lui donner ce qu'il me demande pour éviter toute altercation et d'en parler sans attendre à la police ou à un autre intervenant de l'école qui pourra prendre les mesures nécessaires contre lui.

Je me sens un peu soulagée.

20 h 22

Je me sens comme Spiderman. À part que je suis une fille. Et que je ne porte pas de costume bizarre (limite laid). Et qu'une araignée ne survivrait jamais assez longtemps sur mon bras pour pouvoir me piquer. Bref, je ne sais pas du tout pourquoi j'ai choisi ce superhéros. D'ailleurs, avant de raccrocher avec le bénévole d'*On t'écoute*, tant qu'à avoir un

« professionnel » au bout du fil, j'ai pensé lui faire part d'un autre problème (ce service est gratuit, alors autant en profiter). J'ai dit :

— Savez-vous, ou, en tout cas, connaissez-vous un truc pour tuer les araignées, sans avoir à les approcher ni les voir ?

Le monsieur a dit :

— Pardon ?

Moi : Les araignées… Les tuer. Un truc.

Le monsieur : Il ne sert à rien de tuer les araignées ! Il est par contre très pratique de combattre ses phobies, je t'assure.

Et là, il m'a dit que ce cas-là était plus du domaine de la psychologie et que, par conséquent, il ne pouvait m'aider. Il m'a par contre conseillé un araignicide, un vaporisateur qui éliminait les araignées.

Ce qui a confirmé ce que j'ai toujours pensé d'*On t'écoute*. Ces gens n'ont aucun diplôme en psychologie ! Ah !

Néanmoins, la phrase que m'a suggérée le bénévole d'*On t'écoute* me procure un nouveau sentiment de force (l'araignicide aussi…).

Mais bon. On dirait que je comprends comment se sent Spiderman avant d'aller combattre un méchant. Oui, je me sens exactement comme ça. Invincible (toutes les références aux araignées en moins).

20 h 25

J'aurais pu dire, disons, Superman, mais Superman m'énerve un peu.

20 h 32

J'ai le droit de me sentir comme le super-héros de mon choix sans me faire juger par mon cerveau, bon! Ce n'est pas parce que ses super-pouvoirs viennent de (détail) une araignée et que je m'identifie moins à la source de ses pouvoirs que je ne peux pas me sentir comme lui! Franchement! J'ai le droit d'être qui je veux dans mon imagination! Ahhhhhhhh!

22 h

Dans mon lit, après l'extinction des feux. (Après avoir fermé les lumières, dans le fond, je dis ça pour imiter les films d'«armée», parce que quand ma mère m'a dit d'éteindre les lumières, elle avait l'air d'un caporal.)

Sybil est à mes pieds et je ne vois que ses yeux qui scintillent dans le noir,

Demain: party d'Halloween.

Ça me stresse un peu de voir Nicolas avec sa blonde. Danser et tout. Pas que je n'ai pas réussi à l'oublier depuis que j'ai dit que j'allais l'oublier. Au contraire: total oublié. Après tout, je suis assez occupée ces temps-ci, avec mes études, le taxage et tout, mais bon, l'an passé, à l'Halloween, Nicolas et moi, on se *cruisait*. Alors, j'ai comme, disons, des réminiscences du passé. Bon, je ne savais pas qu'on se *cruisait* parce qu'aucun de nous n'osait se dire qu'on tripait sur l'autre, mais c'est le fun de savoir après coup que, finalement, on se *cruisait*. En tout cas, je me comprends.

Moi: Me comprends-tu, toi, Sybil?

Sybil: Rwouiwww.

Moi: Bon, c'est ça que je me disais.

Ma mère (de sa chambre) : Aurélie !!! Il est temps de dormir !

Oui, mon caporal.

Comment elle fait pour savoir que je ne dors pas ? Et si j'avais été endormie et qu'elle m'avait réveillée en criant, de sa chambre, comme ça ? Je n'aurais pas été très contente.

En tout cas, j'aurais bien aimé lui dire que les vampires vivent la nuit et que je tentais de me mettre dans la peau de mon personnage en restant éveillée, mais discuter avec un caporal d'armée est tout simplement impossible. Il. Faut. Suivre. Les. Ordres. (Honnêtement, on est dans une bonne passe et, étant donné notre complicité retrouvée, j'ai beaucoup d'espoir de pouvoir lui confier ce que je vis sans qu'elle capote, alors ce n'est pas le temps de tout gâcher en rouspétant.)

Mardi 31 octobre

Halloween.

Je me suis levée un petit peu plus tôt ce matin pour réaliser mon maquillage de vampire. Pendant que je me préparais dans la salle de bain, Tommy a cogné à la porte. Ma mère a répondu et m'a crié:

– C'est Tommy! Il vient te chercher pour aller à l'école!

Moi: Dis-lui de partir sans moi, je ne suis pas prête!

9 h 20
HUMILIATION SANS FIN!!!!!!!!!!!!!!!! !!!!!!!!!!!!!!!!!!!!!!!!!!!!!!!!! (Je pourrais remplir trois pages de points d'exclamation que ça ne me permettrait pas d'exprimer à quel point j'exclame mon émotion d'humiliation.)

Je suis actuellement dans mon cours de sciences physiques.

Et je suis la seule déguisée.

LA SEULE!!!!!!!!!!!!!!!!!!!!!!!!!!!!!!!! !!!!!!!!!!!!!!!!!!!!!!!!!!!!!!!!! (*Idem* pour les points d'exclamation.)

Mon arrivée à l'école, à 9 h 10

Je suis arrivée à la dernière minute à l'école, car j'avais mis beaucoup de temps à me préparer. J'ai blanchi mon visage. Je me suis fait des lèvres noires. J'ai tracé un contour des yeux très charbonneux aussi (c'est ma mère qui m'a donné ce terme, et elle m'a aidée à me maquiller en me confiant que, plus jeune, elle avait déjà pris des cours d'esthéticienne, ce que j'ignorais). J'ai mis un dentier de fausses dents de vampire et de faux ongles noirs. Et ça m'a pris du temps à essayer de mettre les lentilles cornéennes rouges, tâche impossible que j'ai finalement abandonnée. Puis, j'ai mis la perruque et la longue robe noire.

Ma mère est venue me reconduire à l'école (*sweet*) et je suis entrée en courant (ben… le genre de course qu'on peut faire avec une longue robe noire qui entrave chaque pas).

Il n'y avait plus grand-monde dans la salle de casiers, si bien que je ne les ai pas vraiment remarqués, plus concentrée à prendre en vitesse dans ma case le livre dont j'avais besoin pour mon premier cours : sciences physiques.

Je suis arrivée au local de sciences physiques à 9 h 15, au moment où sonnait la cloche. Au moment où j'ai réalisé que p-e-r-s-o-n-n-e n'était déguisé. Personne !!!!!!! J'étais là, debout, les joues en feu (mais ça ne paraissait pas à cause de la blancheur de mon visage), en me disant que mes yeux devaient être rouges malgré le fait que j'avais été incapable de mettre les lentilles cornéennes de vampire. Puis, le prof de sciences physiques m'a regardée un peu surpris et m'a invitée à m'asseoir.

Tétanisée, j'ai posé un regard circulaire sur la classe. Une classe/laboratoire où l'on s'assoit sur des tabourets devant des tables où sont placés tous les accessoires nécessaires aux expériences. J'ai aperçu ma place libre, près de Kat. Je m'y suis dirigée machinalement en évitant de croiser des regards.

Retour à 9 h 20

Je suis assise sur ma chaise depuis cinq minutes, à me sentir comme la dernière des débiles.

Kat, qui est assise à côté de moi, me regarde et lève ses épaules et ses paumes en signe d'interrogation.

J'écris sur un papier :

« Je pensais qu'il fallait se déguiser toute la journée. »

Kat écrit sur la ligne du dessous :

« C'est juste pour le party. »

J'écris, à la suite :

« Je vois ça. »

Réponse de Kat :

« C'est pas grave. Ça va te donner un air original. »

Je réponds :

« Je m'invente une maladie et je retourne chez moi. »

Kat répond :

« Si tu fais ça, ta mère va te tuer. »

Elle ajoute une ligne après que j'ai lu celle-ci :

« En plus, tu manquerais le party. »

Je réponds :

« Que faire ? »

Kat répond :

« As-tu des vêtements et ton maquillage ? »

Je réponds :

« J'ai rien. »

Kat répond (et me regarde de façon découragée) :

« Franchement ! Tu aurais pu apporter du maquillage pour faire des retouches ! »

Je réponds :

« Je suis partie vite. »

Kat réponds :

« Tu peux commencer par enlever ton dentier. »

Ah oui, c'est vrai, mon dentier ! Je l'enlève et Kat et moi réprimons un fou rire.

9 h 25

Monsieur Gagnon arrête de parler, nous regarde et nous dit :

– Les filles ! Y a-t-il quelque chose que vous aimeriez partager avec le reste de la classe ?

Kat : Non, c'est beau.

Monsieur Gagnon : Soyez attentives.

Kat et moi nous regardons.

Puis, je lui écris :

« J'aimerais partager avec la classe que – vous ne l'avez peut-être pas remarqué, parce que c'est très subtil et que nous savons nous fondre dans la foule – je suis un vampire. Signé : Crocs d'acier. »

Kat et moi nous penchons la tête pour rire discrètement. J'ai remarqué que, lorsqu'il est interdit de rire, ça donne encore plus le goût de rire, alors Kat et moi penchons la tête, mais notre corps tressaute malgré nous tellement on rit intérieurement tout en essayant d'arrêter du mieux que nous le pouvons.

Midi
Mon supplice est presque terminé. J'ai demandé à Kat, Tommy et Jean-Félix de dîner dehors. Il fait super beau et chaud. Le sol est parsemé de feuilles colorées et le soleil est radieux.

(J'ai prétexté le beau temps, mais en réalité je préfère manger dans un endroit discret pour éviter de croiser des gens avec mon déguisement.)

Personne ne s'est moqué de moi. Certaines personnes m'ont même dit qu'elles regrettaient de ne pas avoir fait pareil. Mais tout le monde me regarde et je remarque que, dans la vie, je préfère passer inaperçue.

À rayer de la liste des carrières potentielles : Première ministre du Québec et/ou du Canada.
Je serais incapable de faire des sorties publiques. (Évidemment, pendant mon mandat, je ne serais pas déguisée en vampire, ce qui aiderait beaucoup.) Je n'aimerais pas que toute l'attention soit dirigée vers moi et j'angoisserais solide quand on ferait une caricature de moi, si drôle puisse-t-elle être. Je me servirais de l'argent des contribuables pour poursuivre les

artistes qui se moqueraient de moi, car la ligne de mon parti serait : À bas les moqueries ! Si, au départ, les électeurs avaient été touchés par cette idéologie (parce qu'après tout, tout le monde a déjà subi une raillerie qui l'a traumatisé), ils se rendraient vite compte que, dans une société, il y a d'autres priorités, comme un bon système de santé ou encore l'éducation. Avec mes idées farfelues, j'endetterais mon pays. Et je passerais à l'Histoire comme la pire des premières ministres, agoraphobe, sans idées et dépourvue de sens de l'humour, ayant mené son pays au bord d'une guerre civile (évitée de justesse grâce à mon successeur).

12 h 30

J'appelle ma mère :

– Pourquoi tu ne m'as pas dit que Tommy n'était pas déguisé, ce matin ?

Ma mère : Je croyais qu'il avait décidé de ne pas se déguiser.

Moi : Je vis la pire honte de ma vie !

Ma mère : Ben non ! Je suis sûre que ce n'est pas si pire que ça ! On te trouvait bien *cutes*, nous autres.

Coudonc ! Ma mère n'est plus capable d'être un individu ! Elle n'est pas capable de me dire : « JE te trouvais *cute* » ? Pourquoi faut-il absolument qu'elle inclue François ? L'autre jour, j'ai lu un reportage sur des sœurs siamoises dans un magazine et une des sœur siamoises tricotait, et l'autre aimait pratiquer le chant. Elles n'ont pas dit « Nous aimons le tricot et le chant. » L'une a dit : « J'aime le tricot » et l'autre a dit : « J'aime le chant ». POURQUOI MA MÈRE

N'EST PAS CAPABLE D'AVOIR CE GENRE D'INDÉPENDANCE????!!!!!

Note à moi-même: Va sérieusement falloir que je lui parle.

16 h 20
La cloche annonçant la fin des cours sonne.

16 h 45
Je regarde Kat pendant qu'elle se prépare. Elle emprunte mes techniques de maquillage et me prête ses produits pour que je puisse faire des retouches au mien.

17 h
Partyyyyyyyyyyyyyyyyyyyy!!!!!!!!!!!!!!! On entre dans le gymnase qui a été tout aménagé pour l'Halloween. Les gens du comité organisateur nous remettent des coupons nous donnant droit à un buffet et à un jus.

Point fort du party: Me fondre dans la foule!

18 h 20
Je tente de ne pas trop regarder Nicolas (qui est déguisé en pirate, style Jack Sparrow) ni Jessica (qui est déguisée en médiévale, j'imagine qu'elle est une tentative d'Elizabeth Swann, mais c'est complètement raté selon moi, car ça ne lui ressemble pas du tout).
La musique qui joue est du dance et je déteste ça. Ark!

18 h 35

Tommy (il ne s'est pas déguisé, mais transporte un masque de monstre vert affreux) est dans un coin avec Carol-Ann (déguisée en bohémienne). Elle a l'air à triper pas mal sur lui. Kat (ou plutôt Vampirella), Jean-Félix (déguisé en vieux monsieur avec une canne) et moi (Crocs d'acier) rions un peu de Tommy de loin. Il nous fait signe d'arrêter.

18 h 40

Je commence à me laisser emporter par le rythme (à la hauteur des genoux), mais j'empêche le reste de mon corps de bouger.

18 h 47

Kat et moi regardons les gars et arrivons à la conclusion qu'aucun d'eux ne nous intéresse. Ils ont tous l'air fou. (Bon, je l'admets, ils sont déguisés, mais quand même.)

Ensuite, nous avons interrogé Jean-Félix afin de savoir sur quelle fille de l'école il tripait. Il a rougi et il a dit : « Je préfère être discret à ce sujet. » On l'a laissé tranquille et Kat nous a finalement avoué qu'elle trouvait Marc-André Gagnon *cute* (mais m'a lancé un regard qui signifiait « pas aussi *cute* que mon moniteur d'équitation »).

19 h

Kat, Jean-Félix et moi, nous nous obstinons sur un problème de maths. Moi, je dis que $2x + 4x$ est un monôme et eux disent que c'est un binôme. On décide de parier. Et je me dirige vers la salle des casiers pour aller vérifier dans le livre pour savoir qui va remporter le gros lot.

19 h 13

Je fouille dans mon casier (j'avoue que j'ai du mal à tenir ma résolution de le garder propre) et je trouve enfin mon livre. Je regarde dedans et ah! j'avais raison! Cette année, je suis totale *nerd*! 2x + 4x est un monôme parce que 2x + 4x = 6x. (Je le savais, parce que comme truc, quand j'étudiais, je me suis dit que c'était exactement comme ma mère avec François...)

Je referme le livre et ma case, je me tourne pour partir et je tombe sur Iohann, déguisé en vacancier avec chemise fleurie et colliers hawaïens, qui me bloque le chemin et qui me dit:

– C'est quoi le mot de passe?

Moi: Quoi?

Il s'approche et je recule.

Même si je suis complètement terrorisée, je remarque qu'il porte un désodorisant à l'odeur de «brise marine». Je le sais car, l'autre jour, avec Kat, on a senti presque tous les désodorisants pour gars à la pharmacie. (On n'avait total rien à faire!) En sentant le désodorisant à la brise marine, je lui ai passé le commentaire suivant: «Je suis certaine que ça irait bien à Orlando Bloom.» Je ne sais pas trop pourquoi j'ai pensé que ça irait bien à Orlando Bloom. C'est juste que, si j'imagine l'odeur d'Orlando Bloom (pas dans son rôle de pirates dans le film *Pirates des caraïbes* parce que, dans ce temps-là, il n'y avait pas de désodorisant, mais plutôt dans la vraie vie), je l'imagine comme ça.

Iohann s'approche encore.

Avec son odeur d'Orlando Bloom, il me semble tout à coup un peu moins menaçant.

Je bouge mes yeux de droite à gauche, tout de même à la recherche de quelqu'un qui pourrait m'aider.

Je voudrais être capable d'articuler la menace qu'*On t'écoute* m'a suggérée, mais je n'y arrive pas. Il est trop près de moi. Et il n'y a aucun témoin. Il pourrait m'enfermer dans une case et personne ne me retrouverait jamais. Je pourrais mourir de suffocation ou quelque chose du genre. On me retrouverait en décomposition et mon squelette servirait pour les cours de bio.

Je pourrais aussi me servir de mon dentier à canines pointues pour lui mordre le cou, mais il est plus grand que moi et il faudrait que je saute pour atteindre son cou, ce qui ne m'avantage pas dans la bataille. Zéro crédibilité.

À bout de nerfs, je réussis à bégayer :

– OK. OK. Tu m'as eue. Je vais te donner tout mon argent ! Pour le reste de l'année ! Aucun problème ! J'ai des économies en banque ! J'ai même un héritage de mon père ! Si tu me suis dans le gymnase, je peux aussi te donner dix dollars parce que je viens de gagner un pari parce que $2x + 4x$ est un monôme.

Iohann : Qu'est-ce que tu dis là ?

Moi : $2x + 4x$ est un monôme parce que $2x + 4x = 6x$.

Iohann : Mais pourquoi tu veux me donner de l'argent ?

Moi : Tu veux me taxer, c'est beau. C'est correct. Y a pas de problème. T'as pris mon chandail préféré. Oh ! Tu préfères les vêtements ! Niaiseuse ! (Je me tape le front.) 'Scuse ! Bon, évidemment, il n'y a rien de *hot* avec ma robe de vampire. Inutilisable. Je le sais. Je peux te donner, euh, mes souliers, si tu veux. (Je lève ma robe jusqu'aux genoux pour lui montrer mes espadrilles.) Quoique si tu veux mon avis, il y a des gens qui ont des ben plus beaux souliers que les miens! Ma mère ne veut pas me payer des marques, justement parce qu'elle m'a parlé des taxeurs et qu'elle dit que, de toute façon, je les brise facilement, alors…

Iohann : Je ne veux pas te taxer!

Moi : Hein?!

Je regarde autour pour voir s'il y a un prof, ce qui expliquerait ce qui pousse Iohann à changer d'attitude.

Iohann : HAHAHAHAHAHA! C'est la chose la plus bizarre que j'ai entendue!

Moi : Ben, tu n'arrêtes pas de me pousser dans les cases et de vouloir me battre!

Iohann : Te battre?! Voyons! T'exagères! Je n'ai jamais voulu te taxer! Est-ce qu'il y a quelqu'un ici qui a voulu te taxer? Si oui, tu me le dis et je lui pète la gueule.

Moi : Euh… 'Scuse-moi. Je ne comprends rien.

Iohann : Je pensais que t'avais compris.

Moi : Compris quoi?

Iohann : Coudonc, viens-tu d'une autre planète, toi?

Moi : Ça m'arrive de penser ça, oui…

Iohann : J… ben… oh pis franchement, je ne suis pas pour te dire ça!

Moi : Me dire quoi?

Iohann : Devine!

19 h 21

Tommy arrive. Iohann est toujours devant moi et je serre le livre de maths tellement fort dans mes mains que mes doigts sont tout rouges.

Tommy : Aurélie, est-ce que ce gars te fait du trouble ?

Moi : Euh… (non dit : oui, mais pas comme je pensais) non.

Iohann part et Tommy le regarde furieusement. Puis, Iohann me lance un dernier regard et sort de la salle des casiers.

À rayer de la liste des carrières potentielles : Clairvoyante.

Ce n'est clairement pas un don inné chez moi. Je causerais peut-être trop de soucis inutiles à mes clients si je leur disais, par exemple, qu'ils souffriront d'une maladie incurable et qu'il s'avère deux semaines plus tard qu'il s'agit en fait d'allergies saisonnières.

Novembre

Tout le monde à babord !

?miaou?

MOI DANS UNE DOUDOU

JE ZUIS DRÈS BALADE

Chirorique ÉLIE AMME

PIA PIA PIA !
PIA PIA PIA !
PIA PIA PIA !

1er FLOCON

NOVEMBRE 11

fête de Tommy !

BOULE DISCO

6'8"

POULET FRIT À ÉVITER
= NUMÉRO 2 X 2 !!

sourire de cheerleader en faisant la vaisselle ?
NON

si j'étais grande, le basket serait plus facile...

TROISIÈME œil aveugle !

JE LE HAIS !
JE LE HAIS !
JE LE HAIS !
JE LE HAIS !

La pluie...

Samedi 4 novembre

Je ne sais pas ce qui me prend (et c'est total pour me mettre dedans pour faire mes devoirs, car c'est difficile quand il pleut comme aujourd'hui et qu'on a plus envie de déprimer que de se motiver à faire quoi que ce soit) mais j'écoute une toune pop-dance-quétaine. JE DÉTESTE POURTANT LE POP-DANCE-QUÉTAINE!!! (Impossible que j'écrive le titre et le nom de l'artiste, c'est beaucoup trop honteux.) Je crois que j'ai sérieusement besoin d'une thérapie. (Pour les araignées et pour mes goûts musicaux douteux.)

13 h

Je suis seule à la maison et je fais un devoir de sciences physiques en hochant la tête au son de la musique (de façon intermittente, parce qu'une fois de temps en temps, je réalise ce pour quoi je suis en train de hocher la tête, donc j'arrête). J'essaie très fort de rester concentrée.

Depuis le party de mercredi dernier, j'ai du mal à garder le *focus*.

Je n'arrête pas de repasser dans ma tête les événements qui se sont produits depuis le début de l'année scolaire, sans pour autant comprendre ce qui s'est passé (autant dans la vie que dans ma tête).

Ma conclusion: Je suis complètement aveugle (du troisième œil), ce qui fait que je suis absolument incapable de capter les subtilités relationnelles entre êtres humains.

Hier, j'en parlais à Tommy (pas de mon troisième œil, mais des, disons, « événements ». Je relatais un peu les, disons, « assauts/préjudices » que m'a fait subir Iohann. Tommy a dit (en étant total crampé) :

– Voyons, c'était évident qu'il tripait sur toi ! T'es donc ben nouille d'avoir pensé que c'était du taxage ! Si tu m'en avais parlé, j'aurais pu te le dire !

Moi : Comment je pouvais savoir que violence égale amour ?

Tommy : Franchement, ce n'est pas de la violence ! Une petite poussée dans les cases ou t'arroser à la fontaine !

Moi : Pas m'arroser ! Me pousser dans le jet !

Tommy : Oh ! Franchement !

Moi : Il s'y prend mal, en tout cas !

Tommy : Ben les gars, c'est pas comme les filles. On ne s'exprime pas pareil.

Moi : Vous devriez prendre exemple sur nous parce que vos méthodes… Pas fort.

Tommy : Est-ce que tu tripes sur lui ?

Moi : Ark ! VRAIMENT PAS ! Si tu penses que je vais triper sur un gars qui m'arrose, c'est mal me connaître ! J'ai, disons, un peu plus de sympathie pour lui. C'est tout. Et je suis contente de ne pas être victime de taxage. Depuis que je sais ça, je me sens libérée et beaucoup plus légère.

P.-S. : J'aimerais bien récupérer mon chandail.

13 h 30

J'ai terminé (tant bien que mal, et un peu aidée par le rythme festif et robotique de la musique que j'écoute en ce moment) mon devoir de sciences physiques et j'entame mon devoir d'ECC.

Paul, le prof, nous a demandé d'écrire une dissertation sur le métier de nos rêves versus un métier réaliste pour nous, après nous avoir dit qu'on pouvait faire ce qu'on voulait dans la vie.

Je me demande s'il voulait dire qu'on pouvait faire ce qu'on *voulait* dans le sens de « carrière » ou dans le sens d'« anarchie ». Je n'ai pas osé lui poser la question.

Je découvre que, côté carrière, je n'ai pas vraiment de rêve. J'en ai parlé à ma mère (ce qui impliquait que François Blais était là) et elle n'a rien répondu, mais François m'a dit que c'était très positif, car j'allais pouvoir me laisser guider par la vie et avoir de belles surprises. (Des fois, je trouve qu'il dit vraiment n'importe quoi.) Il a aussi ajouté de ne pas me stresser tout de suite avec ça, que je pouvais attendre l'an prochain avant de décider pour de bon en quoi je me dirigerais au cégep et à l'université. (Mais certaines choses qu'il dit font parfois grandement mon affaire.)

15 h

Kat est venue me rejoindre après son cours d'équitation. Elle m'a promis de m'aider avec mon devoir d'anglais et, comme ma mère est partie faire des courses, on ne sera pas dérangées. Il faut écrire dans nos mots (en anglais) pourquoi, dans l'épisode de *One Tree Hill* qu'on a regardé en classe, Brooke est fâchée contre Lucas. Facile : elle lui a demandé un *break* pour qu'il la reconquière et il a pris le *break* au sérieux et s'est pogné une autre fille. (Nono, il n'a rien compris !)

15 h 15

Pendant que Kat et moi nous obstinons sur les motifs de Brooke, François arrive. Kat et moi sommes à la table de la cuisine et je suis un peu surprise de le voir entrer avec une clé de *ma* maison dans *sa* main, sans ma mère.

J'essaie de regarder derrière lui si ma mère est là.

Moi : Ma mère… est… absente (????????? ?????????????????????????????????????? ?????????).

François : Ah oui ? Bon, c'est pas grave. Elle m'avait dit que je pouvais venir attendre ici. Hé, vous écoutez de la musique disco ?

Moi : Ben, dance… Mais c'est juste un hasard.

François : Attendez-moi une minute.

Il peut bien s'en aller pour de bon, ça ne fera de peine à personne.

15 h 17

François revient. Il tient une boule disco rotative électrique avec éclairage multicolore sous son bras.

François : Les filles ! Regardez ce que j'ai trouvé ! On l'avait utilisée pour un party au bureau à Noël l'an passé et elle traîne dans mon auto depuis ce temps-là.

Kat et moi nous regardons sans rien dire.

François : Allez, lâchez vos devoirs, on l'essaie.

Note à moi-même : François veut me forcer à être inculte. Demeurer vigilante.

15 h 18

Il branche la boule disco dans le salon et monte le son de ma musique pop-dance-quétaine (je savais qu'il était du genre à aimer de la musique quétaine, qui soit dit en passant n'est pas du tout mon genre, c'est une petite incartade dans mes goûts musicaux aujourd'hui, et ça ne se reproduira plus).

15 h 55

Boum ! Boum ! Boum ! Boum !

François, Kat et moi dansons à perdre haleine les bras dans les airs en sautant partout. Les lumières rouges, vertes, bleues et jaunes de la boule disco électrique qui tourne dans tous les sens mettent une super ambiance colorée dans cette journée froide et grise de novembre. François a monté le son et il souffle dans un sifflet, comme s'il était dans un gros party rave, techno ou quelque chose du genre. Ce qui nous fait extrêmement rire, Kat et moi.

16 h 32

Ma mère entre.

Elle dépose ses sacs et elle semble ahurie. Elle questionne François du regard qui lui fait signe de venir participer avec sa main, tout en continuant de siffler dans son sifflet.

Kat et moi éclatons de rire.

Ma mère range le contenu des sacs dans le garde-manger, replace un peu les livres de Kat et moi sur la table et elle se joint à nous, un peu perplexe.

François siffle toujours pendant que ma mère se bouche les oreilles. Puis, elle se laisse peu à peu emporter par le rythme et, quelques minutes plus tard, on saute tous les quatre en riant comme des malades.

Boum! Boum! Boum! Boum!

20 h

Je regarde la boule disco que j'ai placée dans ma chambre après que François me l'a donnée. Je ne savais pas que je pourrais un jour avoir autant d'affection pour un objet style lampe.

Dimanche 5 novembre

Tommy nous a engueulées solide, Kat et moi.

C'est que… nous étions chez Gizmo (j'ai enfin pu essayer la Wii et c'est clair que c'est ce que je veux pour Noël!!!).

En attendant notre tour, nous étions assises sur le divan, Kat, Tommy, Carol-Ann et moi. Tommy et Carol-Ann se parlaient, et supposément (selon Tommy) que Kat et moi n'arrêtions pas de faire des *inside jokes* et de rire, ce qui aurait mis mal à l'aise Carol-Ann qui se sentait rejet. Tommy nous a dit que ça ne le dérangeait pas que Kat et moi en fassions devant lui, mais que certaines personnes étaient plus sensibles et blablabla.

Franchement, elle est pas mal susceptible !

19 h 27
J'ai dit à ma mère que je voulais une Wii pour Noël et j'ai précisé qu'elle devait s'y prendre tôt parce que cette console était très rare et que, ayant eu un comportement exemplaire depuis le début de l'année, je méritais ce cadeau. Que je ne lui demandais rien d'autre que la Wii (et quelques jeux pour aller avec, bien entendu), car c'est vraiment ce cadeau que je veux et je ne vois pas pourquoi elle me le refuserait.

Elle était en train de nettoyer le comptoir de la cuisine et n'a pas sourcillé ni même levé les yeux vers moi. J'ai vérifié qu'elle m'avait bien entendue et elle a simplement fait « hu-hum ». J'ai précisé qu'aucune surprise ne me ferait plus plaisir que ça, qu'il ne servait à rien d'essayer de me donner un autre cadeau que celui-là. Elle a dit que j'avais des goûts pas mal chers et qu'elle me donnerait un cadeau de ce prix si moi-même je pouvais l'aider à payer l'hypothèque. (Ce qui m'a un peu laissée bouche bée, je dois dire, mais que j'ai trouvé un peu *cheap shot.*) Elle m'a demandé de lui remettre une liste avec plusieurs choix de cadeaux, dans d'autres catégories de prix. (La Wii est pourtant considérée comme une console de jeux très abordable. Je lui ai également dit que les critiques la considéraient même très rassembleuse. J'ai tenté l'argument que ça pourrait me motiver à aller visiter la famille, parce que tout le monde aurait envie de jouer au lieu de dire des platitudes, mais elle m'a lancé un regard qui signifiait : «Attention à ce que tu dis si tu veux me convaincre de m'endetter pour te faire plaisir.» En fait, son regard disait soit ça, soit : «Viens m'aider à nettoyer le comptoir.» Je ne peux faire confiance à mes pouvoirs de lecture de pensées étant donné mes piètres dons confirmés en télépathie. J'ai quand même choisi le premier regard, ce qui m'évitait de nettoyer le comptoir. Puis, je me suis ravisée et j'ai commencé à l'aider à nettoyer le comptoir, jugeant que cette action pouvait davantage me conduire vers l'acquisition d'une Wii.)

Mardi 7 novembre

Oups. J'aperçois Iohann plus loin dans le corridor. Je me cache derrière une case en espérant qu'il ne m'ait pas vue et j'attrape Tommy par le chandail pour l'amener avec moi. Entendons-nous bien. Je n'ai évidemment plus *peur* de Iohann parce que je sais de source sûre (lui-même) qu'il ne me taxe pas. Mais je ne veux pas le *croiser* parce que c'est bizarre entre nous.

Maintenant, quand il me croise, il me regarde intensément, ce qui m'intimide.

Je trouve que ce gars devrait revoir ses méthodes de séduction parce qu'il ne l'a pas du tout!

Tommy: Qu'est-ce que tu fais là?

Moi: C'était Iohann, là-bas.

Tommy: Ouain pis?

Moi: Euh, malaise?!

Tommy sort de ma cachette et me dit que la voie est libre et, en sortant, je fonce dans Iohann. J'observe Tommy qui s'éloigne en riant.

Je regarde Iohann et je baisse la tête.

Iohann: Allô.

Moi: Euh… allô.

Iohann: Allô.

Moi: Hihihihihi… Tu l'as déjà dit. Hihihihi.

Iohann: Qu'est-ce que tu fais après l'école?

Moi: Hihihi. Mes devoirs! Hihihihi.

Au risque de paraître téteuse, 1) c'est vrai et 2) je n'ai aucune envie d'avoir l'air d'avoir des disponibilités pour lui.

Note à moi-même: Je ne sais pas pourquoi, en sa présence, je ris niaiseusement alors que je voudrais avoir l'air bête (question de me venger des mauvais traitements qu'il m'a infligés). Franchement, je trouve que mon cerveau ne m'envoie pas les réactions appropriées.

Note à moi-même n° 2: Il ne faudrait pas qu'il m'annonce quelque chose de particulièrement tragique du genre: «Mon grand-père est malade», car je ne pourrais pas garantir une réaction adéquate.

**Future carrière possible à envisager:
Neurologue.**

Je pourrais participer aux recherches sur le cerveau et ainsi découvrir pourquoi certaines personnes (dont moi) ne sont pas du tout adaptées à la survie sur Terre en compagnie de la race humaine. Je ferais sans doute une découverte importante pour l'humanité (après plusieurs années d'études, bien sûr) et je ferais la une du magazine *Science et Vie* (je serais évidemment déçue de la photo qu'ils auraient choisie sans mon accord, car j'aurais trop les traits tirés par de longues heures passées dans mon labo). Et quand on me demanderait ce qui m'a conduite en neurologie, je répondrais: «Si on en sait plus sur soi-même, on comprend un peu mieux la Vie.» Cette phrase me vaudrait le surnom de la scientifique philosophe la plus réputée du monde entier. Je serais invitée à donner des conférences partout dans le monde, car je deviendrais un emblème dans le domaine. Je pourrais même parfois être accompagnée de Kat ou de ma mère et, grâce à mes recherches, nous parcourrions ensemble la planète!

Mercredi 8 novembre

Tommy et moi marchons pour nous rendre à l'école et il n'arrête pas de me sermonner/juger.

Tommy : Tu ne peux pas toujours te cacher quand tu le vois !

Moi : J'ai le droit de faire ce que je veux ! Pis, pas bonne fête en passant !

C'est l'anniversaire de Tommy aujourd'hui. J'ai un cadeau (des partitions de guitare), mais je l'ai laissé à la maison pour le lui donner samedi, au party qu'il organise chez lui pour l'occasion. Et, depuis qu'il est venu me chercher, j'ai envie de lui souhaiter un bon anniversaire, mais il m'énerve tellement que je n'ai pas envie de lui dire tous les beaux mots du genre : « Bonne fête ! », « T'es un super ami », « Je te souhaite plein de belles choses ! », etc.

Tommy : J'm'excuuuuse ! T'as mon cadeau ?

Moi : Il est chez moi ! Je te le donnerai samedi.

Tommy : Hé, ma blonde vient souper à la maison ce soir. Des trucs ?

Moi : Cache tes albums de bébé.

Tommy : Mon père n'a pas de photos de moi bébé.

Moi : Non ?

Tommy : C'est ma mère qui a ces albums.

Moi : Ah… Ben, dis-leur de ne rien révéler de gênant sur ton passé.

Tommy : Ouain. Comme j'ai habité une partie de ma vie avec ma mère et que je passe une partie de mon temps dans le sous-sol, ça devrait être correct. Merci.

Depuis qu'il habite chez son père, Tommy s'intègre bien à la vie de famille de celui-ci, mais je soupçonne que ce n'est pas toujours facile. Il doit se sentir parfois comme un intrus. Je lui ai déjà demandé, mais il n'aime pas trop parler de ça. Connaissant Tommy, je suis certaine qu'il ne se laisse pas décourager facilement.

On continue à marcher en silence, jusqu'à ce qu'on arrive à la salle des casiers et, avant de nous séparer pour aller chacun à notre casier, il me dit :

– On se voit ce midi ?

Moi : Hu-hum. Hé, Tommy ?

Tommy : Quoi ?

Moi : Bonne fête…

Tommy : Merci.

21 h

Tommy m'a appelée pour me raconter que le souper avec sa blonde s'était extrêmement bien passé. Que Carol-Ann s'était super bien entendue avec la blonde de son père et qu'elle était hyper à l'aise avec les enfants. La blonde de son père lui a même proposé d'être leur gardienne attitrée ! Puis, après le souper, après le départ de Carol-Ann, Tommy est descendu au sous-sol, fidèle à son habitude, et la blonde de son père lui a pété sa coche. Elle a dit qu'il ne s'impliquait pas dans la maison (ce que Tommy n'a pas compris car il a quand même aidé à ramasser, il paraît), qu'il avait un air absent et arrogant et qu'elle n'était plus capable de l'entendre jouer de la guitare tout le temps ! (Je la trouve un peu étrange parce que c'est très beau quand Tommy joue de la vraie guitare.) Bref, son père est arrivé et il a dit à Tommy qu'il était d'accord avec sa blonde (à noter que j'ajoute quelques mots dans l'histoire, car Tommy m'a raconté tout ça avec une économie de mots exemplaire, il a vraiment le don de la concision). Ils lui ont dit que s'il ne s'impliquait pas davantage, ils le retourneraient chez sa mère. Étrangement, bien que cela ait déjà été mon souhait le plus profond (qu'il reparte là d'où il était venu), je découvre qu'il me manquerait énormément s'il n'était plus là. J'ai demandé à Tommy ce qu'il allait faire et il m'a répondu qu'il essaierait de « s'impliquer davantage », mais il m'a demandé des conseils pour savoir ce qu'il devrait faire. J'ai été un peu bouche bée, car s'il fait la vaisselle, je ne sais pas ce qu'il peut faire de plus. Il paraît que la blonde de son père lui a dit que ce n'était pas dans les gestes qu'il devait s'impliquer, mais dans le fait d'avoir une meilleure attitude. Franchement ! Je ne sais pas pourquoi les adultes ont besoin qu'on ait un visage de *cheerleader* à tout instant ! Il ne faut pas juste qu'on fasse la vaisselle, il faut qu'on la fasse avec le sourire. C'EST PLATE, FAIRE LA VAISSELLE ! On sourira quand il sera le temps de sourire ! J'ai dit tout ça à Tommy et ça l'a fait rire.

Je lui ai demandé si son party était annulé et il m'a dit que c'était passé proche mais que son père a finalement consenti à ne pas annuler le party. C'est drôle (pas drôle « haha », mais drôle « bizarre »), car dans l'histoire de Tommy, je n'arrive pas à saisir ce qu'il a fait de pas correct.

Vendredi 10 novembre

Journée pédagogique.

Kat et moi faisons un travail d'art dramatique. Diane nous a demandé de faire une émission de radio. Nous avons emprunté un équipement audio à l'école pour nous enregistrer et nous avons imaginé un concept. À notre émission, nous recevons un invité qui peut gagner un prix après avoir répondu à des questions. Nous avons demandé à Julyanne d'être notre invitée.

Kat est l'animatrice. Je m'occupe de l'enregistrement et de tenir le micro.

Kat (avec une voix d'animatrice) : Maintenant, passons à la question concours. Si vous répondez correctement, vous courez la chance de gagner un million de dollars !

Julyanne (en chuchotant) : Et dis aussi une tablette de chocolat.

Kat (en chuchotant) : Ben franchement, si tu gagnes un million de dollars, tu peux t'acheter toutes les tablettes de chocolat que tu veux !

Julyanne (en chuchotant) : Oui, mais si je gagne un million de dollars, je ne pourrai pas m'en servir tout de suite. Il va falloir que j'attende l'argent, que je fasse la file à la banque, qu'on approuve mon retrait. Tandis que la barre de chocolat, je vais pouvoir en profiter tout de suite. Ça, c'est un vrai prix.

Kat se retourne vers moi avec un air découragé.

Moi : On peut couper au montage. Continue.

Julyanne : Hé, c'est moi la cliente ! C'est moi qui décide si je veux que mon prix soit une tablette de chocolat ou non !

J'arrête l'enregistrement.

Kat : T'es pas une cliente, t'es une par-ti-ci-pan-te. C'est le concours qui décide de ton prix !

Julyanne : OK, c'est quoi la question ?

Moi : Vous êtes prêtes à recommencer, là ?

Julyanne : Oui…

Kat : Oui…

Je repars l'enregistrement.

Kat (après un soupir, toujours avec sa voix d'animatrice) : Est-ce qu'il fait beau aujourd'hui ? Dites oui ou non.

Julyanne : Oui.

Kat (avec sa voix d'animatrice, regardant vers la fenêtre) : Il fait beau ? Pourtant, moi, je vois qu'il ne fait pas si beau que ça.

Julyanne (en chuchotant) : On joue ! Je ne suis pas obligée de donner la vraie réponse !

Kat (en chuchotant) : Crime, je te donne un million de dollars pour répondre à une question super facile, tu pourrais au moins répondre la bonne affaire ! J'avais une *joke* de préparée avec le temps qu'il fait, c'est pour ça.

Julyanne (en chuchotant) : Tu ne me donnes pas un million de dollars pour vrai, pis j'ai le droit de me tromper, bon !

Kat : TU PEUX PAS TE TROMPER DANS UN CONCOURS !

Julyanne : C'EST PAS UN VRAI CONCOURS !

J'arrête l'enregistrement après un soupir.

Moi : De toute façon, Kat, tu ne feras pas super grande impression sur notre prof avec ta question…

Julyanne : Bon !

Kat : Oui, mais ça allait avec un jeu de mots sarcastique : les questions à un million de dollars ! C'est un genre d'émission absurde que je veux faire.

Moi : Ah ben là ! Fallait le dire ! Ce n'était pas ça qu'on avait dit !

Julyanne : Ouain !

Kat : C'est ça qu'on a dit, Au ! On a dit qu'on voulait que ce soit drôle !

Moi : Drôle, ça ne veut pas nécessairement dire absurde !

Kat : Ben moi, c'est ça qui me fait rire, l'absurde !

Moi : Pia pia pia pia pia pia pia !

Kat : Pia pia pia pia pia pia pia !

Julyanne : Pia pia pia pia pia pia pia !

Moi : Ha ha ha ha ha ha ha !

Kat : Ha ha ha ha ha ha ha !

Julyanne : Ha ha ha ha ha ha ha !

Une heure plus tard.

Finalement, nous avons pris un *Miss Magazine*. Nous avons dit à Julyanne de personnifier Kirsten Dunst et de répondre ce qui était écrit dans le *Miss*. Nous avons entrecoupé l'entrevue de météo, de nouvelles locales (assez rigolotes, car elles concernaient nos profs) et de musique.

19 h 30

Après le souper, j'ai laissé ma mère et François en tête à tête et j'ai feuilleté des magazines.

20 h

Miss Magazine

POTIN

Katie Leung, l'interprète de Cho Chang, dans *Harry Potter et l'Ordre du Phénix*, a avoué avoir dû reprendre la scène du baiser avec Daniel Radcliffe une vingtaine de fois. Des jalouses ?

Future carrière possible à envisager : Actrice.
Ce métier, bien que difficile et très peu payant, comporte son lot d'avantages…

Samedi 11 novembre

Party chez Tommy pour son anniversaire.

20 h 11

Gizmo a apporté le jeu *Guitar Hero* pour faire plaisir à Tommy. Il s'emploie présentement à jouer parfaitement une toune de Sum 41 sous les yeux admiratifs de Carol-Ann. Et Kat et moi chantons les paroles dans un coin (précision : Kat *chante* les paroles et moi je fais seulement des sons qui *ressemblent* aux paroles).

20 h 17

Tommy vient de « torcher » *Misirlou*. (Ça, c'est un langage de joueurs de *Guitar Hero* qui signifie qu'il a réussi parfaitement la chanson *Misirlou*, ce qui fait de lui un véritable « Guitar Hero ».)

21 h

Pendant que d'autres personnes jouent à *Guitar Hero*, Kat, Jean-Félix, Carol-Ann et moi discutons de tout et de rien. Carol-Ann est en train de raconter qu'elle a mangé du poulet frit dans un restaurant et qu'avant, elle adorait ça, mais que cette fois-là, ça lui est tombé sur le cœur.

Kat et moi n'avons pu nous empêcher de nous regarder en souriant en coin.

Tommy : Quoi ?!

Ça nous a fait évidemment penser à un spectacle extérieur de Simple Plan auquel nous avons assisté lorsque nous étions jeunes (il y a deux-trois ans).

Je ne me souviens plus trop quelle date (faudrait que je regarde sur mes billets que j'ai gardés en souvenir), en août, il y a deux ou trois ans.

Kat avait vraiment chaud. Elle avait le nom de Simple Plan écrit sur le front. Et, juste avant le spectacle, nous avions mangé du poulet frit. Puis, au moment où le groupe allait jouer *I'll do anything*, Kat a dû courir vers les toilettes chimiques pour... ce qu'on a rebaptisé un numéro 2 X 2. Évidemment, j'ai couru avec elle, car je voyais qu'elle se sentait mal. Et quand je suis arrivée en face de sa toilette, ça puait, c'était l'enfer, même de dehors! On a fait le pacte solennel de ne plus jamais manger de poulet frit, car à cause de ce, disons, repas, nous avons manqué une partie du spectacle de notre groupe favori.

Retour à samedi 11 novembre, 21 h 07

Évidemment, même si j'ai promis à Tommy de ne plus faire d'*insides jokes* avec Kat, cette anecdote ne se raconte pas.

Moi : Oh, rien.

Tommy me regarde, fâché.

Kat : C'est juste qu'à un spectacle de Simple Plan, j'avais mangé du poulet frit juste avant et ç'a (elle se met à rire et je l'imite) mal tourné.

Kat et moi rions de plus belle.

Tommy, Jean-Félix et Carol-Ann nous regardent sans rien dire.

Carol-Ann : Fallait y être, j'imagine.

Kat : En fait, pas vraiment, justement.

Moi : HAHAHAHAHAHAHAHAHA !

Kat : HAHAHAHAHAHAHAHAHA !

22 h

HAHAHAHAHAHAHAHAHAHAHAHA ! Et Kat avait peur que David Desrosiers la voie HAHAHAHAHAHAHAHAHAHAHA ! parce que HAHAHAHAHAHAHAHAHAHAHA la toilette chimique faisait face à la scène HAHAHAHA-HAHAHAHA Mais à trois millions de kilomètres HAHAHAHAHAHAHAHAHAHAHAHA derrière toute la foule. HAHAHAHAHAHA-HAHAHAHA ! Chaque fois qu'on entend la toune *I'll do anything* HAHAHAHAHAHAHA on dirait que ça sent encore le HAHAHAA-HAHA numéro 2 X 2 !

22 h 01

En tout cas, c'est vrai qu'il fallait y être…

22 h 02

Pourquoi les gens veulent toujours qu'on leur raconte les *insides* s'ils finissent toujours par dire « fallait y être » ? Franchement !

22 h 03

Ben quoi? Ce n'est pas notre faute si on a vécu plein d'affaires ensemble!!! On n'est quand même pas pour s'empêcher de penser à nos souvenirs juste parce qu'on se tient avec de nouvelles personnes!!! Je trouve nos nouveaux amis bien exigeants.

21 h

HAHAHAHA! Et quand elle est sortie des toilettes… HAHAHAHA! Son maquillage HA-HAHAHA! du nom de Simple plan HAHA-HAHA! avait tout coulé et HAHAHAHA! elle avait HAHAHAHA! la face toute rouge! HA-HAHAHAHAHAHAHAHAHAHAHAHAHA-HAHAHAHAHAHAHAHAHAHAHAHAHA-HAHAHAHAHAHAHAHAHAHAHAHAHA!

Lundi 13 novembre

Aujourd'hui, il neigeait pour la première fois. Et il faisait froid. Et gris. Alors j'ai dû fouiller toute ma garde-robe à la recherche de vêtements chauds et imperméables (cette anecdote ne deviendra jamais plus intéressante). Je déteste cette entre-saison où on n'a rien à se mettre (et aucun *punch* n'est à venir…). Hier, tous mes vêtements étaient sales, j'ai donc fait du lavage (ce qui a grandement impressionné ma mère, qui s'est encore une fois excusée de ne

pas être très assidue dans ses tâches ménagères).
J'ai lavé mon jean, mais je ne l'ai pas mis dans la
sécheuse pour ne pas qu'il rapetisse (conseil de
ma mère qui tient à ce que mes vêtements
durent longtemps, totale inconsciente que
même s'ils me font encore, la mode peut
changer). Ce matin, je cherchais quoi mettre et
j'en suis venue à la conclusion que mon jean
lavé la veille était la meilleure option vestimen-
taire côté chaleur et look. Mais quand je l'ai
enfilé, il était toujours humide (juste du
papotage de fille, comme ça, aucun *punch*).
Mais, comme tout le reste de mes vêtements
était au lavage, je me suis dit que ce n'était pas
trop grave de porter ce jean, qu'il allait sécher
rapidement. Et j'ai également demandé à
François, dont la voiture est munie de sièges
chauffants, de venir me reconduire (en croyant
que ç'allait aider à sécher mon jean). Erreur.
Mon jean, sûrement à cause de la température
humide (ça continue le papotage de filles), est
resté mouillé toute la journée! (Piap piap piap
rien que du papotage, pas de *punch*.)

Conclusion: Porter un vêtement humide
est absolument inconfortable. Je comprends
mieux l'inventeur de la sécheuse.

**Future carrière possible à envisager:
Inventeure.**
Je pourrais inventer quelque chose de
pratique et spectaculaire. (Je ne sais pas encore
quoi, j'attends l'illumination divine.) Et, un
jour, quelqu'un penserait à moi, en se disant
que je suis un être absolument génial (tout

comme j'ai moi-même en ce moment une pensée pour J. Ross Moore, l'inventeur du sèche-linge moderne, ma nouvelle idole).

Mesure d'évitement de Iohann du jour: Aller aux toilettes les plus proches quand je l'aperçois au loin.

P.-S.: Parlant de toilettes, enlever un jean humide quand on va aux toilettes est une tâche quasi-impossible et extrêmement éreintante.

21 h
Je me couche tôt, car je me sens quelque peu fiévreuse. Ouf ! Quelle journée éééééépuiiiiii-saaaaaaaante !

Mardi 14 novembre

Je me suis réveillée avec un rhume. Et beaucoup de fièvre. Au début, ma mère croyait que je la niaisais encore une fois (et m'a répété sa fable du petit gars qui criait au loup, au secours), mais m'a finalement conduite dans une clinique (ce que je n'ai pas refusé, cette fois, parce que je ne me sentais vraiment pas bien).

9 h 45
Nous sommes dans la salle d'attente du médecin (ou, dans mon langage actuel, « la sade

d'addende du bédecin »). Je n'arrête pas d'éternuer et de me moucher. Je suis en train de me demander ce qui me rend le plus malade entre mon rhume ou la musique qui joue en ce moment (totale plate et déprimante). Ma mère regarde sa montre toutes les deux secondes et je lui ai dit que je pouvais attendre seule. Elle m'a dit qu'elle ne voulait pas me laisser.

On appelle enfin mon nom par intercom.

– Aurélie. Laflamme.

9 h 47

Ma mère et moi sommes assises dans le bureau du médecin. Un homme d'une soixantaine d'années nous regarde par-dessus ses lunettes.

Médecin : Qu'est-ce que je peux faire pour vous ?

Ma mère : Ma fille a un rhume, je veux seulement m'assurer que ce n'est pas une infection plus grave.

Médecin (pendant qu'il note) : Quels sont les symptômes ?

Moi : Ben, vous le savez.

Médecin : Non, tu ne me l'as pas encore dit.

Moi : Ben, cherchez sur Internet ! C'est ce que j'ai fait et j'ai appris que les symptômes du rhume sont : le mal de gorge, l'enrouement, des éternuements et l'écoulement de sécrétions nasales…

Franchement ! Un rhume. Ça doit être assez basique dans les cours de médecine, ça. L'autre jour, j'ai trouvé ça en deux secondes quand je voulais faire semblant d'être malade !

Le médecin regarde ma mère et dit :

– Une petite comique, votre fille. (Il se retourne vers moi.) Viens, je vais t'examiner.

Il me demande de m'asseoir sur une table. Il touche sous ma gorge et dit :

– Ça fait mal, ça ?

Moi : Ben... mal. C'est désagréable, mais ça ne fait pas *si* mal. C'est sûr que si vous faisiez ça toute la journée, je ne serais pas contente.

Ma mère : Aurélie ! Veux-tu bien être polie !

Moi : Il m'a posé une question ! J'y réponds avec *précision* !

Le médecin me met un thermomètre dans la bouche et m'examine les oreilles et demande :

– Tu as pris froid, récemment ?

Je repense à mon jean humide.

Moi : Hum... Ça se peut... Il fait assez froid dehors.

Le médecin enlève le thermomètre, regarde le résultat, puis retourne à son bureau et il écrit quelque chose sur un papier qu'il tend immédiatement à ma mère.

Médecin : Du repos jusqu'à ce que la fièvre disparaisse. Je prescris des antibiotiques qu'elle doit prendre jusqu'à la fin. Demandez au pharmacien de vous expliquer. Bonne journée !

Tu parles d'un air bête !

Sermon de ma mère : Blablabla plus polie... blablabla lui fais honte... blablabla dans le système de santé actuel, pas de temps à perdre à dire des niaiseries... blablablablabla.

Puis, elle m'a finalement avoué qu'elle avait trouvé ça bien drôle que je lui dise de chercher les symptômes du rhume sur Internet et on a éclaté de rire. Mais elle m'a fait promettre de ne plus recommencer.

16 h

Kat est venue m'apporter mes devoirs (en me faisant jurer que, cette fois, je ne la faisais pas se déplacer pour rien). Comme, en français, on a une rédaction à faire sous la forme de notre choix et sur le sujet de notre choix, je lui ai donné le poème que j'ai composé quand j'étais incarcérée dans ma chambre, intitulé *La pluie*. Ce qui est pratique d'avoir de l'inspiration une fois de temps en temps, hors école, c'est que parfois (comme aujourd'hui), ça peut vous soulager d'un devoir dans un moment où vous avez vraiment besoin de repos.

Mercredi 15 novembre

Je zuis drès balade (traduction : je suis très malade). Je d'ai augude édégie. (traduction : je n'ai aucune énergie). Je d'arrive pas à zordir de bon lit (traduction : je n'arrive pas à sortir de mon lit). Bon zeul régonfort, ba boude disgo (traduction : mon seul réconfort, ma boule disco). Je d'ai bise en barge un beu bour Zybid (traduction : je l'ai mise en marche un peu pour Sybil). Edde est drès drôde (traduction : elle est très drôle). Edde d'arrêde bas de boudoir addraber les lubières (traduction : elle n'arrête pas de vouloir attraper les lumières).

14 h

Je renifle, je me mouche et je tousse. (Je fais total pitié !) C'est tout ce que je fais. J'ai les sinus complètement bouchés et je ne me sens même pas assez forte pour regarder la télé ou même ouvrir l'ordinateur. Je crois que je ne m'en sortirai pas. Je crois que j'ai la grippe pour la vie. C'est sûrement un cas très rare de grippe. On utilisera sûrement mon corps pour la science à des fins de recherche pour voir quel virus j'ai attrapé.

Future carrière possible à envisager : Cobaye.

14 h 11

Je réalise qu'il y avait longtemps que je n'avais pas pensé à mon père. Et je me sens tout à coup extrêmement coupable. Avec tout ce qui s'est passé dans ma vie récemment, je n'ai pas eu une seule seconde pour penser. Je regarde la photo de mon père, posée sur ma table de chevet, et je me rends compte que, même si je la regarde tous les jours, je ne la vois plus. Elle fait, disons, partie du décor. Est-ce que je suis en train d'oublier mon père ? Est-ce que je vais l'oublier ? Serait-ce à cause de François Blais ? Sa présence est tellement, comment dire, « présente ». Tout est sa faute. Il est là, il fait son sympathique avec sa boule disco et son sifflet, et moi je n'y vois que du feu et j'oublie mon père ! C'est ce qu'il voulait dans le fond. Il voulait nous faire oublier mon père ! À ma mère et à moi ! Je regarde la photo de mon père, puis je la prends dans mes mains et je la dépoussière. Et j'aurais l'élan d'éclater en sanglots, mais j'ai tellement mal aux sinus que ça me fait énormément souffrir alors j'arrête immédiatement.

14 h 13

Éternuement.

14 h 14

Quinte de toux.

14 h 16

Éternuement.

14 h 17

C'EST LA FAUTE DE FRANÇOIS BLAIS SI J'AI ATTRAPÉ LA GRIPPE, CAR C'EST SA FAUTE SI MA MÈRE NE FAIT PLUS LE LAVAGE ! ! !

Jeudi 16 novembre

Après l'école, Kat m'a dit que nous avions reçu notre note pour notre émission de radio en art dramatique. Super bonne note ! ! ! ! ! ! Diane a même donné notre émission en exemple et l'a fait écouter à TOUTE LA CLASSE !

(Gênant, mais moins qu'un exposé oral, surtout que je n'étais pas là pour entendre ma voix nasillarde de chat qui s'est fait coincer la queue dans une porte.)

20 h 32

J'aurais bien aimé que Tommy vienne me voir et qu'il me joue de la guitare, mais 1) il garde son frère et sa sœur ce soir et 2) il ne veut pas me voir de peur que le virus soit contagieux et qu'il leur transmette la maladie. (Je suppose que ça s'inscrit dans ses obligations de mieux s'intégrer à la famille…) Dans le fond, je préfère qu'il s'empêche de venir me voir un soir plutôt que de le voir déménager pour toujours.

21 h

Je regarde la télé emmitouflée dans une doudou, Sybil sur les genoux et la boîte de kleenex à proximité.

François s'approche et me dit :

– Pourrais-tu baisser le son de la télé, s'il te plaît ? J'aimerais lire.

Moi : Meh ! Je vais mettre les écouteurs et laisser le son à la force que je veux.

Tsss ! (Roulement d'yeux.) Se mettre à jour sur la technologie, ça n'a jamais fait de mal à personne !

Vendredi 17 novembre

Retour à l'école. Je ne faisais plus de fièvre ce matin quand j'ai pris ma température. J'ai dit à ma mère que je pourrais retourner à l'école seulement lundi et profiter de plus de repos pendant la fin de semaine, mais elle m'a répondu :

– Le médecin a dit que tu pourrais y retourner dès que tu n'aurais plus de fièvre alors tu y retournes !

Mui mui mui mui mui mui mui !

9 h 30

Je commence ma journée avec éduc. Comme j'ai promis à Denis de jouer au basket, je n'ai pas le choix. J'ai tenté de me servir de ma maladie pas tout à fait guérie, mais il a insisté pour que je joue. Il m'a réitéré son intention de suivre mes conseils d'intégrer de nouveaux sports à son programme.

Le problème est que je suis incapable de mettre un ballon dans le panier. Pourtant, je suis grande, je ne sais pas pourquoi je n'y arrive pas.

10 h 15

Denis siffle la fin du cours (avant la cloche pour nous permettre de prendre une douche). Je sors du terrain avec un air débiné.

Denis : Ça va, Aurélie ?

Moi : Je suis juste un peu découragée d'être poche.

Denis : Tu veux que je te donne un truc ?

Moi : OK.

Denis : L'important, ce n'est pas de sauter haut, mais de sauter au bon endroit, au bon moment.

Moi : Ça ne m'aide pas, j'ai zéro talent. Et je suis encore un peu malade, fait que…

Denis : Moi, dans ma tête, quand je joue au basket, je mesure six pieds huit pouces. Et même si je suis petit, je suis fort sur un terrain. Si tu te sens diminuée par rapport aux autres, tu pars avec un handicap. Il faut que, dans ta tête, tu sois la meilleure et tu vas le devenir.

Moi : Ouain… Quand est-ce qu'on change de sport ?

Denis : Bientôt. Mais, au prochain cours, je veux que tu penses à ce que je viens de dire et que tu me fasses un panier. D'ailleurs, si tu en réussis un, je te mets des points bonis.

Ouh… Pression !

Samedi 18 novembre

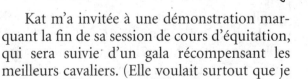

Kat m'a invitée à une démonstration marquant la fin de sa session de cours d'équitation, qui sera suivie d'un gala récompensant les meilleurs cavaliers. (Elle voulait surtout que je puisse voir Olivier, son entraîneur.)

Je me suis assise dans les gradins avec la famille de Kat. Je m'étais habillée très chaudement, croyant que la démonstration se faisait dehors, mais nous sommes entrés dans un manège d'équitation intérieur, vraiment vaste, de forme rectangulaire, éclairé comme un gymnase.

Toutes sortes d'obstacles y sont dispersés : des bottes de foin, des troncs d'arbres...

11 h 05

Chaque cavalier défile à tour de rôle et nous montre son savoir-faire.

Ils doivent passer par-dessus un premier obstacle isolé, ensuite deux obstacles en ligne droite, deux en diagonale, deux autres en ligne droite, deux autres en diagonale, et ils terminent en faisant courir leur cheval en cercle.

11 h 14

Kat arrive sur la piste. Elle a des pantalons beige, des bottes noires qui lui montent jusqu'aux genoux, une chemise rose qui dépasse de son veston bleu marin et une bombe (c'est vrai que ce casque lui va mieux qu'un chapeau de cow-boy, je la comprends d'avoir opté pour cette discipline). Elle salue la foule et fait un sourire à son entraîneur, puis s'exécute sur la piste.

Elle est très droite, fait sauter son cheval par-dessus tous les obstacles. (Ça ne semble pas facile, car tout à l'heure, le cheval d'un cavalier a refusé de sauter par-dessus les obstacles, ce qui a fait rigoler la foule.)

Kat ne semble faire qu'un avec son cheval. Elle a les yeux brillants et je sens la détermination de la réussite dans son regard.

Après son parcours, elle lève le bras dans les airs et se retire.

Je ne connais absolument rien en équitation, mais selon moi, c'est elle la meilleure.

Je suis teeeeeellement fière de la connaître !

11 h 32

Kat et le reste de son groupe arrivent sur la piste, sur leur cheval, afin de recevoir des honneurs de la part de leur moniteur. (C'est vrai qu'il est vraiment beau.) Les parents de Kat n'ont d'yeux que pour elle et prennent des tonnes de photos. Ils n'arrêtent pas de dire que, dès la prochaine saison, ils l'inscriront dans des concours. Même si ça coûte cher.

Je dois avouer que j'envie un peu mon amie. Je ne sais pas pourquoi. En fait, oui, je sais. J'aimerais avoir moi aussi une passion. Sa passion à elle est née de sa peine d'amour avec Truch. J'aimerais aussi me trouver une passion capable de me faire tout oublier. Mais j'ai un peu peur des chevaux, alors ça ne pourrait pas être l'équitation. Quelle est ma passion ? Je n'en ai aucune idée. Je n'ai aucune passion ! C'est atroce !

12 h 05

Kat a reçu une mention pour la précision et la prestance. Ensuite, tous les parents ont pris des photos et Olivier est allé voir chacun d'eux. Il parle présentement aux parents de Kat. Il leur dit à quel point elle a fait des progrès au cours de la session. Et il leur suggère d'inscrire Kat dans des concours où elle ferait sensiblement la même chose qu'aujourd'hui, mais avec la possibilité de remporter des prix.

Puis, pendant qu'il parle, une fille qui tient un bébé dans ses bras s'approche de lui.

Kat (chuchote à mon oreille) : Probablement sa sœur...

Olivier embrasse le bébé.

Kat (chuchote à mon oreille) : Il est peut-être le parrain...

Olivier embrasse la fille qui tient le bébé sur la bouche.

Moi (à l'oreille de Kat) : Il est peut-être seulement très proche de sa sœur... Il y a des frères et sœurs qui s'embrassent sur la bouche.

Olivier : Désolé, je vous présente ma femme, Caroline, et elle (il prend la main du bébé et la secoue), c'est Alice.

Mère de Kat : Oh, qu'elle est belle ! Elle a quel âge ?

Blonde du moniteur : Vingt-neuf semaines.

Je suis trop pourrie en maths pour calculer l'âge. Je trouve parfois que les parents se compliquent la vie quand ils parlent de l'âge de leur bébé.

Père de Kat : Une future cavalière ?

Olivier : Oh oui ! Chaque fois qu'elle voit un cheval, elle applaudit et elle fait de grands sourires.

Blonde du moniteur : Je crois qu'elle va suivre les traces de son père...

20 h

Au téléphone avec Kat.

Kat est complètement déprimée. Elle veut arrêter l'équitation.

Moi : Tu ne peux pas arrêter l'équitation !

Kat : Mais tu ne comprends rien ! C'était l'homme de ma vie ! J'allais l'attendre jusqu'à ma majorité ! Il est tout ce que je recherche chez l'âme sœur ! T'as vu comme il est beau ???

Moi : Tu vas t'en sortir… N'arrête pas l'équitation pour ça.

Kat : Tu peux bien parler ! Pour toi, il n'y a personne d'autre que ton Nicolas ! Ben moi, c'est la même chose pour Olivier ! C'était LUI !

Moi : En tout cas, tu n'arrêteras certainement pas l'équitation parce que le supposé homme de ta vie est marié et qu'il a un enfant ! T'es super bonne ! T'étais la meilleure aujourd'hui ! Il faut que tu continues ! Il l'a dit que tu pouvais gagner des prix ! Je t'enviais même d'avoir une passion de ce genre !

Kat : C'est vrai ? Tu pourrais peut-être prendre des cours avec moi ! CE SERAIT TELLEMENT COOL !!!!!!!!!!

Moi : Faut que je trouve ma propre patente.

21 h

Kat a finalement consenti à poursuivre l'équitation. Malgré sa peine. De toute façon, puisqu'elle sera au niveau intermédiaire, elle changera d'entraîneur. J'ai parlé longtemps et j'ai souligné qu'on allait maintenant dans une école avec plein de gars, et que je serais assez insultée si elle ne trouvait pas son prochain chum à l'école étant donné que c'était un de ses arguments pour ne pas aller à l'école privée de filles. Elle a dit: «Ouain… il y en a des pas pires…» Puis on a parlé d'autres choses et, quand on a raccroché, elle semblait correcte.

Lundi 20 novembre

À la fin du cours de français, Sonia m'a fait venir à son bureau. Elle m'a dit qu'elle avait adoré mon poème *La pluie* qui, selon elle, était un bel amalgame de candeur et de profondeur. Que dans ma métaphore de la pluie, elle y percevait la solitude, les larmes… (Je n'ai pas osé lui dire que je ne savais pas du tout que j'avais fait une métaphore sur la solitude, que ma seule intention était de parler de la trajectoire d'une goutte de pluie parce qu'au moment où je l'ai écrit, je me trouvais dans ma chambre et que je n'avais rien d'autre à faire que de regarder les gouttes tomber dans ma fenêtre.) Bref, elle m'a demandé de participer à un concours de poésie qu'elle organisait. Ça me stresse, mais yé!!!

12 h 34

Après le dîner, Kat et moi avons décidé d'aller (faire semblant de) faire nos devoirs à la salle communautaire. (En fait, on regarde les gars.) Dans cette salle, il y a plusieurs jeux, comme le hockey sur table ou encore le Mississippi.

Il y a un gars qui joue au hockey sur table, que Kat et moi trouvons assez *cute*.

J'aperçois Iohann qui entre dans la salle communautaire. Je bouge mes yeux dans leur orbite pour démontrer que je ne regarde pas dans sa direction. Impossible de l'éviter. Il passe près de nous et dit :

– Allô, ça va ?

Kat : Oui, toi ?

Moi (en levant les yeux au ciel, sûrement pour replacer mes yeux dans leur orbite) : Ouain…

Iohann : Cool.

Je fais mine de fouiller dans mes manuels scolaires comme si j'étais très occupée et il se dirige vers la table de Mississippi.

12 h 37

Kat : Il ne t'intéresse pas, lui ?

Moi : Qui, le gars qui joue au hockey sur table ?

Kat : Non. Iohann.

Moi : Non… Pfff ! Rapport ?

Kat : Ah, je pensais…

Moi : Non. Pantoute. Tu sais quoi ? Je trouve que, depuis qu'on a eu notre premier chum, on dirait qu'il n'y a que ça qui nous intéresse dans la vie : nos amours. Les gars. Etc. Tout tourne autour de ça. Ça m'énerve. Je pense qu'on devrait penser à autre chose ! Parler d'autre chose !

Kat : Ouain, c'est vrai… Je peux te parler d'équitation !

Moi : Ouain, pas trop, là…

Kat : Hahahahaha ! Tu sais quoi ? On ne devrait plus sortir avec personne !

211

Moi : T'as raison !

Kat : Ni tomber amoureuses !

Moi : Mets-en ! Mais me semblait qu'on avait dit qu'on ne ferait plus de pacte de ce genre.

Kat : Ce ne serait pas un pacte. Juste… la vie.

Moi : Oui ! La vie ! À bas les gars !

Kat : À bas les gars !

On regarde toutes les deux en direction du beau gars qui joue au hockey sur table. Et je regarde du coin de l'œil la table de Mississippi où se trouve Iohann, mais je n'ai pas le temps d'apercevoir quoi que ce soit que je détourne l'œil.

Kat : C'est peut-être trop radical.

Moi : Ouain…

Kat : On perdrait de belles années de découverte… de l'amour, genre.

Moi : Ouain…

Kat : Oh, je sais ! On devrait sortir avec des jumeaux !

Moi : Ouiiiiiiiiiiiiiiiiiiiii !

Kat : Ahhhhhhhhhhhhh ! Trop cool ! Des jumeaux !!!!!!!

Moi : Mets-en !!!!!!!!!!!!!!

À l'agenda : Trouver des jumeaux (dont un ressemble à l'acteur Daniel Radcliffe et l'autre à David Desrosiers, le bassiste de Simple Plan.)

15 h 30

Dans mon cours de maths, hyper attentive à ce que la prof raconte. Le célibat (et l'absence de gars sur qui triper) augmente ma concentration.

15 h 32

Dans mon cours de maths, hyper concentrée (sur la fenêtre, dehors). Je fais des maths quand même (je compte les arbres).

Mardi 21 novembre

Il n'y a pas de neige. Celle qui est tombée l'autre jour a fondu en trois secondes et quart et aucune autre neige n'est tombée depuis. Et, selon les météorologues, il n'y en aura pas avant un petit bout de temps et, toujours selon eux, on ferait bien de ne pas trop espérer un Noël blanc.

J'ai finalement trouvé en quoi François Blais était diabolique. Il veut détruire la planète! Avec un objet électrique inutile (la boule disco). Et il veut faire passer ça sur MON dos en me la donnant!

Future carrière possible à envisager: Détective.

Je pourrais devenir une référence dans le domaine, style Columbo ou encore Sherlock Holmes. À ma retraite, on ferait un film sur ma vie. On engagerait une comédienne supra-connue pour jouer mon rôle. Et elle se sentirait honorée d'incarner une femme à la carrière extraordinaire telle que moi au grand écran! Lorsque le film de ma vie gagnerait un prix (style Oscar), je le dédierais à mon père, et j'ajouterais que j'aurais aimé qu'il me voie réussir et je lèverais le trophée dans les airs et je dirais : « Pour toi, papa ! » Ma mère, qui regarderait le gala de chez elle, en serait tellement émue qu'elle tomberait évanouie. Et pendant ce temps, François Blais serait en prison et crierait : « Elle m'a eu ! Elle m'a euuuuuu ! »

Mercredi 22 novembre

Oh mon Dieu ! Oh mon Dieu ! Oh mon Dieu !

J'ai appris que Nicolas (mon ex) avait une nouvelle blonde depuis deux semaines, Éliane Fiset. (C'est un vrai blondoolique !)

Jessica Nadeau (son ex) raconte à qui veut l'entendre que Nicolas est épais.

Il paraît également (je ne l'ai pas vu de mes propres yeux) que Nicolas (toujours mon ex) a été vu dans le corridor avec du papier de toilette LUI SORTANT DU PANTALON ! ! ! ! ! ! ! ! ! ! ! !

P.-S. : J'espère qu'on ne m'associera pas à lui rétroactivement.

Jeudi 23 novembre

Je n'ai pas été capable d'éviter Iohann aujourd'hui. Et là, il m'a dit quelque chose (textuellement : que s'il continuait de faire ce temps-là, il ne pourrait pas faire de snowboard) et j'ai éclaté de rire. Niaiseusement. Et de façon très aiguë (comme ça : hin hin hin hin hin, honnêtement, ça sonnait un peu comme un hennissement). Il faut me comprendre, il a sorti ça de nulle part, son affaire de snowboard. Je ne m'attendais pas à le voir et, pop, il apparaît et me sort ça. C'est quand même surprenant. Et qu'aurais-je pu répondre à ça ? Faute de mots de vocabulaire, j'ai opté pour des onomatopées (j'aurais pu choisir autre chose que des onomatopées de cheval, mais bon, ç'a l'air que mon cerveau prend des initiatives bizarres une fois de temps en temps et c'est tombé sur aujourd'hui).

Et là, il a dit (timidement, j'en conviens) quelque chose (de, je le réalise après coup, très insultant).

Lui : Juste les chiens peuvent t'entendre en ce moment…

Moi (continuant de plus belle, le piton collé) : Hiii hiii hiii hiii hiii.

(Honnêtement, encore une fois, il ne me laissait pas le choix, car aucune réplique intelligente n'était appropriée. Je crois que mon cerveau réserve les répliques intelligentes aux gens particulièrement doués pour la conversation.)

Future carrière possible à envisager : Voix pour les rires en canne de sitcoms.

Bon. Ce métier n'existe pas. Mais je pourrais l'inventer, ouvrant ainsi la porte à de nouvelles possibilités d'emploi (réglant par le fait même le taux élevé de chômage). Bref, on pourrait m'engager pour rire pendant les enregistrements de comédies de situation. Mon rire deviendrait comme une espèce de marque de commerce. En plus, ce métier aurait l'avantage de ne pas être trop stressant (intellectuellement parlant), car je rirais de bon cœur de toutes les blagues, même de celles que je ne comprendrais pas. Chaque production qui m'engagerait obtiendrait un succès assuré. Je serais tellement en demande que je devrais refuser certains contrats, et augmenter mes tarifs. Je deviendrais sûrement riche et j'investirais dans l'entreprise de Kat, qui serait propriétaire d'une écurie. Étant donné mes contacts dans le monde artistique, on ferait engager nos chevaux sur des productions cinématographiques. Un de nos chevaux se retrouverait même dans un film hollywoodien mettant en vedette l'acteur Orlando Bloom et, puisque ce serait un animal assez sensible, j'insisterais pour l'accompagner sur les tournages CE QUI ME PERMETTRAIT DE RENCONTRER ORLANDO BLOOM!!!!!!!!!

Vendredi 24 novembre

Après l'école, il y avait une rencontre profs-parents. J'ai pensé faire une surprise à ma mère et lui préparer le souper. Je fais des crêpes comme celles de ma grand-mère Laflamme. Celle-ci m'a donné la recette. Assez simple.

Future carrière possible à envisager : Crêpière.

Je crois que je pourrais aller très loin dans le domaine de la crêperie. Je m'ouvrirais un restaurant qui deviendrait rapidement très populaire à cause du goût spectaculaire de mes crêpes. On en parlerait toujours dans les journaux et quand on me demanderait mon secret, je répondrais : « C'est une recette familiale. » Des gens pourraient venir de partout dans le monde pour goûter à mes crêpes (qu'on qualifierait de chefs-d'œuvre). Je serais une star internationale ! Peut-être même une icône de la crêpe ! On vendrait peut-être même de la pâte à crêpes toute faite pour imiter celles de mon restaurant. (Il y aurait évidemment mon visage sur les sacs de pâtes à crêpes.) Peut-être même que mes crêpes rassembleraient des peuples. Oui, on viendrait de partout pour y goûter. Le mot se passerait, mondialement, de venir au Québec pour manger ces petits bijoux de la gastronomie. Et pour avoir procuré non seulement du bonheur gustatif à mes clients du monde entier, mais également, l'allégresse dans le cœur des hommes, je recevrais un prix très renommé, genre prix Nobel de la paix.

Note à moi-même: Il me reste beaucoup de travail à faire pour me rendre jusqu'au prix Nobel de la paix. Mes crêpes sont tout simplement dégueulasses. J'ai demandé à ma grand-mère quel était son truc secret pour que de simples ingrédients mélangés ensemble goûtent le paradis, et elle m'a répondu que c'était seulement l'expérience… Humph.

19 h

Ma mère entre.

Moi: Surpriiiiiiiiise! Je t'ai fait des crêpes. Bon, OK, pas aussi bonnes que celles de grand-maman Laflamme, mais si tu mets du jambon et un peu de sirop, ça camoufle l'arrière-goût bizarre. Je crois que j'ai mis trop de poudre à pâte parce que… ça goûte un peu chimique…

Ma mère (en déposant sa mallette de travail près de la porte): Hum… Merci! On adore les crêpes!

Oh non. Elle recommence avec sa schizophrénie.

François Blais entre derrière elle.

Moi: Oh… François, je ne savais pas que tu serais là… J'en ai fait seulement pour deux…

Je regarde mon assiette et je compte mentalement une vingtaine de crêpes.

Ma mère: Il y en a assez pour tout le monde! Quand il y en a pour deux, il y en a pour trois!

Je me demande si François Blais était là, à la rencontre de parents. Je n'aimerais pas vraiment ça. Il n'est pas un de mes parents. On dit: « Une rencontre profs-parents ». On ne dit pas: « Une rencontre profs-parents-chum de parents ». Tsssss! Tout le monde sait que c'est confidentiel.

Ce sont seulement les adultes, liés par l'ADN, qui sont admis. DE MÊME SANG! (Ou ceux qui ont un contrat d'adoption valide.)

Moi: Pis? Les profs?

Ma mère (elle se sert une crêpe et va s'asseoir à la table): Aurélie… je ne sais pas trop quoi dire…

Moi: Quoi? Qu'est-ce qu'ils ont dit?

Je regarde François qui rit en coin. Il rit de moi?

Moi: Quoi? Quoi?!!!!

Ma mère: Je m'attendais à un peu plus de toi.

Moi: Hein?!? Quoi? Qu'est-ce que j'ai fait?

Ma mère: Rien!!! Je te taquine!!! Je n'ai eu que des éloges à ton sujet!

Je regarde François qui rit de bon cœur.

Moi: T'étais là?

François: Non. Ta mère m'a raconté avant d'entrer ici.

Il se prend une crêpe et s'assoit près de ma mère.

Ma mère: Mmm! Aurélie, elles sont très bonnes tes crêpes!

François: Ah oui? (Il goûte.) C'est vrai! Super bonnes!

Moi: Bonne, genre prix Nobel?

Ma mère: Quoi?

Moi: Laisse faire!

Ma mère (vers François): Te souviens-tu, en France…

François: Les crêpes du petit bistro!

Ma mère: Oh!

Tous deux éclatent de rire.

François : Hahahaha ! Et quand le serveur a dit… hahahahahaha !

Ma mère : « Ce n'est pas dans ma culture… » hahahahaha !

François : Hahahahahahahaha !

Ils rient aux larmes. Ils sont tous les deux très rouges. Je réalise soudainement que je n'ai suivi aucun cours de premiers soins et que, s'ils s'étouffent, je ne sais pas du tout quoi faire. Je prends le sans-fil dans mes mains pour pouvoir composer rapidement le 911 au cas où ça arrive.

Note à moi-même : Les *insides* peuvent conduire à la mort (éviter à l'avenir d'en faire).

19 h 18

J'ai laissé ma mère et François rire de leur blague qui semblait très drôle. Puis, lorsqu'ils se sont un peu calmés (et qu'ils étaient hors de danger d'étouffement), j'ai dit :

– Pis, les profs ? Qu'est-ce qu'ils ont dit, coudonc ?

Ma mère : Ah oui ! Ben… que t'étais formidable.

Elle s'étouffe et recommence à rire de plus belle, accompagnée par François.

19 h 19

J'attrape Sybil dans mes bras et je me dirige vers ma chambre en disant :

– Je vais faire la vaisselle plus tard.

Quand les gens décident d'être énervants, ils sont énervants pas à peu près.

Sybil s'est couchée dans un de mes tiroirs qui était resté ouvert (c'est seulement que ce matin, quand j'ai pris un chandail, je n'ai pas pensé à le refermer, car j'étais pressée) et j'écoute *I Won't Let You Down* de Duke Squad à répétition dans mon iPod depuis dix minutes, car je suis incapable d'écouter autre chose (la chanson est bonne, mais l'ambiance musicale s'agence parfaitement avec mon état d'esprit).

Ma mère entre (sans frapper, alors je lève les yeux au ciel) et dit :

– Qu'est-ce que tu fais, je t'appelle depuis dix minutes ? !

Moi : J'écoute de la musique !

Ma mère : Ah. Fiou. Je pensais que tu étais tombée ou quelque chose du genre.

Moi : Tu t'inquiètes toujours pour rien. Pis, en passant, j'aimerais ça que tu frappes avant d'entrer.

Ma mère : Je m'excuse pour tantôt. On s'est souvenus d'une anecdote vraiment drôle et…

Moi : J'ai ben vu ça.

Ma mère : En tout cas… (Elle s'assoit sur mon lit.) Tous tes profs ont l'air de beaucoup t'apprécier. Ton prof d'histoire m'a dit que tu étais très vive d'esprit.

Moi : Ah.

Ma mère : Tu ne m'avais pas dit ça que tu avais donné une bonne idée à ton professeur d'éducation physique pour améliorer son cours !

Moi : Ben… J'ai des idées… des fois.

Ma mère : Et que tu es une des meilleures élèves de mathématiques !

Moi: C'est plus facile cette année parce que tout est une question de logique… Et la prof est cool.

Ma mère: Oui, je l'ai trouvée pas mal jeune… Elle ne doit pas avoir tellement d'autorité.

Moi: Pas besoin parce que tout le monde l'aime.

Ma mère: Et tu vas participer à un concours de poésie! Pourquoi tu ne m'en as pas parlé?

Mes raisons: 1) je n'ai pas envie qu'elle me réponde: «*On* adore la poésie» et 2) la raison n° 1 prend toute la place.

Ma mère (qui continue): En tout cas, ta prof m'a donné la date du spectacle et on va y aller, c'est sûr!

Très grande possibilité: L'explosion imminente de tous mes organes internes.

Moi: C'est pour ça que je ne t'en ai pas parlé!

Ma mère: Hein? Pourquoi?

Moi: Pour *ça*! Parce que tu parles toujours comme si t'étais… possédée!

Ma mère: Possédée???

Moi: Oui!

Moi: Par quoi?

Moi: Par… François!!! Tu n'es plus capable de parler à la première personne du SINGU-LIER!!! Sonia t'a-t-elle dit que j'étais bonne en conjugaison aussi? Parce que pour toi, ç'a l'air difficile parce que tu parles toujours à la première personne du PLURIEL!!!

Ma mère (qui se lève): Bon, ben, on se parlera quand tu seras plus calme et que ce que tu dis aura du sens.

Moi: Ce que je dis a du sens, tu sauras! ON N'EST PAS CAPABLES D'AVOIR UNE VIE EN

DEHORS DE FRANÇOIS BLAIS?! IL FAUT TOUJOURS QU'IL SOIT LÀ! PARTOUT! TOUT. LE. TEMPS.!

Ma mère : Je suis heureuse pour la première fois depuis... très longtemps! Pourquoi tu es méchante comme ça avec moi?

Moi : Tu n'étais pas heureuse juste avec moi? Ça te prenait LUI pour que tu sois heureuse? Moi, ce n'est pas assez?! Hein?!?!!! Je t'en ai pas parlé du concours de poésie parce que JE NE VEUX PAS QU'IL SOIT LÀ! JE LE HAIS! JE LE HAIS!!!!!! ET JE L'AI TOUJOURS DANS LA FACE! ET SI CE N'EST PAS EN PERSONNE, C'EST PARCE QUE TU NE TE DISSOCIES PAS DE LUI QUAND TU PARLES!

Je prends la boule disco et je la lance violemment dans ma garde-robe dont la porte est ouverte. Sybil sursaute, bondit hors du tiroir et sort de ma chambre en courant.

Ma mère me regarde.

Je soutiens son regard.

Puis, elle dit, d'un calme contenu :

– Aurélie Laflamme. Tu viens de dépasser les bornes. (Elle me pointe.) Toi, tu restes ici. Et on se reparlera quand tu te seras calmée.

Elle sort de ma chambre en refermant ma porte.

Je m'écroule sur mon lit et j'éclate en sanglots.

Puis, je reprends mes esprits. J'entrouvre un peu la porte et j'entends ma mère pleurer et François Blais qui la console. J'entends quelques bribes de ce qu'elle dit à travers ses larmes : « ... je ne sais plus quoi faire... je ne la comprends pas... » J'aperçois Sybil, je sors en douce pour aller la chercher. J'entre dans ma chambre, je ferme la porte et je sélectionne sur mon iPod la chanson de Duke Squad que j'écoutais tout à l'heure à une force à m'en défoncer les tympans.

20 h

Tommy. Je voudrais seulement parler à Tommy. J'ouvre ma fenêtre. J'enlève la moustiquaire. Sybil me regarde. Je lui fais « chut ». Elle me répond « rrrrouirrr ». Je sors. Je saute en bas de la fenêtre. Et je cours jusqu'à la maison voisine. Celle de Tommy.

Je cogne à la fenêtre du sous-sol, celle juste à côté de sa chambre. En espérant qu'il soit là. Qu'il soit seul. Qu'il ne soit pas obligé de répondre aux demandes top exigeantes de la blonde de son père qui veut qu'il soit un clown pour tout le monde au lieu de juste être lui-même.

20 h 05

Je cogne. Je cogne.

20 h 06

Je m'assois, appuyée contre la fenêtre. Et je fonds en larmes en cachant ma tête dans mes bras. J'ai froid. Mais je ne veux pas rentrer chez moi. J'entends tout à coup la fenêtre s'ouvrir.

– Aurélie ? Qu'est-ce que tu fais là ?

Moi (en me retournant) : Tommy ? Tommy !

Tommy : Entre.

Il enlève la moustiquaire et m'aide à entrer par la fenêtre qui est assez étroite.

Moi (en pleurant) : Ma mère ne sait pas que je suis ici. Faut pas que tes parents me voient.

Il me conduit dans sa chambre. On se couche sur son lit, je me colle à lui et je pleure dans ses bras.

Tommy ne me pose aucune question et me tend un mouchoir une fois de temps en temps (quand trop de morve coule sur son chandail).

21 h 03

Je me suis un peu calmée. Je commence à être inquiète que ma mère se soit rendu compte de mon départ.

Moi (en reniflant et en me dégageant de Tommy): Il faut que je parte.

Tommy: T'sais… ça va être correct.

Moi: Merci… (Je pointe son chandail avec mon menton.) 'Scuse… pour ton chandail.

Tommy: C'est pas grave.

On se dirige vers la fenêtre et il m'aide à sortir (en me poussant sur les fesses).

Moi: Heille! Lâche mes fesses!

Tommy: Ben là! Tu veux sortir ou non?

Je réussis à me glisser hors de la fenêtre et je cours vers chez moi. Je remonte à ma fenêtre.

21 h 06

Je replace la moustiquaire. Sybil est couchée sur mon lit en boule. J'ouvre la porte de ma chambre et je n'entends plus rien. Je crois que ma mère ne s'est pas aperçue de mon départ, car elle parlerait déjà à la police en ce moment.

21 h 07

Emportée par je ne sais pas trop quelle émotion (c'est peut-être la musique ou un certain je-m'en-foutisme général), je compose un numéro de téléphone.

Machinalement.

Un numéro que je connais par cœur.

Parce que je l'ai composé dans ma tête si souvent.

Sans pourtant appuyer sur aucune touche.

Celui de Nicolas.

C'est lui qui répond (après deux sonneries).

Moi : Nicolas, c'est Aurélie. Aurélie Laflamme.

Lui : Je sais…

Moi : Je voulais… L'autre jour, et depuis longtemps… Je voulais te dire que… Depuis que c'est fini, nous deux… Je voudrais encore qu'on sorte ensemble… des fois, je me pose des questions, comme quand tu as du papier de toilette… mais en tout cas, ce n'est pas ça l'important. Bref, on ne sort plus ensemble et je sais que tu as une nouvelle blonde que tu aimes, ben… Peut-on dire qu'on aime vrai-ment quelqu'un tant qu'on ne le connaît pas ? Je ne sais pas trop. Ça prend combien de temps pour connaître quelqu'un et l'aimer ? Au moins… trois semaines ? Minimum. À moins d'un coup de foudre. Là, c'est sûrement diffé-rent. Tu le sais tout de suite. Comme ça, paf. Remarque que c'est peut-être ça, tu as eu un coup de foudre. Avec Jessica, je comprends, elle est super fine. L'autre fille, je ne la connais pas, mais elle doit être super aussi. En tout cas. Tout ça pour dire que je ne veux pas que tu casses avec elle. Je voulais juste te dire ça parce que… je suis juste une fille intense et que ça fait une grosse boule en dedans de moi et que ça me fait mal et il fallait juste que je te le dise.

226

En tout cas… bonne chance dans votre amour.

Lui : Aurélie…

Moi : Pas de problème. Je comprends…

Je raccroche.

Maudite niaiseuse ! Maudite niaiseuse ! Maudite niaiseuse ! Maudite niaiseuse ! Maudite niaiseuse ! Maudite niaiseuse ! Maudite niaiseuse ! Maudite niaiseuse !

(X 1000)

Samedi 25 novembre

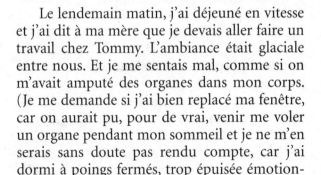

Le lendemain matin, j'ai déjeuné en vitesse et j'ai dit à ma mère que je devais aller faire un travail chez Tommy. L'ambiance était glaciale entre nous. Et je me sentais mal, comme si on m'avait amputé des organes dans mon corps. (Je me demande si j'ai bien replacé ma fenêtre, car on aurait pu, pour de vrai, venir me voler un organe pendant mon sommeil et je ne m'en serais sans doute pas rendu compte, car j'ai dormi à poings fermés, trop épuisée émotionnellement parlant…)

13 h 02

Discussion (pathétique) sur l'amour avec Tommy (pas discussion sur l'amour *avec* Tommy, mais discussion sur *l'amour* avec Tommy) qui me somme d'arrêter de fantasmer sur un amour impossible avec Nicolas. Et qui me conseille de jeter mon dévolu sur quelqu'un d'autre (en l'occurrence Iohann ou autre spécimen mâle potentiellement intéressant de l'école, même si malheureusement ni Orlando Bloom ni Daniel Radcliffe n'y sont inscrits). Il n'en revient pas d'apprendre que j'ai appelé Nicolas.

Tommy: C'est pour ça que t'avais de la peine, hier?

Moi: Non... (Je baisse la tête). Je suis en chicane avec ma mère.

Tommy: Ah. Ça va?

Moi: Bof...

Tommy: Pour Nicolas... T'es en train de te rendre ridicule avec cette histoire-là! Arrête! Passe à autre chose!

Moi: Oui, mais tu comprends, ça faisait titilititi dans ma tête!

Tommy: Titilititi?

Moi: Oui! Titilititi! Ah! Laisse faire! C'était juste mon cerveau qui disjonctait... quand je le voyais.

Tommy: Mais à quoi tu t'attendais? À trouver l'homme de ta vie à quatorze ans ou quoi?

Moi: Ben... t'es amoureux en ce moment. De Carol-Ann. Tu t'attends à ce que ça finisse?

Tommy: C'est évident!

Moi: Mais c'est plate de penser à ça! C'est comme s'il n'y avait aucune possibilité. On ne peut pas être amoureux si on pense que ça va finir. S'il y a un genre de compteur ou de sablier.

Tommy: Je suis juste réaliste.

Moi : Est-ce que Carol-Ann sait que tu penses comme ça ? Qu'elle sera juste une parmi tant d'autres sur ton passage ?

Tommy : Sûrement. Ce n'est pas tout le monde qui pense comme toi.

Moi : Carol-Ann… est-ce qu'elle est importante pour toi ?

Tommy : Oui, présentement. Mais on ne connaît pas l'avenir.

Moi : Tu le lui as dit ?

Tommy : Pas besoin.

Arghhhhhhhhhhh ! JE DÉTESTE LES GARS. OFFICIELLEMENT. ET POUR TOUJOURS ! *4 EVER AND EVER* !!!!!!!!!!!!

Je pense soudain à Carol-Ann avec beaucoup de compassion. Il est évident à la façon dont elle regarde Tommy qu'elle ne s'attend pas à se faire dire qu'elle est de passage dans sa vie. Même si on sait qu'on ne peut pas trouver l'amour de notre vie à l'adolescence, c'est le fun d'y croire, non ? Je suis sûrement idéaliste.

Moi : Tommy. Tu crois que ma mère et François Blais…

Tommy : À cet âge-là, ce n'est pas la même chose. Ça se peut qu'ils restent ensemble pour un bout.

Merde.

15 h
Je suis allée chez Kat. Je pense que je passe trop de temps avec Tommy. Me tenir autant avec lui n'aura pas une bonne influence sur

mon cerveau si les gars pensent des choses comme ça. J'ai dit à Kat qu'on devrait intégrer davantage Carol-Ann parce que je ressens une toute nouvelle complicité avec elle. Kat était d'accord avec ça. Et aussi avec mes illusions sur l'amour, qu'on a décidé de ne pas appeler des illusions mais le gros-bon-sens-incompris-par-les-gars-qui-ont-moins-de-neurones (confirmé par une recherche sur les neurones : oui, il paraît que manger gras et salé affaiblit les neurones. Or, tout le monde sait que les gars mangent plus. Donc, mathématiquement, plus de bouffe = plus de gras et plus de salé, donc techniquement, leurs neurones s'affaiblissent plus vite ! Ah !)

Kat : Je ne sais même pas pourquoi tu te tiens encore avec lui. Il est con !

Moi : Il n'est pas con !

Kat : Je ne sais pas pourquoi tu le défends ! En tout cas, moi j'ai toujours dit qu'on devrait se tenir loin de lui ! C'était... mon instinct féminin.

Moi : Oh, arrête ! Il est pas si pire que ça ! Tommy et moi... on se comprend.

Kat : Ah ouain ? Tu comprends ce qu'il dit, toi ?

Moi : Ben... on peut voir ça comme un affront, ou comme... une porte ouverte sur l'âme masculine.

Kat : Une porte ouverte sur l'âme masculine ? Coudonc, t'es donc ben poétique !

Moi : Tu trouves ?

Je prends un calepin et je note ce que je viens de dire.

Moi (je finis de noter et j'ajoute) : C'est que… je fais beaucoup d'essais pour le concours de poésie. Je n'ai pas encore trouvé le poème idéal. En tout cas, tout ça pour dire que Tommy, ce n'est pas un gars déguisé en fille, c'est un gars-gars.

Kat : Un gars gras ?

Moi : Non, un gars-gars.

Kat : T'as dit un gars gras, hahahahahaha !

Moi : J'ai dit un gars, gars. Dans le sens de très gars.

Kat : Un gars gras ! Hahahahahahahahaha !

Moi : Oh, franchement, Kat ! T'as quel âge ?

Note à moi-même : Penser à me trouver une amie ayant atteint un certain degré de maturité.

Note à moi-même nº 2 : Pourquoi les gens pensent qu'ils savent mieux que moi ce que j'ai dit avec ma propre bouche ? Arrrghhhh !

Dimanche 26 novembre

Je travaille sur un poème pour le spectacle de mardi, inspiré par ma discussion avec Tommy. Sybil joue avec le bout de mon crayon, ce qui me déconcentre énormément.

On cogne à ma porte.

Moi : Entrez.

C'est ma mère. Pendant un instant, j'ai espéré que ce serait Tommy et qu'il avait trouvé une idée pour mon poème.

Ma mère (qui reste debout dans l'embrasure de la porte) : Il faut qu'on parle…

Je la regarde et je ne sais pas quoi dire. Je m'assois en indien sur mon lit et je lui fais signe de venir s'asseoir. Elle s'assoit sur le coin de mon lit. Elle joue nerveusement avec ma douillette (mon lit n'est pas fait). Elle flatte Sybil. Je me ronge les ongles.

Ma mère : Lâche-toi les doigts.

J'arrête de me ronger les ongles et je roule les paupières.

Ma mère : On ne peut pas continuer comme ça… Je ne comprends pas trop ce qui arrive ces temps-ci. On n'est plus trop sur la même longueur d'onde. Avant, on avait du fun, il me semble. Qu'est-ce qui s'est passé ?

Moi : Je ne sais pas…

En fait, voici encore une preuve irréfutable de la mauvaise mémoire de ma mère. Depuis la mort de mon père, elle n'a été qu'une loque humaine portant un masque social sitôt qu'elle sortait pour côtoyer le monde extérieur. Mais, à la maison, elle portait des cotons ouatés et se traînait partout. Et à chaque moment passé ensemble, elle se confiait à moi sur sa peine, ses inquiétudes, ses angoisses… J'en suis venue à avoir du mal à dormir parce que je m'inquiétais pour elle. J'avais peur qu'elle ait de la peine et de ne pas être réveillée pour m'occuper d'elle.

Je me demande si c'est ce qu'elle veut dire quand elle parle du « fun » qu'on avait ensemble.

Moi, je me souviens surtout que je voulais tout faire pour tenter de la consoler, pour que, lorsqu'elle serait mieux, on puisse avoir du fun ensemble, justement. Et puis, quand elle a commencé à aller un peu mieux, elle a rencontré François Blais et c'est *lui* qui profite de sa bonne humeur. Moi, je la *subis*. Parce que sa bonne humeur ne vient que de sa relation avec cet être ignoble. (L'autre jour, il portait un pantalon de velours côtelé brun, je sais ce que je dis quand je parle d'ignominie.)

Je me demande ce qui serait arrivé si mon père n'était pas décédé. Si mon père n'était pas décédé, l'ancien boss de ma mère aurait quand même pris sa retraite et François Blais l'aurait quand même remplacé. Peut-être que, comme plusieurs parents, les miens se seraient séparés. Séparés ou pas, je me demande si F.B. aurait tripé sur ma mère. Et si ma mère serait tombée amoureuse de lui. Est-ce que, peu importe si mon père avait été vivant ou décédé, ma mère aurait fini avec François Blais ?

Moi : Maman, si papa n'était pas décédé, crois-tu que tu serais sortie avec François Blais quand même ?

Ma mère : Aurélie… ça ne sert à rien de te poser des questions comme ça.

Moi : Je le sais, mais ce n'est pas ma faute, c'est mon cerveau, en passant défectueux à cause de la génétique, qui m'envoie ce genre de réflexion et c'est totalement… incontrôlable.

Ma mère : Je comprends. (Elle détourne le regard vers ma commode.) Hé, t'as pas rangé ton linge propre ? Aurélie, quand je lave les vêtements et que tu les mets en boule comme ça…

Moi : Je vais le faire plus tard… Réponds à ma question, s'il te plaît. On s'en fout de mon linge propre !

Ma mère : Excuse-moi. Ta question, c'était que…

Moi : Si papa n'était pas décédé, crois-tu que tu serais sortie avec François Blais quand même ?

Ma mère : Peut-être que si ton père et moi nous étions séparés…

Moi : Vous alliez vous séparer ?

Ma mère : Mais non !

Moi : Ben pourquoi tu dis ça d'abord ?

Ma mère : Tu me demandes de répondre à des questions hypothétiques et je ne sais pas du tout quoi répondre ! J'essaie de répondre du mieux que je peux… Je ne serais pas sortie avec François si ton père et moi avions toujours été ensemble.

Moi : Mais si vous vous étiez séparés, tu serais sortie avec François Blais.

Ma mère : Si ton père et moi nous nous étions séparés, ce qui n'était pas du tout le cas avant son… départ, il y aurait eu une possibilité que je tombe amoureuse de François.

Moi : Mais si papa n'était pas mort et que vous ne vous étiez pas séparés, est-ce que tu serais tombée amoureuse de lui ?

Ma mère : Oh, c'est absurde ! J'étais très amoureuse de ton père, tu sais… Je n'aurais pas envisagé François Blais comme amoureux, ç'aurait été seulement mon patron.

Conclusion: Il y avait beaucoup de probabilités, au niveau du destin, que je sois pognée d'une façon ou d'une autre avec François Blais dans ma vie…

Ma mère: Écoute, je ne sais pas quoi dire… Je ne savais pas que tu détestais François à ce point-là. Ça nous… Ça lui a fait beaucoup de peine, l'autre soir. Parce qu'il t'aime beaucoup, tu sais.

Moi: Ce n'est pas que je le déteste…

Ma mère: C'est quoi, alors?

Moi: C'est juste parce qu'on dirait que t'es dans une secte. La secte de… l'amour. On dirait que tu n'es plus une personne. On dirait que t'es deux. (Je réunis mes mains ensemble pour expliquer visuellement ce que je veux dire.)

Ma mère: Bon, écoute. Je ne m'étais pas rendu compte que je parlais à la deuxième personne du pluriel, comme tu me l'as reproché. Si je fais des efforts pour m'améliorer, est-ce que tu pourrais faire des efforts, toi aussi, avec François?

Je voudrais lui répondre que je ne fais que ça, mais pour éviter de jeter de l'huile sur le feu, je me contente de dire:

– Oui.

Ma mère: Écoute, j'ai beaucoup réfléchi en fin de semaine et je suis prête à oublier tout ce qui s'est passé vendredi soir. Mais je te demanderais une seule chose.

Moi: Quoi?

Ma mère : Que tu appelles François et que tu l'invites à ton concours de poésie.

Moi : Maman ! ! !

Ma mère : Tu as dépassé les bornes l'autre soir. Tu as eu un comportement inacceptable. Je ne t'ai jamais vue comme ça. T'es une ado. Je comprends, les hormones, tout ça… Mais je n'accepte pas ça sous mon toit. Il y a des mères qui te puniraient bien plus que moi. Tout ce que je te demande, c'est que tu appelles François et que tu l'invites à ton concours de poésie. Et que tu lui démontres ton enthousiasme.

Moi (après un soupir) : C'est tout ?

Ma mère : C'est tout. Ah non, ce n'est pas tout. À Noël, on va au chalet de François, dans sa famille, et je veux que tu t'accroches un sourire dans le visage.

Moi (en marmonnant) : Pfff ! Je souris tout le temps !

Ma mère : Pardon ?

Moi (après un plus gros soupir) : OK, d'abord. Je vais appeler François et je vais sourire comme une Miss Univers à Noël. (Je lui fais une démonstration en forçant un sourire à pleines dents.) C'est beau ?

Ma mère : C'est parfait.

J'ai jugé le moment inopportun pour lui faire part de mes doutes sur ma capacité d'avoir du plaisir chez les parents de François Blais. J'ai également jugé que le moment était mal choisi pour lui avouer que l'atterrissage de la boule disco dans ma garde-robe avait causé un, disons, cratère. Sur le mur. Bref, un trou, ou dans le langage populaire, une poque. À quoi cela servirait-il de la mettre en colère alors que le trou se trouve dans la garde-robe, caché? À rien. Il faut que je pense à ma survie. Et/ou à mon ouïe parce que ça ne me tente pas trop de devenir sourde à la suite d'une engueulade à décibels trop élevés avec ma mère. Je dois dire que, bien que je trouve sa punition assez sévère (inviter François Blais avec enthousiasme – une chance que comédienne se retrouve dans mes choix de carrière, à moi de faire mes preuves), je suis assez satisfaite de la tournure des événements. Je préfère ça à un malaise quotidien ou encore à être privée de sortie pendant des jours et des jours (total insupportable).

21h

Je repense à mon appel à Nicolas vendredi soir.

À mettre dans les archives de vie: Ne pas appeler son ex après une chicane avec sa mère. Ça peut faire faire des folies. J'ai d'ailleurs un peu peur de le croiser à l'école demain. Méchant malaise en vue. Et mes trucs pour manquer l'école ont été épuisés (en vain, quand on y pense). Hum…

Jeudi 30 novembre

Personne ne peut savoir le sentiment qui m'habite en ce moment! C'est intense! C'est *hot*! C'est fabuleux! C'est incroyable!

J'AI RÉUSSI À METTRE LE BALLON DANS LE PANIER!!! JE SUIS UNE PRO DU BASKET!!! MOI!!!!!!!!!!!!!!!!!!!!!!!!! WOUAHHHHHHHHHH!!!!!!!!!!!!!!!!!!!!

Ah oui. Aussi, j'ai croisé Nicolas. Plusieurs fois cette semaine. Aucun malaise. C'est comme si je ne l'avais jamais appelé. (L'ai-je vraiment fait?) C'est comme si rien ne s'était jamais passé entre nous. Parfois, il était seul. Parfois, avec sa blonde. Chaque fois, il me faisait un sourire poli. Mais surtout, chaque fois que je l'ai croisé, il avait soit un sac de chips à la main, soit une boisson gazeuse. Les gras trans ont dû affecter ses neurones de mémoire me concernant, car à ses yeux on dirait que je n'ai jamais existé.

ET JE COMMENCE À ÊTRE PAS MAL TANNÉE DE ME BATTRE CONTRE DU GRAS DE CHIPS!!!

Décembre

Retour aux sources

CONCOURS DE POÉSIE
VENDREDI 15 DÉCEMBRE

PRIX COUP DE CŒUR

CINÉMA 19:00 2

VACANCES DE NOËL

WA-OOUHH!!

BOUTON DE DÉSACTIVATION DE LA FACE NIAISEUSE

1ᵉʳ PRIX

MOI HALTÉROPHILE?

FRENCH QUI GOÛTE LE HOT-DOG... UN PEU!

WIIIIIII!

SCRAPBOOKING

MON CHANDAIL BLEU!!

Samedi 2 décembre

Aucune neige. Mais, au moins, il fait super beau. Ces temps-ci, il n'a pas fait très beau. Et je suis certaine que ça influence le moral des gens (surtout le mien). C'est pour ça que tout le monde était sur le qui-vive. Et tout le monde attribue sa mauvaise humeur à la personne la plus proche. (En tout cas, théorie météo.)

Les décorations de Noël, de plus en plus présentes sur les maisons, font un peu pic-pic sur les branches d'arbres sans feuilles, à côté du gazon. On dirait que les gens se sont trompés et les ont mis deux mois trop tôt. Il est «météorologiquement» impossible de prévoir si on aura un Noël blanc ou non (bon, il est peut-être météorologiquement possible de prévoir si on aura un Noël blanc si on est, disons, météorologue, mais je n'ai aucune connaissance dans ce domaine non étudié à l'école secondaire).

14 h

Je suis en train de tenter de réparer le mur de ma garde-robe défoncé par la boule disco. En fait, Tommy est en train de tenter de réparer le mur de ma garde-robe avec du plâtre qu'il a emprunté à son père tandis que moi, j'essaie de déballer un nouveau CD. Et je crois sincèrement que c'est moi qui ai la tâche la plus ardue. Tommy est assis dans ma garde-robe et étend le plâtre tranquillement, alors que moi je m'acharne depuis cinq minutes sur l'emballage de plastique qui recouvre le boîtier. Tommy n'arrête pas de me dire : « Mets de la musique ! » à toutes les deux secondes, et j'essaie de déballer le CD avec mes doigts puis avec mes dents sans y parvenir. J'ai même essayé avec un couteau de cuisine et j'ai égratigné la pochette, ce qui m'a fait énormément de peine ! (Bon, pas *vraiment* de la peine comme telle, mais disons que ça m'a fait suer solide !)

Pourquoi les compagnies de disques font-elles des emballages pas ouvrables pour des gens qui n'ont pas les ongles pointus ? Et après, ils se plaignent que les ventes de CD diminuent et que trop de gens téléchargent des MP3 ! Peh ! Ils n'ont qu'à penser que leur public n'a pas les moyens de se payer un CD *et* une manucure ! Tsss !

14 h 13

Tommy (après avoir déballé le CD) m'a dit que je devrais me trouver une meilleure cause que celle des emballages de CD. Au moment où j'allais mettre la musique, j'ai entendu des pas.

Moi : Chut !

Merde ! Je crois que c'est ma mère qui approche. Il ne faut pas qu'elle me voie réparer ma garde-robe ! Wouahhhhh !

Tommy : Je n'ai rien dit.

Moi : Non, c'est ma mère, chuuuuuut !

Tommy (en chuchotant) : Je n'ai rien dit.

Moi : Arrête de mettre du plâtre et va sur mon lit. (Tommy se dirige vers mon lit.) NON ! Pas sur mon lit, euh… sur mon bureau, ça va faire plus sérieux, comme si on faisait nos devoirs. (Tommy monte sur le bureau.) Niaiseux ! Pas *sur* le bureau ! Assieds-toi sur la *chaise* de bureau !

J'ai tout juste le temps de bondir sur mon lit en ouvrant un livre d'école lorsque ma mère ouvre la porte.

Ma mère : Qu'est-ce que vous faites ?

Moi : Des devoirs.

Ma mère : De quoi ?

Moi : Maths.

Tommy : Français.

Moi : Ben… Moi, de maths, Tommy de français, haha. Tommy est bon en maths, moi je suis bonne en français. On s'entraide, héhé.

Ma mère : Aurélie, qu'est-ce que tu préférerais manger ce soir entre du spaghetti et du roast beef ?

Moi : Hum… du spag.

Ma mère : Je pensais faire du roast beef.

J'aurais soudainement l'envie irrépressible de crier : BEN POURQUOI TU ME LE DEMANDES, D'ABORD ? ARRRRRGGGHHH ! Mais je me retiens, étant donné ma probation.

Moi (très calme et tout sourire) : Fais ce que tu veux.

Ma mère : On pourrait manger ça avec des patates.

Moi : Hu-hum.

Tommy : Avez-vous besoin d'aide pour la cuisine, madame Charbonneau ?

Ma mère : Hahaha ! T'es *cute*, Tommy. Appelle-moi France, voyons ! Non, non. Je n'ai pas besoin d'aide. Je vais faire ça tranquillement. Je faisais seulement… un sondage. Je vous laisse.

Moi : Ferme la porte, s'il te plaît !

14 h 17

Tommy : Ta mère pense qu'on fait des cochonneries.

Moi : Ta gueule ?!?!!!!!! Franchement !!!!!!!!

Tommy : Je te jure ! C'est pour ça qu'elle posait des questions biz et qu'elle nous regardait comme ça.

Moi : Elle est toujours sur mon dos ! J'aimerais juste qu'elle me lâche un peu deux secondes !

Tommy : Ma mère faisait pareil. Ça m'étouffait. (Il place ses mains devant sa gorge comme s'il s'étranglait.) Mais… je m'ennuie un peu, j'avoue. Je donnerais n'importe quoi pour que mes parents habitent la même ville.

Moi : Je donnerais n'importe quoi pour que mes parents habitent la même planète.

Tommy me regarde longuement. Puis, intensément. Et il me dit :

– Hé, Laf ! T'as quelque chose sur le nez !

Moi : Hein ? Où ça ?

Il s'approche, met un genou sur le coin de mon lit et s'approche de mon visage.

Tommy : Oui. C'est un bouton. Oh ouach ! Plein de pus ! Pourquoi tu l'as pas pété ?

Moi : Hein ?!? Où ça ??????

Je me touche le nez à la recherche du bouton tout en me dirigeant vers mon miroir.

Je constate que je n'ai aucun bouton.

J'attrape un coussin sur mon lit et je saute sur Tommy pour le rouer de coups pendant qu'il essaie de se protéger le visage d'une main et qu'il me repousse de l'autre en riant.

Il est couché sur mon lit. Je suis au-dessus de lui, retenue par sa main sur mon ventre lorsque ma mère ouvre la porte et nous surprend dans cette position qui, même si dans les faits est tout à fait justifiée, peut paraître suspecte.

Malaise.

Ma mère : Oh, 'scusez.

Et elle referme la porte.

Tommy : Je te l'avais dit qu'elle pensait qu'on faisait des cochonneries.

On éclate de rire et, pendant qu'il est sans défense, j'en profite pour lui asséner un énorme coup avec le coussin.

Tommy (en se tenant la joue) : Owwwwuch!!! T'exagères, Laf!

Moi : On ne dit pas aux filles qu'elles ont un bouton si ce n'est pas vrai !

20 h

Ma mère. Ne veut plus que j'invite des gars. Dans ma chambre. Si la porte est fermée.

Ma mère. Ne me croit aucunement. Lorsque je lui dis que Tommy et moi ne faisions qu'une bataille de coussins. Parce qu'il m'a dit que j'avais un bouton.

Ma mère. Pense que les gars ont toujours des arrière-pensées. (Sexuelles.)

Ma mère. Est une totale obsédée.

Tommy. Est un excellent réparateur de mur.

Il ne reste aucune trace. Du trou laissé par la boule disco.

Tommy. A quitté ma maison pour aller retrouver sa blonde.

J'ai. Appelé Kat pour lui raconter ma journée.

Kat. A ri aux larmes.

Ma mère. M'a demandé de raccrocher pour qu'elle puisse faire un téléphone. À François Blais.

J'ai. La nette impression. Que la vie serait plus simple si je n'avais pas une force herculéenne quand je lance des boules disco.

Lundi 4 décembre

Pas encore de neige. Et il paraît qu'il n'y en aura pas avant un bout de temps. Tout le monde parle de la température. Habituellement, ce sujet de conversation est réservé aux gens qui n'ont rien à dire. Par exemple, lorsque nous étions en visite chez mes grands-parents Charbonneau et qu'il y avait un silence, ma tante Loulou ou mon grand-père lançaient : « Il n'a pas fait beau » ou encore « Il a fait beau ». Mais ces temps-ci, les gens parlent de température par inquiétude, disons, planétaire. Il n'est pas normal (je n'y connais rien, mais paraît-il) de jouer au golf en plein mois de décembre. Et plusieurs pères d'élèves de mon école ont joué au golf en fin de semaine.

Une panique généralisée s'est emparée de plusieurs personnes qui s'inquiètent du sort de notre planète.

Le réchauffement est imminent.

Et si ça réchauffe trop, pouf, on explose.

Bref, on retrouve beaucoup plus de papiers dans les bacs à recyclage de l'école. Et même des canettes.

Les graffitis des toilettes ont même changé. Il y a moins d'insultes aux profs ou encore de «Tatata love Tatata», c'est plus «Tatata love le monde» (et il y a un dessin de la Terre) ou encore «Sauvé la planète» (ce que j'ai évidemment corrigé pour «Sauvez la planète»).

Dans les cours, les professeurs en profitent pour nous faire la leçon sur l'importance de l'environnement.

Pendant un discours du genre de mon prof de sciences physiques, j'ai levé ma main et j'ai dit qu'il pourrait laisser faire les examens, ce qui gaspillerait beaucoup moins de papier.

Ça l'a laissé bouche bée.

Et tout le monde a ri et applaudi.

Future carrière possible à envisager: Écologiste.

C'est un domaine avec beaucoup d'avenir. À quoi cela sert-il de trouver un autre métier si la Terre peut exploser? Ça ne servira à rien d'être, disons, comptable, si tout l'argent est calciné. Ou encore, admettons, prof de natation s'il n'y a plus d'eau. Ou jardinier s'il n'y a plus de jardin. Ou prof de français si la peau des élèves a tout fondu et qu'ils ne peuvent plus écrire! On a beau chercher un métier, je crois

que ceux qui choisissent une carrière en environnement feront sûrement fortune. Je me
verrais très bien devenir une figure importante
de l'écologie. De Greenpeace ou de quelque
organisme du genre. Je pourrais devenir complètement hippie et vivre carrément dans un arbre !
On saluerait mondialement ma façon de vivre
en harmonie avec la nature. On m'admirerait
pour mon retour à la terre absolument néces-
saire à la survie de la planète. À moi seule, je
réussirais à réparer une partie des dommages
planétaires. On me surnommerait peut-être la
« *patchwork girl* de la couche d'ozone ». (Bon,
peut-être un peu compliqué comme surnom,
j'en conviens, d'ici là on a le temps d'en trouver
un autre…) Bref, je serais reconnue mondialement pour mon apport écologique. Et je serais
évidemment milliardaire. Et tout mon argent
servirait à la recherche et au développement
pour assurer l'avenir de la planète. On invente-
rait peut-être même un prix à mon nom, le prix
Laflamme antiréchauffement de la planète.

Mardi 5 décembre

Ce soir, j'ai fait des appels (sous la pression
de ma mère) pour inviter des gens à mon
concours de poésie qui aura lieu le 15 décembre,
soit vendredi prochain.

Mes grand-parents Charbonneau viendront.

Ma tante Loulou aussi. (Mais pas mon oncle parce qu'il restera à la maison avec mon cousin. À six ans, je ne pense pas que William serait le public idéal pour rester attentif toute une soirée à des poèmes.)

Ma grand-mère Laflamme tient également à venir, même si elle habite loin, à quelques heures de voiture.

Et François Blais. Qui semblait effectivement heureux que je l'invite. Avec sincérité. Il m'a dit :

— Tu sais, si tu préfères que je ne vienne pas, je te comprends et te respecte.

J'ai dit :

— Ben nooooon ! Viens ! Ça va être le fuuuuun ! Ben... si t'aimes la poésie.

Il a dit :

— J'ai très hâte de te voir faire.

J'ai dit :

— Ben... super. Ça va être l'occasion. Mais je ne suis pas si *hot*. Attends-toi pas à grand-chose.

Je n'ai pas trop insisté sur la modestie parce que ma mère aurait pu m'accuser de manquer d'enthousiasme.

19 h

Pendant que je fais mes devoirs, ma mère vient me voir et me demande :

— T'as appelé François ?

Moi : Oui.

Ma mère : Tu l'as invité ?

Moi : Oui.

Ma mère : Avec enthousiasme ?

Moi : Oui.

Ma mère : Qu'est-ce qu'il a dit ?

251

Moi : Il était content.

Ma mère : C'est tout ?

Moi : Ben c'est ça, là… Il a dit qu'il était content. Pis il avait l'air en feu.

Future carrière possible à envisager : Journaliste dans un bulletin de nouvelles.

Mes auditeurs seraient sûrement enchantés de ma façon concise de relater un événement et de mon sens du détail approximatif assumé. C'est vrai, tout le monde parle de la manipulation des médias. Mais les médias s'expriment avec tellement de mots précis qu'on en vient à croire tout ce qu'ils disent comme la pure vérité. En étant peu précise, cela révolutionnerait les bulletins de nouvelles ! On parlerait de journalisme d'avant-garde, où moi, la journaliste, je ne ferais que piquer la curiosité du public qui devrait par la suite faire sa propre enquête sur les sujets qui le passionnent. En plus, qu'existe-t-il de plus plate qu'un bulletin de nouvelles ? Beaucoup trop de mots pour rien. Avec ma façon de faire, les bulletins de nouvelles dureraient maximum dix minutes et on aurait l'essentiel de l'information internationale sans devoir se taper les détails sordides racontés avec un vocabulaire hermétique. Ensuite, j'agirais à titre de consultante internationale dans toutes les émissions d'information de la planète, je serais évidemment très occupée et mon économie de mots m'ayant rendue célèbre me servirait à sauver beaucoup de temps dans mon horaire hyper chargé.

Mercredi 6 décembre

En éduc, Denis Pelletier nous fait faire du yoga. (Dommage, parce que je commençais justement à être bonne en basket.) Et je dois avouer que je suis pourrie en yoga. Mais impossible de me plaindre. C'est à cause de moi qu'on fait ça. Tout est à recommencer à zéro.

Jeudi 7 décembre

Je ne sors pas. Je ne parle pas au téléphone. Je me concentre quasi uniquement sur le poème que je présenterai au concours. J'ai écrit plusieurs ébauches. Mais aucune ne m'inspire assez pour continuer. Sonia m'encourage à aller au plus profond de moi-même pour trouver ce que je veux dire au public.

Ce que je veux dire au public?

• Changez de façon de faire de la pub! Gens de marketing/publicité: soyez sincères. Je suis tannée des annonces de restos mensongères… Je suis allée manger un *fajita* dans un *fast-food* et, sur la photo, il était épais, ragoûtant et rempli de garniture, mais en réalité, il était tout mou et flasque! Dégueu!!!

• Pétez vos boutons! Les boutons avec du pus m'écœurent… ce n'est pas vrai qu'il ne faut pas enlever le petit blanc dégoûtant!!! L'idée, c'est de ne pas se retrouver avec des cicatrices sur la peau! Et il y a des techniques pour ça!!!

• Arrêtez de cracher sur le gazon ou de jeter vos gommes par terre! Un jour ou l'autre, c'est certain que tu marches dedans. C'est frustrant de sentir que tu as la bave de quelqu'un sous ton pied.

Tout compte fait, la soirée de poésie n'est peut-être pas le bon moment pour les revendications sociales. En plus, la plupart de ces sujets ne feraient pas de bons poèmes.

Exemple:
     Ne jetez pas vos gommes par terre
     À l'enlever sous nos souliers on a de la misère

Ou bien:
     Des boutons pleins de pus
     En voir on ne veut plus

Ou encore:
     Arrêtez de nous leurrer avec vos photos alléchantes de fajitas
     S'ils sont en fait mous comme de la mélasse

Hum… Ça ferait peut-être un petit malaise dans la salle.

Samedi 9 décembre

Pendant que j'étais en grande inspiration, ma mère est venue me demander d'aller faire une course à l'épicerie pour le souper de ce soir. (En fait, elle m'a demandé d'aller acheter *tous* les ingrédients nécessaires au souper de ce soir.) Le problème, c'est qu'il pleut. Ma mère m'a dit :

– T'es pas faite en chocolat.

Pour elle, ça semble un argument béton. (Avec ce genre de moyen de défense, je me demande comment elle a pu survivre jusqu'à quarante-deux ans.)

13 h 47

Pendant que je dégouline de pluie, la caissière de l'épicerie passe mes achats au scanner. Le lait, bip, un sac de farine, bip, une boîte de conserve de haricots rouges, bip, du jus d'orange, bip, une boîte de conserve de tomates concassées, bip, de la chapelure, bip, un sac de pâtes, bip. (Je ne sais pas ce que ma mère veut faire comme souper, mais si elle veut mélanger tous ces ingrédients, je crois que je vais aller m'acheter un hamburger juste avant et faire semblant que je n'ai pas faim.)

13 h 49

La caissière : Veux-tu des sacs en papier ou en plastique ?

Moi : Plastique...

Dans ma tête, je considère mon choix très peu écologique et je vois soudainement la Terre exploser.

Moi : Euh… Non, non ! Finalement, non !
Pas de sac !

Elle regarde mon nombre d'articles.

La caissière : Veux-tu un sac en tissu ? C'est
cinq dollars.

Moi : D'accord.

(Bon, tous mes achats ne rentrent pas dans
le sac en tissu, mais ce n'est pas grave, j'ai mes
mains.)

13 h 59

Je sors de l'épicerie, mon nouveau sac sous
le bras. Je tiens mon parapluie de ma main
gauche et, dans la droite, la pinte de lait et deux
boîtes de conserve qui n'entraient pas dans le
sac. Je ne voudrais surtout pas être responsable
de la destruction de la planète à cause de sacs
en plastique non biodégradables (en tout cas,
pas tant qu'on n'aura pas trouvé une nouvelle
planète habitable avec la présence d'extrater-
restres pouvant être mes ancêtres).

**Future carrière possible à envisager :
Haltérophile.**

Je réalise (surtout depuis que j'ai brisé un
mur par la force de mon lancer) que j'ai de bons
bras. Avec un peu d'entraînement, je pourrais
devenir assez musclée et gagner des concours
un peu partout dans le monde. Bon, j'aurais un
petit problème, celui de devoir travailler en
bikini. Je n'aime pas beaucoup me montrer
ainsi affublée. Mais je pourrais envisager de
fonder ma propre compagnie d'haltérophilie
où les muscles doivent se percevoir à travers les
vêtements. En fait, la gagnante serait celle qui

remplit le mieux ses uniformes. Les féministes du monde entier feraient de moi leur mascotte. J'entrerais même probablement dans l'Histoire pour avoir fait avancer le combat des femmes. Je serais peut-être même (eh oui) dans le dictionnaire ! Wouahhhh !

14 h 07

En marchant, je vois Iohann au loin. Merde. Merde. Merde. À moins que je sois myope. Et que ce ne soit que son sosie.

14 h 08

C'est bien Iohann. Il approche. Mais impossible que je lui fasse un « allô » de la main car aucune de mes deux mains n'est libre. J'envisage de lui faire salut du coude pour ne pas paraître snob (il n'y a aucun endroit où je peux me cacher cette fois-ci), mais je conclus qu'avoir l'air de danser la danse des canards sous la pluie n'est pas une impression que j'aimerais laisser.

14 h 09

Iohann est près de moi et me dit :
– Salut.
Moi : Salut.
Soudain, le vent s'empare de mon parapluie et pousse la tige sur mon front.
Moi : Ouch…
En tentant de mettre mon avant-bras sur mon front pour calmer la douleur de m'être fait frapper par mon propre parapluie, j'échappe la boîte de conserve de haricots rouges. Et, en tentant de ramasser la boîte de conserve de

haricots rouges, j'échappe la boîte de conserve de tomates concassées.

Iohann rit.

Moi : Merde, merdeeeeee !

Je tente de fermer mon parapluie et de me pencher pour tout ramasser.

Iohann : T'as besoin d'aide ?

Moi : Non, non.

Je suis une future haltérophile environnementaliste spécialiste des crêpes… Ces gens à qui le succès sourit n'ont *pas* besoin d'aide.

Iohann m'aide à ramasser mes achats et prend mon sac. Il replace certains articles dans le sac et réussit à y faire entrer le lait et les deux boîtes de conserve. Il me regarde et dit :

– J'ai longtemps joué à *Tetris*.

Hihi (je ris dans ma tête). *Tetris* est un jeu vidéo où on doit imbriquer des blocs. Hihi. (C'est mieux de rire dans ma tête que dans la vraie vie comme d'habitude. Grande amélioration. Bravo, Aurélie !) Ouh là là ! Si je ris niaiseusement dans ma tête, de quoi dois-je avoir l'air dans la vraie vie !

Avis à mon cerveau : Désactivez la fonction face niaiseuse immédiatement !

14 h 11

Iohann et moi marchons en direction de chez moi.

Iohann : T'habites où ?

Moi : Par là.

Iohann : J'espère que tu ne penses pas que ton parapluie t'a attaquée juste parce que le vent te l'a poussé dans le front.

Moi : Hihihi non hihihi.

Je répète. Désactiver la fonction face niaiseuse. Immédiatement.

Iohann: Quand quelqu'un te fait «bou!», est-ce que t'appelles la police?

Moi: Hihihi non hihihi.

Maintenant. Désactivez maintenant!!!!!!!!

Moi: J'avais… en fait, ma mère m'avait dit que… en tout cas, les taxeurs…

Iohann rit.

Moi (je tente de continuer): Et tu m'as volé mon chandail… Mon chandail préféré.

Iohann: 'Scuse. Je suis con des fois.

Moi: Ben non… Ben oui… mais hihihi non.

Intérieurement, je lève les yeux au ciel. Je me juge énormément.

Iohann: Je voulais attirer ton attention. Habituellement, ça marche. Oh! Hahahaha! Je veux pas dire que je fais ça si souvent.

Moi: La dernière fois que t'as fait ça, t'étais en troisième année?

On rit.

On arrive devant chez moi. Iohann me donne mon sac d'achats.

Iohann: Je voulais te demander… Est-ce que ça te tenterait d'aller au cinéma?

Moi: Oui, ça me tente souvent d'y aller, j'y vais régulièrement.

Il rougit. (J'avoue que c'est une petite vengeance.)

Iohann: Avec moi… Demain?

Moi: OK, hihihi.

Note à moi-même: La fonction «face intelligente» semble officiellement défectueuse.

15 h

Avec un immense sourire (béat), je tends le sac à ma mère.

Ma mère : T'as l'air de bonne humeur.

Moi : C'est... le sac en tissu. Il faudra toujours l'utiliser maintenant.

Je ressens un immense sentiment de fierté en sortant mes achats du sac. Sûrement parce qu'il est en tissu. Et que je sauve la planète. Wouhou !!!!!!!!!

16 h

Devant mon miroir, une brosse à cheveux dans les mains, très de bonne humeur (surtout à cause de mon apport écologique), je chante *Dance Floor Anthem*, de Good Charlotte.

To do bi, fouain da fouain fouain C I don nanananana no I don't nananana nooooooooo. Take it up fouain da fouain fouain palalalalalala palalalalalaaaaaaaa. To do bi palalala. To do bi palalala I don nanananana noooooo...

16 h 10

J'appelle Kat. Je lui raconte un peu ce qui s'est passé avec Iohann. Elle capote. Je lui dis qu'il m'a invitée au cinéma. Elle capote encore plus. Elle dit : « Qu'est-ce que t'as dit ? » Je dis : « J'ai dit oui. » Elle crie : « Aaaaaaaaaah !!!!!! » Elle ajoute : « Mais... il n'a pas de frère jumeau ! » Et on rit comme si c'était une blague de haut calibre, style internationalement reconnue par un jury d'humoristes célèbres.

Dimanche 10 décembre

Ce matin, François Blais a pris sa douche et il a pété le réservoir d'eau chaude. Ma mère a précisé que ce n'était pas lui qui avait pété le réservoir, que le réservoir a pété tout seul et que ç'a *adonné* que François était dans la douche à ce *moment-là*, mais moi, je ne crois pas aux coïncidences.

Bref, je n'ai pas pu prendre ma douche.

Je pue.

Et je dois aller au cinéma avec Iohann (donc assise près de lui).

JE NE PEUX ALLER À UN RENDEZ-VOUS ET PUER!!!

En plus, je n'ai pas son numéro de téléphone, il a dit qu'il viendrait me chercher ici.

13 h 10

Ma mère et François ne sont toujours pas revenus de la quincaillerie.

13 h 11

Toujours pas revenus (et Iohann m'a dit qu'il arriverait à 13 h 45)

13 h 43

Je suis au téléphone avec Kat. Je panique. Je pue. Je suis encore en pyjama. Et ma mère n'est toujours pas revenue.

13 h 44

Ding dong!

Merdeeeeeeeeeeeeeeeeee !

Je suis toujours au téléphone avec Kat. Elle me conseille de répondre.

J'entrouvre la porte et je cache le téléphone derrière moi.

Iohann : Allô.

Moi (qui ne laisse paraître que la moitié de mon visage dans l'entrebâillement) : Allô. Un instant.

Je referme un peu la porte et je reprends le téléphone.

Moi (à Kat) : Kat !!! Au secours !!! Qu'est-ce que je fais ???????!!!!

Kat : Dis que t'es malade.

Moi : Tu ne trouves pas que cette défaite est usée ?

Kat : On n'a pas le temps de penser à autre chose pis t'as de la pratique ! Vite !

Je cache le téléphone derrière moi et j'entrouvre la porte de nouveau.

Moi (à Iohann) : Je (tousse tousse) suis (tousse tousse) malade… Désolée…

Iohann : Es-tu correcte ? As-tu besoin de quelque chose ?

Oui, d'une douche !!!!!!!!!!!!!!!!!!!!!!!!!!

Moi : Euh… Non. Ma mère est allée me chercher des médicaments.

Iohann : Tu t'es absentée souvent de l'école depuis le début de l'année, est-ce que t'as une maladie… grave ?

Oui : mon imagination qui m'a fait croire que tu étais un taxeur !

Moi : Non… c'est… ça adonne de même. Je crois que c'est le même virus. Je n'ai pas dû prendre mes antibiotiques correctement.

J'entends Kat crier dans le téléphone. Je dis à Iohann de m'attendre un instant et je ferme la porte.

Moi (à Kat) : Quoi ????!!!

Kat : T'as arrêté de tousser ! Tousse quand tu parles ! T'es donc ben poche comme comédienne ! Tiens ton rôle jusqu'au bout ! T'es malade ! Ma.La.De.! Nouille !

Moi : Oh, oui, 'scuse…

J'ouvre la porte et dis :

– Bon ben… (tousse), il faut que je te laisse si je ne veux pas te transmettre de microbes (tousse, tousse).

Iohann : Vas-tu aller à l'école demain ?

Moi : Oh oui. J'ai juste besoin de me reposer aujourd'hui. Je vais être correcte.

Iohann : Cool. Ben… on se reprend bientôt.

Moi : Ouais, cool.

Je referme la porte et rapproche le téléphone de mon oreille.

Moi (à Kat) : T'es toujours là ?

Kat : Il est *cuuuuuuute* ! Il a remarqué que tu t'étais absentée souvent !!!

Moi : Il n'est pas *cute*. Juste… observateur.

Kat : En tout cas, t'es vraiment poche !

Moi : Pourquoi ?

Kat : Au pire, t'aurais pu aller prendre ta douche chez Tommy ce matin ! Ou venir chez moi !

Moi : Je ne le savais pas que ça leur prendrait autant de temps ! Bon, de toute façon… Ce n'est pas comme si c'était grave.

J'entends ma mère ouvrir la porte. Elle et François semblent s'obstiner sur ce que le commis leur a suggéré pour réparer le réservoir.

Je cours m'enfermer dans ma chambre et je continue à parler à Kat pendant que je joue avec Sybil en l'agaçant avec la ceinture de ma robe de chambre (elle est drôle, elle fait des saltos arrière, dommage que le Cirque du Soleil n'engage pas d'animaux, je m'ennuierais d'elle lorsqu'elle partirait en tournée, mais elle ferait sûrement fureur dans la troupe).

Lundi 11 décembre

TEST : ÊTES-VOUS FAITS L'UN POUR L'AUTRE ?

Légende :
I = Iohann
N= Nicolas (juste à titre comparatif)

1. QU'EST-CE QUI EST LE PLUS IMPORTANT POUR TOI QUAND TU RENCONTRES UN GARÇON ?
   a) Son look.
   b) Sa personnalité.
I,N c) Son look et sa personnalité.

2. DÉCRIS TON RENDEZ-VOUS ROMANTIQUE DE RÊVE.
   ✱ a) N'importe quelle activité en autant que ce soit en compagnie d'Orlando Bloom.

i b) Aller au cinéma.

N c) Peu importe l'activité, vous riez tellement qu'on doit vous sortir de l'endroit.

3. TU AVOUES À TON AMOUREUX QUE TU N'AS ENCORE JAMAIS EMBRASSÉ PERSONNE. COMMENT RÉAGIT-IL?

i? a) Il éclate de rire.

b) Il te répond qu'il n'a jamais embrassé personne lui non plus.

N c) Il te dit qu'il est bien content d'être le premier et souhaite être le dernier.

4. VOUS MARCHEZ EN MONTAGNE. AU SOMMET, TU ADMIRES LA VUE EN SILENCE. SOUDAIN, IL ARRIVE PRÈS DE TOI ET TE DIT:

a) « Ça manquait de défi, on devrait monter l'Everest! »

i b) « Est-ce qu'on redescend, je manque d'oxygène? »

N c) « Wow! J'avais vraiment envie de venir ici depuis longtemps! »

5. TU FAIS DES RECHERCHES SUR INTERNET LORSQUE TON COPAIN ARRIVE PRÈS DE TOI POUR TE RACONTER UNE ANECDOTE. COMMENT RÉAGIS-TU?

i a) Il ne voit pas que je suis occupée?!

b) Je peux très bien l'écouter et faire mes recherches. Les filles sont reconnues pour être capables de faire deux choses en même temps!

N c) Tu arrêtes tout pour l'écouter.

6. TA MEILLEURE AMIE TE CONFIE UN TRUC VRAIMENT SECRET. QUE FAIS-TU?

a) Tu racontes l'anecdote sur un blogue sous un pseudonyme.

✱ ✱✱ b) Ce qui se dit entre ta *best* et toi reste entre ta *best* et toi.

c) Tu ne le dis qu'à ton copain parce qu'il ne le dira à personne.

7. TU REGARDES UN DVD AVEC LUI ET VOUS ÊTES SEULS. REGARDES-TU VRAIMENT LE FILM ?

i a) Tu peux te permettre de légères pauses pour envoyer des SMS ou parler au téléphone.

b) Tu te concentres sur le film, même s'il s'agit des *Transformers* et que ça ne t'intéresse pas.

N c) Le film est accessoire, ce que tu veux vraiment, c'est de te coller à lui !

8. QUELQUE CHOSE TE CHICOTE DANS LA RELATION. QUE FAIS-TU ?

i a) Tu casses. Pas de temps à perdre !

b) Tu lui en parles.

N c) Quelque chose me chicote ? ! Non, absolument rien ne me chicote.

9. VOUS ÊTES ENSEMBLE ET TOUT À COUP SURVIENT UN MOMENT DE SILENCE. À QUOI PENSES-TU ?

a) Orlando Bloom.

i b) Il te reste pas mal de devoirs à faire, tu devrais peut-être retourner à la maison.

N c) Il est *cuuuuuuuuuuuuuute* !

10. QUAND IL TE FAIT UNE BLAGUE, TU...

a) le trouves stupide.

i b) le trouves drôle.

N c) l'aimes encore plus.

11. SON HOBBY EST DE JOUER À DES JEUX VIDÉO. QU'EN PENSES-TU ?

    a) Ouach ! Quelle horeur !

    b) Il fera bien ce qu'il veut !

�֍ ✱✱ c) Moi aussi, j'adore !

12. IL TE PROPOSE UNE SORTIE, MAIS TU DOIS REFUSER CAR TU AS AUTRE CHOSE DE PRÉVU. COMMENT RÉAGIT-IL ?

ⅰ a) Assez bien, compte tenu du fait que tu lui as donné comme raison que tu devais te faire de toute urgence une pédicure.

N b) Il te propose tout de suite autre chose.

    c) Il juge que c'est aussi tragique que la fin de *Roméo et Juliette*.

13. IL S'EN VA HORS DE LA VILLE POUR UNE SEMAINE. QUE FAITES-VOUS POUR GARDER LE CONTACT ?

ⅰ a) Rien. Il s'en va pour une semaine, pas pour la vie !

    b) Vous gardez contact par courriel.

N c) Vous regardez un film ensemble au téléphone.

14. L'EMBRASSER, C'EST…

    a) moins le fun qu'avec l'affiche d'Orlando Bloom.

    b) plus agréable que la marche en montagne !

N c) un feu d'artifice !

15. AVEC LUI, C'EST POUR LA VIE ?

    a) Aussi longtemps qu'il te fera vibrer.

    b) Tu crois que oui, mais tu ne connais pas son opinion sur le sujet.

c) Tu ne peux l'affirmer hors de tout doute, mais ça promet!

❋ ❋ ❋ Aucune de ces réponses.

UNE MAJORITÉ DE A
PERSONNE N'EST PARFAIT!

Tu dois te rendre à l'évidence : le prince charmant n'existe pas! Si tu veux un chum, il faudra que tu retombes sur le plancher des vaches, et ce, même si ça salit tes chaussures! Si tu as passé ta vie à regarder des affiches de tes stars préférées et que tu t'es imaginé une relation idyllique avec eux, tu auras bien du mal à trouver les gars de la vraie vie intéressants. Eh oui! Ils ont leurs qualités et leurs défauts... tout comme toi! Si tu connaissais les stars qui te font rêver, tu découvrirais probablement qu'elles aussi ont leurs moments de faiblesse et que personne n'est parfait! Essaie de voir les qualités des garçons qui t'entourent et choisis ton futur copain pour ce que vous avez en commun et non pour ce que tu aimes qu'il projette.

UNE MAJORITÉ DE B
UNE PETITE ADAPTATION

Vous avez plusieurs choses en commun, mais vous avez aussi de nombreuses différences. Dis-toi que ces différences peuvent être positives. Lorsqu'on cherche un amoureux, il ne faut pas nécessairement trouver son propre clone. Il est enrichissant de rencontrer quelqu'un qui a des intérêts autres que les nôtres. On peut ainsi se découvrir de nouvelles passions. Aussi, ce n'est pas parce que tu sors avec quelqu'un que tu es obligée de partager tous ses champs d'intérêt et de passer tous tes temps libres avec lui. Si vous avez des champs d'intérêt différents, ça peut vous permettre de faire des activités avec vos amis et d'avoir plein de choses à vous raconter lorsque vous vous retrouvez! Attention! Reste toi-même. Continue à approfondir tes propres passions. Sois ouverte à ses intérêts, mais il faut qu'il soit ouvert aux tiens également. Si vous êtes capables de compromis, vous vivrez une belle relation d'égale à égal.

UNE MAJORITÉ DE C
L'AMOUR AVEC UN GRAND A

Que de passion! Vous avez non seulement du plaisir à être ensemble, mais vous avez également plusieurs choses en commun. Il est non seulement ton amoureux, mais aussi un grand ami et un confident. Vous vous intéressez aux passions de l'autre, vous avez envie de tout faire ensemble, vous ne pouvez imaginer le jour où vous serez séparés. Par contre, faites attention pour ne pas que cette passion vous consume et que vous en oubliiez tout le reste! Parfois, la passion, c'est extra-ordinaire et enivrant. Mais ça peut aussi être envahissant. Continue à faire des choses par toi-même et ne mets pas de côté tes amis. Tu auras encore plus de plaisir à retrouver ton amoureux par la suite! L'important, c'est que tu ne t'oublies pas, toi.

Ce test est trop mêlant. Impossible de compter les points de façon adéquate. Ils n'auraient pas dû faire un nombre de questions impair, ça ne fonctionne pas… Je pense écrire à la rédaction pour l'aviser de cette erreur monumentale.

Mardi 12 décembre

On a des pratiques deux soirs cette semaine pour le spectacle/concours de poésie (une aujourd'hui et une jeudi). J'ai remis un poème, mais je ne suis pas certaine qu'il me plaise tout à fait.

19 h 21

Quand je suis revenue de ma pratique, ma mère m'a dit :

– Il y a un gars qui t'a appelée.

Moi : Un gars ?!?!?!!!

Bon. Sur Terre, il y a des filles et des gars. Il ne faut pas que je me surprenne *tant que ça* si un des deux spécimens m'appelle. Si on me dit : « Un gorille t'a appelée », là, je pourrai être surprise. Un gorille ne parle pas. Mais pour un gars, c'est quand même assez courant, car ils sont dotés de la capacité de composer un numéro de téléphone et de parler.

Ma mère : Oui, Yan ou quelque chose comme ça.

Moi : Iohann ?

Ma mère (en me tendant un papier) : Oui, tiens, j'ai pris son numéro de téléphone en note.

Je me suis dirigée en vitesse vers ma chambre et j'ai fermé la porte.

20 h 19

Iohann et moi avons parlé pendant une heure au téléphone. Il m'a posé toutes les questions qu'on pose à quelqu'un qu'on veut connaître, du genre : À quelle école tu allais avant ? Qu'est-ce que font tes parents dans la vie ? (Question plate qui m'oblige à confier que mon père est décédé, ce qui rend toujours l'autre mal à l'aise.) Est-ce que t'as des animaux ? Etc., etc. À la fin, il en était même rendu à me demander : « Quel disque tu apporterais sur une île déserte ? » Ce à quoi j'ai répondu que la question était vraiment désuète. Non, mais c'est vrai ! Si j'apporte un disque sur une île déserte, il faudra que j'apporte quelque chose pour l'écouter. Donc quelque chose qui fonctionne à piles. Tant qu'à faire, je suis mieux de charger mon iPod et de n'apporter que mon iPod, qui peut contenir plus de 1000 chansons. Alors que si je ne choisis qu'un CD, je serai obligée d'apporter dans mes bagages un lecteur de CD plus de nombreuses piles. Alors, je n'apporterais aucun disque sur une île déserte ! Et je n'ai d'ailleurs aucune envie de me retrouver sur une île déserte. Et si je m'y retrouvais après un écrasement d'avion, comme, disons, Tom Hanks dans *Seul au monde*, eh bien je penserais d'abord à ma survie et non pas à apporter avec moi de la musique que je ne pourrais écouter que le temps que durent mes piles! Tsss! Iohann a dit:

– C'est parce que je t'ai entendue dire quelque chose de ce genre à un de tes amis, aux cases, que je t'ai volé ton chandail. Je t'ai trouvée drôle.

Euh… je n'ai pas trop compris (méchante raison pour voler un chandail!), mais hihihihi-hihihihihi.

J'ai aussi appris qu'il était allergique aux noix. Je lui ai demandé si ça lui causait beaucoup de problèmes et il m'a dit que c'était assez plate. Je lui ai demandé si ça dérangeait si, admettons, je mangeais un sandwich au beurre d'arachides à côté de lui. Il m'a dit:

– Non. À moins que tu veuilles m'embrasser après.

Moi: Hihihi.

Bref, on a parlé comme ça pendant une heure. Hihihihihihihihihihihihihihihihihihihi.

21 h
Hihihihihihihihihihihihihihihihihihi.

21 h 03
Il pourrait quand même me le redonner, mon chandail! Pfff!

Mercredi 13 décembre

Nouvelle de dernière heure!!!!!! Très très surprenante!!!!!

Au dîner, Tommy nous annonce qu'il ne sort plus avec sa blonde. Il nous a dit ça après qu'elle est passée près de lui en lui lançant un regard glacial. (C'est plate parce que Kat et moi, on s'entendait bien avec elle, finalement! Je suis un peu triste...)

Tommy: C'est elle qui m'a *dompé*.

Moi: Hon!!! Pauvre petit! Est-ce que ça te fait de la peine?

Pauvre Tommy. Je sais tellement comment il peut se sentir! Je suis très bien placée pour le savoir, en fait, avec toute la peine que j'ai eue à cause de Nicolas. Bon, ça semble s'être volatilisé maintenant. Mais je crois pouvoir être un bon soutien moral pour Tommy étant donné, disons, mon expérience en peine d'amour.

Tommy: Non.

Moi: Non quoi?

Tommy: Je n'ai pas de peine. Je te l'avais dit, je n'avais pas d'attentes.

Kat: Pfff! Sans-cœur!

Tommy: On a tripé dans le temps que c'était le fun. Là, elle m'a laissé. Elle avait raison. C'était rendu plate pis on n'avait rien à se dire.

Moi: T'as jamais été amoureux!

Tommy: Qu'est-ce que t'en sais?

Moi: Si t'avais été amoureux, t'aurais mal comme Kat et moi on a eu mal quand nos premiers chums nous ont laissées!

273

Tommy : C'est peut-être pas mon premier amour.

Kat : C'est qui ton premier amour ?

Jean-Félix : Les filles, lâchez-le un peu.

Tommy (en prenant une bouchée de hamburger) : C'est pas de vos affaires.

Kat : Vous êtes poches, les gars. Nous, on a de la peine quand ça se termine. Vous, vous vous en foutez ben raide !

Tommy : Heille ! Pourquoi tu me rentres dedans ? C'est elle qui m'a laissé !

Kat : C'est ta faute quand même !

Pendant que Kat et Tommy s'engueulent, je souris à Jean-Félix qui me retourne mon sourire, impuissant. Puis, je lance un regard en direction de la table où mange Iohann, la deuxième du fond à gauche. Il lève les yeux, me voit le regarder et me sourit. Mal à l'aise d'avoir été repérée, je baisse les yeux timidement. Je détourne le regard vers la table où mange Nicolas, la quatrième à droite près de la porte d'entrée. Il mange une poutine. Raphaël lui raconte quelque chose et Nicolas opine de la tête. Je repose les yeux sur mes pâtes au bœuf et haricots rouges avant qu'il m'aperçoive lui aussi.

13 h 12

Aux cases, je prends mon livre d'histoire pour mon cours de cet après-midi en fredonnant *Dance Floor Anthem*.

Kat m'imite et chantonne en dodelinant de la tête.

Puis, elle s'arrête et dit :
– Oh non !!!
Moi : Quoi ?!?

Kat: En tout cas, moi, je le trouve cool, Iohann.

Moi: Ah oui? Cool. Mais c'est quoi le rapport?

Kat: Je sais ce que tu penses grâce aux chansons que tu chantes!

Moi: À quoi je pense?

Kat: Que tu ne veux pas tomber amoureuse de Iohann même si tu tripes fort! Hahahaha!

Moi: Ben non! Pas rapport! La chanson ne parle pas de Iohann, quand même!

Kat: Oui.

Moi: J'ai chanté cette chanson-là, mais c'est un hasard. C'est juste un... classique. Que je chantais sans m'en rendre compte. Par hasard. J'avais ça dans la tête, c'est tout. Pis à part ça, t'es qui, toi? La police de l'amour?!

Kat: Ben non... Je ne voudrais juste pas que tu t'empêches de vivre des affaires. T'es chanceuse, c'est tout...

Note à moi-même: Si seulement j'étais bilingue, je pourrais enfin me comprendre! Mais non. Mon âme et mon cerveau communiquent mal à cause d'une barrière linguistique. Méchant défaut de fabrication!

Vendredi 15 décembre

À la météo: pluie verglaçante avec de la grêle.

Ma grand-mère Laflamme aurait aimé venir voir le spectacle, mais vu la pluie verglaçante de ce matin, elle a jugé qu'il valait mieux qu'elle ne prenne pas la route, et j'étais bien d'accord ! Je lui ai promis de l'appeler pour lui parler du résultat. Et, au cours de la journée, tous mes autres invités se sont désistés (comme ma tante Loulou et mes grands-parents Charbonneau). Je leur ai dit que je les préférais en vie qu'à mon concours de poésie (et ça rimait alors ça me faisait une petite pratique !).

Équation mathématique : Moins de public = moins de gens qui me verront faire une folle de moi.

18 h

J'ai pris l'autobus après le souper pour me rendre à la soirée de poésie. Avant que je parte, ma mère m'a lancé :

– Sois prudente.

Bizarre de conseil. Je prends l'autobus. Ce n'est pas moi qui conduis l'autobus. Je serai assise sur un banc. Je me demande comment je pourrais manquer de prudence dans un transport en commun que je ne conduis pas et qui ne me demande comme manœuvre que de m'asseoir sur un banc ou de tenir un poteau. Peut-être que je pourrais attraper des bactéries sur ledit poteau, donc la prudence suggère que je me lave les mains en arrivant à destination ! Tsss !

18 h 30

Tous les participants attendent dans l'auditorium vide. Sonia fait des tests de son au micro et donne des directives à l'éclairagiste. Puis, elle nous demande notre attention.

J'aurais une blague à faire, mais évidemment, Kat n'est pas là parce qu'elle ne participe pas au spectacle et je ne connais pas vraiment les autres participants.

Sonia : Bonsoir tout le monde ! Merci beaucoup pour votre participation au concours de poésie. Avant que nos invités arrivent, espérons-les nombreux malgré la température, j'ai quelques conseils à vous donner. Vous vous assoirez tous sur la première rangée (elle nous la pointe en retournant sa paume gracieusement). Quand j'appelle votre nom, vous montez les marches ici, à droite, et vous venez réciter votre poème. En plus des poèmes, il y aura trois intermèdes musicaux hors-concours par des élèves du cours de chant, question de changer un peu les énergies et que la soirée soit diversifiée. Pour ce qui est du micro, il y a un pied, laissez-le là. Pour ceux qui ne sont pas nerveux, vous pouvez le prendre dans vos mains, mais il y a une technique pour que ça ne fasse pas de bruit (elle nous montre la version « bruit » et la version « silencieuse »). Ensuite, quand vous récitez votre poème, restez bien sur le X blanc que vous voyez par terre pour être dans l'éclairage. Sinon, vous allez avoir une partie du visage dans l'ombre. Les juges seront ici (elle pointe le bout de la quatrième rangée), alors faites-leur des beaux sourires ! Des questions ?

Personne ne lève la main.

Sonia (avec un sourire en coin) : Parfait. Vous allez mourir dans vingt minutes !

Hum… encourageant.

19 h

Kat, Tommy et Jean-Félix arrivent. Je cours vers eux et je les serre dans mes bras comme si je ne les avais pas vus depuis une semaine. Ils se choisissent une place dans la deuxième rangée, juste derrière moi.

19 h 10

Ma mère arrive avec François. Il tient un bouquet de fleurs. Merde. J'ai honte.

19 h 20

Tous les parents ont finalement apporté des fleurs aux participants, alors fiou, une chance que François y a pensé. (Et ses fleurs sont assez belles.)

19 h 25

Tommy, qui m'a aidée à répéter mon poème, me demande si je suis stressée que ma mère soit là. Non. Un peu. Peut-être…

19 h 40

Le spectacle commence, je suis fébrile. Sonia fait un discours de bienvenue, raconte que nous sommes vingt et un finalistes sur deux cent vingt participants, nanana. Je regarde le programme, je suis seizième.

19 h 41

Un premier participant s'avance sous les encouragements sentis (wouhhhh, wouhhhh) de la salle.

20 h 25

Après une série de poètes, une fille s'avance sur scène. Sonia la présente, Vicky Hamelin-Gauthier, qui interprétera pour nous *Point de mire*, d'Ariane Moffatt. Et pendant une introduction musicale, elle dit qu'elle aimerait dédier cette chanson à une personne importante pour elle dans sa vie, son chum, Nicolas (qu'elle pointe dans la salle).

Le cœur me tombe dans les souliers.

Pendant que Vicky commence à chanter (je crois percevoir quelques fausses notes), je me retourne et j'aperçois Nicolas au milieu de la quinzième rangée, assis avec Raphaël et d'autres amis gars et filles qui encouragent Vicky en criant comme si c'était un match décisif d'un sport genre hockey ou soccer. Je suis jalouse. Verte de jalousie. De rage. Ça me consume l'intérieur. GRRRRRRRRRRRRRRRRR!!!!!!! !!!!!!!!!!!!!!!!!!!!!!!

20 h 37

La quatorzième participante, Vanessa Rousseau, déclame son poème. Elle a du style! Non seulement le poème est beau, mais elle le récite de façon magistrale. Tout le monde est pendu à ses lèvres.

20 h 38

Voyons, qu'est-ce qui m'arrive? Je manque de souffle. J'étouffe. Je me sens tout étourdie. La tête me tourne.

Moi (vers Kat, en chuchotant): Il faut que je sorte d'ici.

20 h 39

En me penchant, je traverse la rangée et je cours vers la sortie de l'auditorium.

20 h 40

Kat m'a suivie et me rattrape pendant que je me dirige vers les toilettes.

Kat : Aurélie ? ! Qu'est-ce que tu fais ?

Moi : Qu'est-ce que je fais là ? Dans ce spectacle-là ? Je n'ai pas rapport ! T'as entendu cette fille ? C'est *hot*, ce qu'elle fait ! Mais moi… Moi…

Kat : OK, la fille est bonne ! Mais il y en avait des plates avant aussi, là !

Je continue à marcher vers les toilettes.

Kat : Aurélie Laflamme ! Tu ne m'as certainement pas fait déplacer, en autobus, avec Tommy et Jean-Félix… Bon, Jean-Félix, c'est moins pire, il est gentil. Mais bon, tout ça pour dire que tu ne m'as certainement pas fait venir ici pour RIEN ! Retourne dans l'auditorium tout de suite sinon tu pourras te trouver une autre meilleure amie !

Ouain… notre amitié ne tient pas à grand-chose.

Kat (qui se radoucit) : Elle chantait mal, la blonde de Nicolas… C'était quétaine son affaire, si tu veux mon avis…

J'arrête de marcher.

Kat (qui continue) : « Dédié à une personne importante », ça fait même pas deux semaines qu'elle le connaît ! Franchement ! Relaxe ! Qu'est-ce qu'il vous fait, Nicolas, coudonc ? Il a eu trois blondes depuis toi ! TROIS !!! Décroche ! Je ne suis plus capable d'en entendre parler ! Fait que ramène tes fesses dans la salle avant que je t'arrache les cheveux !

Moi : Ouain… t'es violente…

Tommy arrive sur ces entrefaites, suivi de Jean-Félix, et nous demande si ça va.

20 h 46

On retourne s'asseoir dans la salle. Je me suis retournée vers ma mère pour lui dire que j'étais correcte. François lui a mis un bras autour du cou et il me sourit en me faisant un pouce en l'air pour m'encourager.

20 h 48

Sonia appelle mon nom. J'ai l'impression d'avoir des chocs électriques dans le ventre. Je monte sur scène tranquillement pour être certaine de ne pas m'enfarger dans une marche, ce qui pourrait être tout à fait mon genre.

20 h 49

Je me place sur le X blanc. Je suis un peu aveuglée par le projecteur. Je mets ma main devant mes yeux pour camoufler la lumière et je repère dans la salle Kat, Tommy, Jean-Félix ainsi que ma mère et François.

Je me tourne nerveusement une couette de cheveux.

Je me racle la gorge.

Je suis un peu surprise par la transmission de ma voix par le micro.

Je commence.

J'ai fermé les yeux
Et tout était noir
J'ai fait un vœu
Pour anéantir mon désespoir

J'ai un blanc. Je ne me souviens de rien. Je veux sortir de scène. Qu'est-ce que je fais là? Mais qu'est-ce que je fais là?????!!!!!!!!!!
Mes jambes tremblent.
Je regarde Kat qui me fait signe de continuer. Et mon regard se tourne vers Tommy qui mime la prochaine ligne avec ses lèvres.
Je regarde ma mère.
Je me souviens.

J'ai vu ma mère pleurer
Dans l'obscurité
Sa vie s'est effondrée
Comme la mienne lorsque tu nous a quittées

Nous étions tes trésors
Mais c'est toi qui avais un cœur en or
Et maintenant tu dors
Pour toujours et plus encore…

Une boule bloquant ma voix vient se loger au creux de ma gorge.
Je tente de continuer en forçant ma voix.

J'aimerais tant que tu sois encore là
Cher papa…

Les larmes me montent aux yeux. La salle s'embrouille. Je me force pour les retenir et/ou les faire rentrer à l'intérieur de mes yeux. Je ne peux apercevoir ma mère d'ici, mais je la sens. Je peux imaginer les rougeurs apparaissant sur son cou, comme chaque fois qu'il est question de mon père. J'aurais pu faire un poème plus rigolo. Pourquoi j'ai choisi de faire ça? Pourquoi était-ce la seule chose qui m'inspirait? J'étouffe. Je suis de plus en plus incapable de parler. Je me sens humiliée. Il ne me reste que deux lignes à dire. Ensuite, je pourrai m'en aller. Et ne plus jamais participer à ce genre de soirée.

Je tente de retenir une larme, mais elle roule malgré moi sur ma joue lorsque je réussis à prononcer:

> Dans un avenir que je souhaite plein d'espoir
> Tu es la seule chose à laquelle je ne peux croire.

20 h 50

Je descends les escaliers de la scène et j'entends en sourdine les applaudissements de la salle. En bas des marches, Kat m'attend dans l'obscurité et elle me saute dans les bras. Elle me redirige elle-même vers ma rangée. Lorsque je m'assois, Tommy me donne trois tapes sur l'épaule et Jean-Félix me félicite.

21 h 15

Pendant le reste du spectacle, je suis tétanisée. Je n'entends rien. Je pense à ma mère. Je me demande si elle m'en veut d'avoir ainsi étalé nos sentiments devant des gens.

21 h 40

Après la dernière prestation musicale, Sonia annonce que les juges ont délibéré et qu'ils sont prêts à remettre les prix. J'ai hâte que ce soit terminé pour pouvoir partir.

Le juge : Pour son thème original, le troisième prix est décerné à Jérémy Potvin.

Jérémy s'avance sur scène dans un tonnerre d'applaudissements pour aller chercher son prix.

Le juge : Pour son texte candide et rempli d'humour, le deuxième prix est décerné à Maxime Lavoie.

Tout le monde crie «Wouhhhhhhhhh» de plaisir pendant que Maxime monte sur scène en faisant des simagrées de fierté et de victoire.

Je jette un coup d'œil derrière moi et je vois que Nicolas, sa blonde et sa gang sont ceux qui crient le plus fort.

Le juge : Pour la qualité de la langue, dans un texte qui a impressionné les juges, le premier prix est décerné à Vanessa Rousseau.

Tout le monde applaudit et elle monte élégamment sur scène. Elle méritait sincèrement de gagner, moi aussi je trouvais qu'elle était la meilleure. Kat, Tommy et Jean-Félix me donnent des tapes amicales sur les épaules.

Bon, enfin, on va pouvoir s'en aller.

Le juge : Et ce soir, une performance nous a particulièrement touchés, alors nous avons décidé de remettre un prix Coup de cœur…

Coudonc, cette soirée ne finira jamais. Est-ce qu'on peut en finir un jour ou l'autre ? C'est long. Ma mère et François doivent commencer à s'impatienter.

Le juge (qui continue) : ... à mademoiselle Aurélie Laflamme.

Je ne bronche pas.

Kat (qui me donne un coup sur l'épaule) : C'est toi !

Moi : Hein ? ! ? Ils ont dit mon nom ?

Tommy : Vite, monte sur scène !

Je n'ai sincèrement pas entendu mon nom. Je monte sur scène avec un air hébété. Le juge me serre la main et me donne un certificat sur lequel je peux lire « Coup de cœur ».

21 h 52

Après le spectacle, j'ai dit à ma mère et à mes amis de m'attendre et je suis allée voir Sonia, qui ramassait ses papiers sur le lutrin de la scène.

Moi : Sonia... je voulais juste te dire... merci.

Sonia : Mais non, merci à toi. Tu as livré une belle performance, touchante.

Moi : Avant ce soir, disons, avant que tu m'invites à participer, je n'avais une passion que pour un gars, en tout cas, pas important c'est qui, un gars anonyme. Pas un acteur ou quelque chose du genre, quoique je suis une des plus grandes fans de Daniel Radcliffe, il est musclé et tout. En tout cas, pas rapport. Disons un gars. Pas nécessairement un gars de l'école. Mais un gars... de la planète... Terre. En tout cas, tout ça pour dire que toutes mes pensées étaient tournées vers lui. Et maintenant, on dirait que ça m'encourage à mettre mes énergies sur autre chose.

Sonia : Peut-être que tu as mis un nom propre sur ta passion, mais que ta réelle passion est en fait la romance.

Moi : La romance ?

Sonia : Oui, et si tu te diriges dans un domaine comme la littérature, c'est une passion qui pourrait te conduire jusqu'à la maîtrise, et même jusqu'au doctorat.

Oh. Aurélie Laflamme. Docteure ès romance.

Article de journal :

Aurélie Laflamme, docteure en romance, nous a expliqué – dans des termes si complexes qu'il nous est impossible de rapporter fidèlement ses propos – le romantisme dans la littérature classique.

C'est moi. C'est tout à fait moi. Je me sens tout à coup comme illuminée ! (Je découvre que c'est l'éclairagiste qui a allumé le projecteur par gentillesse pour aider Sonia à voir ce qu'elle ramassait.)

Note à moi-même : Tenter de me trouver une passion moins quétaine.

22 h 01

Kat, Tommy, Jean-Félix et moi sommes tous les quatre entassés sur la banquette arrière de l'auto de François, qui a proposé à mes amis d'aller les reconduire chez eux. Ma mère n'était pas tout à fait d'accord, car elle disait que la route était mauvaise et que c'était dangereux puisqu'il n'y a que trois ceintures, mais François a argumenté qu'on n'allait pas très loin. On était tous les quatre hystériques. Tout le monde relatait la soirée et me suggérait de pleurer dans chacune de mes futures performances. (J'ai gagné un assortiment de produits pour le bain, quand même pas pire.) Ma mère riait avec nous, mais je pouvais percevoir les rougeurs dans son cou à travers mes fleurs qu'elle tenait fermement dans ses mains. Et François me disait qu'il aimerait bien m'emprunter ma mousse pour le bain à la framboise coquine (c'est vraiment le nom de la mousse de bain), ce qui faisait rire Tommy et Jean-Félix.

22 h 07
Jean-Félix est descendu en premier, ce qui nous a fait plus de place dans la voiture. Ensuite, on est allés reconduire Kat. Et nous sommes arrivés à la maison et Tommy est allé chez lui en me félicitant pour une centième fois en disant qu'il se sentait responsable de mon succès grâce à son *coaching* personnalisé. Je lui ai donné une bulle de bain verte pour le faire taire.

22 h 11
En entrant dans la maison, François et ma mère ont fait un retour sur la soirée. On a parlé des élèves qui se sont présentés à tour de rôle sur scène. François m'a dit qu'il avait beaucoup aimé ce spectacle, qu'il l'avait trouvé rafraîchissant. Il a souligné le travail extraordinaire de ma prof. Etc., etc., etc.

22 h 34
Je suis allée me coucher. Sybil est venue me rejoindre et s'est pelotonnée contre moi en

ronronnant. Je lui ai montré mon diplôme Coup de cœur et elle a failli le déchirer en posant sa patte dessus.

22 h 45

Alors que j'avais fermé la lumière, ma mère est entrée dans ma chambre et m'a dit :

– Aurélie ? Tu dors ?

Dormir ? J'en suis incapable ! Je suis trop excitée ! Ça doit être l'adrénaline.

Moi : Non…

Ma mère : Je voulais te parler de ton poème.

Moi (je me relève et m'assois) : Est-ce que tu m'en veux ?

Ma mère : Je voulais juste te dire que… (Sa voix s'étouffe.) C'est le plus beau poème que j'ai entendu de ma vie. Bravo, ma grande.

22 h 47

L'émotion m'envahit. Ma mère et moi nous serrons dans nos bras en silence. Ma mère se retire, essuie ses larmes et me dit :

– On n'a pas d'allure, hein ?

Moi : Non.

Ma mère : Je t'aime fort, Aurélie.

Moi : Moi aussi, m'man.

Ma mère : Je suis pas mal fière de toi.

Moi : C'est vrai ?

Ma mère : Oh, oui !

On cogne à ma porte. Puis, François entre et dit :

– Ça va, les filles ?

Je réponds :

– *On* va très bien.

Ma mère et moi nous regardons et nous éclatons de rire.

Samedi 16 décembre

Ma mère et moi avons décoré un sapin. (Et ce, malgré mes arguments écologiques. Sauver la planète n'est pas évident au moment des traditions. Je nous vois arriver en grand nombre sur une nouvelle planète, et leur chef nous demande : « Pourquoi votre planète a explosé ? » Et nous, de répondre : « Ben... Une fois par année, on n'était pas capables de s'empêcher de couper des arbres et de leur mettre plein de décorations et de lumières. Assez quétaine, mais t'sais, ça mettait une 'tite ambiance. »)

Pendant que ma mère et moi cherchions l'ampoule brûlée afin de comprendre pourquoi notre sapin ne s'allumait pas, le téléphone a sonné. Iohann.

Il m'invite à aller au cinéma.

J'ai dit oui. Hihi.

18 h 55

On a décidé de se rencontrer devant le cinéma. Quand on s'est vus, on s'est dit « allô ». On a acheté nos billets. Une comédie.

19 h 05

En attendant que le film commence, il m'a félicitée pour mon prix Coup de cœur (après que je lui en ai parlé). Il m'a dit que s'il avait su que je faisais partie de la soirée, il serait venu. J'ai ri comme une nouille déchaînée pendant une heure (bon OK, une minute).

19 h 35

Bon. Quelque chose de bizarre se passe. Après les bandes-annonces, je dirais même, après cinq minutes du début du film, Iohann a frôlé ma main avec le côté de son auriculaire (ce qui m'a surprise et un peu remuée) puis il a pris ma main. Bref, on se tient la main. Ce qui me déconcentre totalement du film. D'ailleurs, toute la salle rit des blagues sauf nous. Je suis un peu sous le choc à cause de cette position pour regarder le film. Je crois que je préfère avoir le contrôle de mes mains pour regarder un film. Mais qu'est-ce qui va se passer après? Est-ce qu'on va s'embrasser? Est-ce qu'on va sortir ensemble? Je ne sais pas trop si ça me tente. Je ne sais pas quoi faire. Pourquoi Kat n'est-elle pas là? J'essaie de lui envoyer un message télépathique afin qu'elle me réponde quoi faire télépathiquement.

19 h 49

Aucune nouvelle (télépathique) de Kat. Et Iohann me tient toujours la main. Je regarde l'écran de cinéma comme si j'étais hyper concentrée, mais tout ce que j'entends de la part des acteurs est «blablablablabla».

21 h 42

Quand le film s'est terminé, Iohann m'a lâché la main. Et présentement, nous sortons de la salle.

Lui: As-tu aimé le film?

Moi: Oh… Oui. Toi?

Je n'ai aucune idée de quoi le film parlait. Par contre, j'ai encore la sensation de sa main dans la mienne.

Lui: Oui, pas pire.

22 h 10

Nous avons pris l'autobus. (Il a insisté pour venir jusque chez moi, même si je lui ai dit cent fois que j'étais correcte.) Et, une fois chez moi, il m'a dit bonne nuit et c'est tout.

23 h

Dans mon lit.

J'ai raconté toute l'histoire à Sybil qui ne semble pas trouver que c'est bizarre.

23 h 43

De toute façon, c'est carrément mieux comme ça.

Lundi 18 décembre

Début de la semaine d'examens avant les vacances.

Sur l'heure du dîner, je révisais mes notes à la bibliothèque pendant que Kat, Tommy et Jean-Félix avaient décidé d'aller jouer au Mississippi dans la salle communautaire de l'école. Comme l'examen de cet après-midi est celui d'anglais et que je suis moins bonne qu'eux, j'ai jugé plus utile d'étudier (oui, je sais, top *nerd*, mais je suis assez fière de moi-même).

12 h 42

Décidément, mes émotions sont de véritables montagnes russes! Je passe de fierté-absolue-de-moi-même à extrême-colère-frustration. La cause? Nicolas. Dans mon champ de vision. Il a le tour de me mettre les nerfs en boule! J'ai l'impression qu'on m'a enlevé de la peau et qu'on a mis du sel sur ma plaie à vif (ouch, ça doit faire mal, ça!). Je ne comprends pas pourquoi je suis fâchée contre lui à ce point. Probablement parce que je comprends, maintenant, que je n'ai pas été grand-chose pour lui. Ça fait des mois que j'ai une peine d'amour. Pourquoi? Parce qu'un jour il m'a dit qu'il m'aimait. Et que c'était total réciproque! Et que ç'a malheureusement été réciproque (seulement de mon côté) trop long-temps après que ce n'était plus réciproque pour lui. (Oh, je sais, total incohérent mon affaire!)

12 h 48

Mais pourquoi je me cache derrière mon livre d'anglais? J'ai le droit d'être à la biblio-thèque. Et puis je ne suis pas une totale cruche sortie de nulle part! Je suis MOI. J'ai été sa BLONDE. Pourquoi j'agis comme si j'avais fait quelque chose de mal et que je me sens mal? L'important, c'est de me préparer. Je vais aller le voir. Et je vais lui dire « salut » d'une façon fière. La tête haute. Ensuite, je vais m'en aller, et c'est tout. J'ai le droit! Après tout, je suis, disons, une élève de l'école et j'ai total le droit d'aller saluer un autre élève de l'école. Et j'ai le droit de marcher dans mon école sans toujours avoir peur de voir mon ex ou qu'on me taxe!!!!!!!!!!

12 h 49

Je vais me lever, lui dire salut, et m'en aller. Et paf. Dans ta face, Nicolas Dubuc. Tant pis pour toi si tu sors avec des filles qui chantent mal. Moi, je suis… euh… je suis quoi, au juste? Ah oui! Coup de cœur dans une soirée de poésie! Ah!

13 h

Nicolas regarde une rangée de revues de skates. Hum… ce n'est peut-être pas une bonne idée de le déranger…

13 h 01

Oui, je vais le déranger, bon.

13 h 02

Je m'approche.

13 h 02 et trente secondes

Je suis derrière lui.

Oh! mon Dieu!!! Ça sent l'assouplissant!

13 h 03

Il se retourne.

Aaaaaaaaaaaaahhhhhhhhhhhhhhhhhhhhhh!

Moi (surenjouée): Euh… allôôôô!

Nicolas: Salut.

Et je tourne les talons pour m'en aller, fière d'avoir réussi mon plan.

Nicolas: Bravo pour… l'autre soir.

Merde. Je ne sais plus quoi dire. Un malaise intense m'envahit. Je le regarde et dit:

– Merci. Bon, ben… bye.

Je retourne vers ma table avec le sentiment de m'en être bien sortie malgré l'imprévu. Puis, en marchant, quelque chose de puissant monte en moi. Une question. Une seule. Je fais demi-tour et reviens vers lui. Il faut que je sache.

Moi : Je… Est-ce que… j'ai été une parmi tant d'autres ?

Je soutiens son regard. Après un instant de silence, il répond :

– Non.

Moi : Merci.

Soudain, je me trouve absolument ridicule. Et je n'ai qu'une envie : pouffer de rire. Il n'aurait jamais pu répondre « oui » à cette question ! Devant moi !!!!

J'éclate de rire.

Nicolas : Pourquoi tu ris ?

Moi (en gesticulant comme une girouette qui aurait perdu le nord) : Parce que hahaha-haha, j'ai posé la question et hahahahaha mon âme s'est hahahaha séparée de mon corps, hahahahahaha, et la, disons (je fais les guille-mets dans les airs) « Aurélie flottante » hahaha-haha m'a pointée du doigt (je pointe du doigt) et, hahahahaha m'a traitée hahahaha de grosse nouille épaisse ! Hahahahaha ! Me semble !!! Hahahaha ! (Je m'imite) : Est-ce que je suis une parmi tant d'autres ? Hahahaha ! Et toi, tu dirais hahahahaha (je l'imite) : OUIIIIIIIIIIIIIIIIIIII ! Hahahahahahahahahahahaha ! Épaisse ! Hahaha-hahahaha !

Nicolas rit, mais de façon perplexe.

La bibliothécaire vient nous avertir de nous taire. Aussitôt qu'elle part, je chuchote, encore dans un fou rire :

– Bye, Nicolas. Bonne chance avec tes blondes et hahahaha ta vie en général.

Nicolas : Non, attends ! (Il m'attrape le bras.) Aurélie…

Moi (encore en riant) : Je sais !

Nicolas : Tu ne me laisses jamais finir !

Moi (encore crampée) : Selon mon expérience, c'est parce que hahahaha tu veux finir des affaires qui n'ont pas à être finies !

Nicolas : Touché, hahaha ! Aurélie… Qu'est-ce que (il fait les guillemets dans les airs) « Aurélie flottante » dirait si je te proposais d'être… amis ?

J'arrête de rire. Je ne m'attendais pas à ça. Mais je sais que je n'en peux plus de jouer à me cacher. Que je n'en peux plus d'espérer qu'on reprenne et de le voir finalement sortir avec d'autres filles. Et que je sais que j'ai encore au minimum six mois à faire dans cette école avant de convaincre Kat de changer. J'inspire, j'expire. Je souris et je dis :

– Je pense qu'Aurélie flottante serait d'accord.

Nicolas (avec un sourire en coin) : Amis ?

Moi : Amis.

Il me sert amicalement dans ses bras en signe de réconciliation et je prends une sniffée de son odeur. Puis, je me dégage et me dirige vers ma table quand j'entends Nicolas chuchoter plus fort :

– Hé, Aurélie ?

Moi (en me retournant) : Oui ?

Lui : … Comment va Sybil ?

20 h

Sybil va bien. Et une chance que je l'ai… Je la caresse en ce moment pendant que je repense à ce qui s'est passé avec Nicolas. Après coup, il me vient des paroles beaucoup plus intelligentes en tête. Par exemple, quand il m'a dit que je n'étais pas une parmi tant d'autres, je suis certaine qu'il y avait mieux à dire que « merci ». Mais sur le coup, et encore maintenant, ça ne me vient pas. C'est ce qui arrive quand quelque chose d'inattendu survient et qu'on ne s'en tient pas aux plans dûment élaborés.

Mais bon, quelque chose me perturbe. Quand il m'a dit : « ... Comment va Sybil ? » Il y avait un temps de réflexion avant sa question. Assurément trois points de suspension. Mais les ai-je seulement imaginés ? Parce que s'il y a eu un temps de réflexion, ça veut dire qu'il ne voulait pas vraiment dire ça, mais quelque chose de plus important qu'il n'a pas osé dire justement parce que c'était hyper important. Et s'il n'y a pas eu de temps de réflexion, ça veut dire qu'il voulait savoir comment allait Sybil. Parce que, comme tout le monde le sait, Nicolas est très zoophile.

Réponse de Kat à ce sujet après analyse approfondie de la situation au téléphone : « Si tu me parles une autre fois de Nicolas, je déménage à Tombouctou ! »

Pas besoin d'émigrer pour ça. La page est tournée. C'était seulement un dernier petit tout petit questionnement. Je ne voudrais juste pas qu'il m'ait proposé l'amitié et que ce ne soit pas sincère et qu'il, disons, souffre en silence.

Note à moi-même : Tenter de communiquer à Kat les vertus de la patience et de l'empathie.

Mercredi 20 décembre

Cours de relaxation offert par Denis sur l'heure du dîner pour nous détendre pendant la semaine d'examens. Kat et moi avons décidé d'en profiter.

Je suis assise en Indien, sur un tapis au sol. Avec une voix calme, Denis nous suggère de plonger en nous afin de retrouver le calme et la paix intérieurs.

12 h 11

Comment retrouver la paix intérieure?

Je fais un petit bilan de mon année. Me retrouver à la même école que mon ex, mon premier amour, m'a complètement rendue… je ne trouve même pas de mot pour me décrire (crackpot?).

Kat a raison. En fait, mon cerveau inconscient anglophone a raison. Je ne suis pas comme Tommy. Je ne suis pas faite de glace. Et l'amour fait trop mal pour être assez niaiseux pour vouloir le vivre plus qu'une fois. Surtout quand on en est guérie.

Une fois, c'est assez.

Je. Ne. Tomberai. Plus. Jamais. Amoureuse.

Promis, juré, craché.

Ptiout! (Bruit de crachat. Pas que mon crachat fasse ptiout, mais je ne sais pas comment décrire ce bruit!)

Vendredi 22 décembre

Fin de l'école! Yahouuuuuu!!!!!!!!!!!!!!!!

15 h 39

Humph. J'ai deux points de démérite en comportement pour cause de manifestation amoureuse («amoureuse», ils y vont fort! Wo, les moteurs!) parce que je frenchais au beau milieu des casiers. Devant *mon* casier, en fait.

Bon. Ça c'est passé sans trop que je m'en rende compte…

Après le dernier examen, je rangeais mes choses dans ma case lorsque j'ai senti qu'on me tapait sur l'épaule. Je me suis retournée et j'ai vu Iohann. Je lui ai souri et il a dit:

– Je t'ai juste tapé l'épaule, je ne te l'ai pas disloquée. Souviens-t'en.

J'ai ri. (Évidemment, il pourrait faire n'importe quelle blague que je rirais niaiseusement, je ne comprends pas du tout pourquoi, car ses blagues ne sont pas si drôles quand on y repense.)

Moi: Ç'a bien été tes examens?

Lui: Oui, toi?

Moi: Oui.

Je mets les dernières choses dans mon sac et ajoute:

– Ben… Bonnes vacances. On se revoit en janvier.

Lui: J'espère avant ça.

Je ris encore. Franchement. Incontrôlable.

Nicolas est passé et m'a souhaité «bonnes vacances», ce à quoi j'ai répondu : «Toi aussi», avec un sourire des plus «amicaux».

Iohann (toujours là) : Qu'est-ce que tu fais pendant les vacances ?

Moi : Je vais dans ma famille.

Iohann : Ben… si jamais tu reviens avant la fin du congé, on fera quelque chose. Tiens, j'ai un cadeau pour toi.

Il me tend un sac de plastique (je déplore un peu son manque de conscience environnementale) et je découvre à l'intérieur mon chandail bleu.

Moi : Oh… Mon chandail.

Iohann : Il m'a porté chance pour les *games* de soccer. C'est un peu grâce à toi que j'ai gagné.

Et là, je ne sais pas trop ce qui s'est passé. J'étais peut-être un peu trop contente de revoir mon chandail (après tout, c'est mon préféré), mais je l'ai regardé (le chandail, pas Iohann) et, aussitôt que j'ai relevé la tête, Iohann était très près de mon visage et, pouf, j'y ai été attirée comme un aimant.

Et on s'est embrassés.

Là, au milieu des cases.

Devant tout le monde !!!!!!!!

J'ai cru entendre des cloches ! (Mais j'ai vite réalisé que c'était Tommy, Kat et Jean-Félix, arrivés derrière moi, qui faisaient : «Ouuuuuh» pour me taquiner. Vraiment immatures !)

15 h 41

Kat m'a dit que j'étais chanceuse et qu'elle était jalouse. Je pensais qu'elle parlait de mes points de démérite, alors je la trouvais un peu bizarre. Mais elle a précisé qu'elle parlait de Iohann. Elle m'a par contre reproché (en blague) de ne pas avoir attendu pour sortir avec un gars qui avait un jumeau.

Description de mon french avec Iohann :
Ça goûtait un peu le hot-dog. Mais bon… J'imagine que, si jamais on sort ensemble officiellement et tout (quoique s'embrasser devant tout le monde, c'est assez officiel), il ne mangera pas des hot-dogs *tous les jours*, donc, ça devrait être correct. À part l'haleine, il a des lèvres assez pulpeuses alors je dois dire qu'il embrasse bien (selon mon expérience de french de trois gars).

Samedi 23 décembre

Je pars dans la famille de François Blais cet après-midi. Il ne me reste que quelques heures pour faire tous mes téléphones de joyeux Noël. J'ai appelé Kat juste avant qu'elle parte dans sa famille. J'ai réussi à attraper Tommy juste avant son départ chez sa mère. Ne reste que ma grand-mère Laflamme, que je ne verrai probablement pas avant le jour de l'An.

Moi : Allô, grand-maman !

Ma grand-mère : Allô, ma belle fille !

Moi : Je voulais te souhaiter un joyeux Noël en avance !

Ma grand-mère : Oh!!! (Pfouuuu.) T'es fine!

Moi : Qu'est-ce que tu fais ?

Ma grand-mère : Rien.

Moi : T'as respiré fort.

Ma grand-mère : Mais non, mais non.

Moi : Qu'est-ce que tu fais à Noël ?

Ma grand-mère : Oh, pas grand-chose. Ça se peut qu'Émilien vienne faire un tour. Lui aussi il est tout seul pour Noël. (Pfouuuu.)

Moi : Tu es toute seule ?

Ma grand-mère : Mais oui, c'est pas grave (fouuu), je suis habituée!

Moi : Grand-m'man, tu as recommencé à fumer, hein ?

13 h 47

Dans l'autobus en direction de l'autre bout du monde. Pour passer le temps, je fais des cœurs dans la vitre embuée.

Je croyais que ma mère me piquerait une crise quand je lui ai dit que je préférerais aller chez ma grand-mère Laflamme plutôt que chez les parents de François Blais. Après que je lui ai expliqué calmement que ma grand-mère était seule et que je n'avais jamais passé une journée officielle de Noël (soit le 24 ou le 25) avec elle depuis le décès de mon père, ma mère a consenti à ce que j'aille chez elle. Elle m'a par contre dit que ça lui ferait de la peine de ne pas être avec moi, mais je l'ai convaincue que ce n'était pas si grave puisqu'on se voyait tous les jours.

Ma grand-mère a recommencé à fumer. Elle qui avait arrêté en même temps que j'avais arrêté de manger compulsivement du chocolat.

J'ai dit à ma grand-mère que j'allais passer Noël avec elle si elle me promettait de ne plus jamais toucher à une cigarette de sa vie. Elle m'a demandé si ça pouvait commencer seulement à mon arrivée. J'ai dit non. Elle doit arrêter tout de suite.

18 h 34

Ma grand-mère est venue me chercher au terminus. Elle était tellement contente de nous voir, Sybil et moi ! Elle a tout de suite sorti Sybil de sa cage et elle n'arrêtait pas de me coller et de me donner plein de becs (ce que je trouvais franchement déplacé devant les gens).

22 h

Ma grand-mère et moi avons parlé long-temps, longtemps, longtemps. Puis, nous sommes allées nous coucher. Une fois dans mon lit, j'ai commencé à penser à toutes sortes de choses. À mon début d'année scolaire, à Kat, à Tommy. À Nicolas. À Iohann. Puis, je me suis souvenu de ce que Kat m'a raconté à propos de la femme du diable qui apparaît dans le miroir. Et je me suis demandé si ce truc ne concernait qu'elle ou si on pouvait faire revenir plusieurs personnes de cette façon.

22 h 10

Dans le noir, devant le miroir de la salle de bain.

Moi : Papa, Papa, Papa, Papa, Papa, Papa, Papa, Papa, Papa, P…

– Qu'est-ce que tu fais là ?

Je sursaute.

Moi : AAAAAAAAAAAAAAAH!!!!!!!!!!!

Ma grand-mère : Je t'ai fait peur?

Moi (le cœur voulant me sortir de la poitrine) : Ah, oui! Ffff! Fais plus jamais ça!

Ma grand-mère : Qu'est-ce que tu faisais?

Moi : Je… rien.

Ma grand-mère me lance un regard peu convaincu.

Moi : Kat m'a raconté une histoire qu'on lui a racontée au camp d'été, comme quoi on pouvait faire apparaître la femme du diable dans le miroir de la salle de bain.

Ma grand-mère : Pis tu voulais la faire apparaître chez nous?!!!!! Sacrilège!!!

Moi : Non… J'essayais de voir si ça fonctionnait avec… mon père.

Ma grand-mère : Oh! Pauvre pitoune! Viens ici.

Elle me serre dans ses bras.

Ma grand-mère : Tu t'ennuies de lui, hein?

Moi : Oui… Mais le pire, c'est que des fois, j'ai l'impression de… l'oublier. D'oublier son visage. Des fois, quand il y a une journée complète où je n'ai pas pensé à lui, je me sens coupable. Comme s'il n'existait plus pour moi. J'aimerais tellement ça le revoir une fois. Une seule fois. Entendre sa voix. J'ai oublié sa voix. Sentir son cou. Ne pas chialer parce qu'il me donne un bec et que ça pique à cause de ses poils de barbe.

Ma grand-mère : Viens, ma belle. On ne va pas rester à parler de ça dans la salle de bain.

22 h 23

On retourne dans ma chambre (ma chambre chez ma grand-mère) et elle me borde. Puis, elle caresse un peu Sybil qui est couchée tout près de mon oreiller et elle me dit :

— À la mort de mon mari, une amie m'avait dit quelque chose que j'avais beaucoup aimé. Elle m'avait dit d'être très attentive à mes rêves, les jours suivants son décès, car j'allais le voir. Et, ensuite, de le laisser partir pour qu'il aille vers la lumière parce qu'il avait un long chemin à faire. J'ai effectivement rêvé à lui. Et, après quelques jours, je lui ai dit que je le laissais partir en paix. Maintenant, j'ai cette croyance que le plus beau cadeau que l'on puisse faire à ceux qu'on aime et qui nous quittent, est de les laisser partir, de les laisser aller vers la lumière, de leur dire de ne pas s'inquiéter pour nous et de continuer leur chemin et ainsi de les garder dans notre cœur pour toujours. Et quand tu t'ennuies d'eux, la plus belle façon de leur rendre hommage, c'est de parler d'eux. Alors, chaque fois que tu as besoin de parler de ton père, dis-le-moi. On parlera de lui. N'importe quand. Mais ne commence pas à jouer avec les esprits et à croire à ces affaires-là. Je pense que tout ce que ça fait, c'est de faire entrer des mauvaises énergies et des faux espoirs. De l'amertume, aussi. Ton père est parti, laisse-le là où il est. Mais nous, on peut le faire revivre grâce à nos souvenirs.

Moi : Grand-maman, je suis tellement contente d'être venue ici !

Ma grand-mère : Oh ! Moi aussi ma belle fille !

Moi : Grand-m'man… Quand est-ce que tu crois que je n'aurai plus de peine ? Pis… Si j'arrête d'avoir de la peine en pensant à lui, est-ce que je vais l'oublier… complètement ?

Ma grand-mère : Tu ne l'oublieras jamais, ton père.

Moi : J'ai une mauvaise génétique pour la mémoire…

Ma grand-mère : Tu sais, on n'oublie pas quelqu'un comme ça. Et on n'arrête pas d'avoir de la peine. Il faut juste apprendre à vivre avec, c'est tout.

Moi : Mon cœur… j'avais tout un système. Je n'avais pas de peine. Je vivais bien avec moi-même. J'arrivais à penser à tout avec détachement. Et puis là, je l'ai ouvert. À un gars. Il s'appelait Nicolas. Et paf ! Cinq minutes plus tard, façon de parler, mon cœur était déjà brisé.

Ma grand-mère : Le pire qui pourrait t'arriver dans la vie, c'est de ne jamais ouvrir ton cœur sous prétexte qu'il a été brisé. C'est ça, la vie. Pendant que tu étais avec ton Nicolas, tu étais heureuse ?

Moi : Oui.

Ma grand-mère : C'est ce qui compte.

Moi : Oui, mais je passe plus de temps à avoir de la peine que le temps où j'ai été heureuse. Mauvaise statistique !

Ma grand-mère : Toi, tu es peut-être… un peu tragédienne.

Moi : Grand-maman !!!

Ma grand-mère : Hahahahaha ! Allez ! Dors, il est tard. Et…

Moi : Si jamais tu me dis : « Un de perdu, dix de retrouvés », je ne te confie plus jamais rien !

Ma grand-mère: J'allais dire… Fais des beaux rêves.

Ma grand-mère: Mouain… je vais te croire pour cette fois-ci. (Je la serre dans mes bras.) Fais des beaux rêves toi aussi. (Et je lui donne un bisou sur la joue.)

Ma grand-mère (avant de fermer la porte): Hé, Aurélie?

Moi: Oui?

Ma grand-mère: Demain, de la neige?

Moi: Ce serait trop cool!

Dimanche 24 décembre

Le sapin clignote et ma grand-mère et moi regardons par la fenêtre les gens entrer dans l'église (située en face de chez elle) pour la messe de minuit.

Ma grand-mère m'apprend tous les potins sur les gens du village (mais l'habillement des gens est moins drôle que pendant les mariages). En fait, je dois dire que je trouve ça assez émouvant de les voir tous entrer pour la messe de minuit et d'entendre les cloches sonner.

Après avoir aidé ma grand-mère à cuisiner notre souper de Noël, j'ai tenté de joindre ma mère, sans succès. Son téléphone me dit: «L'abonné cellulaire que vous tentez de joindre n'est pas disponible. Veuillez réessayer plus tard.» J'ai commencé à ressentir un élan de frustration jusqu'à ce que ma grand-mère me lance les jumelles. Et j'ai retrouvé un certain calme en pensant que c'est impossible que ma mère ne pense pas à m'appeler ce soir. Passer Noël sans elle est une chose. Passer Noël sans lui parler en est une autre.

19 h 30

Je regarde dehors avec les jumelles. Je ne regarde plus les gens, mais les décorations de Noël.

Le soleil a brillé toute la journée. Aucune neige en vue. Dehors, le vent est chaud et le ciel est sans nuage, tout étoilé. Je dois dire que, même s'il ne neigera pas, c'est assez beau. Et avec les lumières de Noël, ça fait une belle ambiance. (Mais ça fait drôle de voir des pères Noël sur du gazon!)

19 h 37

Dans mes jumelles, je vois une voiture s'arrêter devant la maison de ma grand-mère. Et je vois… ma mère et François en sortir. Je rêve!!!!!!

Moi: Grand-maman!!!!! Regarde, c'est ma mère!!!

Je lui lance les jumelles.

Ma grand-mère: Mon Dieu! Je n'ai pas fait le ménage!

Moi: C'est ben correct!

Ma mère cogne et ouvre la porte. Elle nous salue et je lui saute dans les bras.

Puis, François la suit. Il entre derrière elle et secoue ses bottes (pur réflexe hivernal j'imagine puisqu'il n'y a pas de neige…).

François : On est arrivés chez mes parents et ta mère a commencé à se sentir triste, alors je lui ai demandé si elle préférait qu'on vienne ici et elle a dit oui. Et on est partis !

Ma mère : Je voulais t'avertir, mais mon cellulaire était déchargé et j'avais oublié mon chargeur…

François (en me regardant) : Je lui dis toujours d'apporter son chargeur !

Ma mère : Ça me sort toujours de l'esprit !

Je suis tellement contente que je suis incapable de me décoller de ma mère. Je la tiens par la taille, ma tête appuyée sur son épaule, et je la suis partout, ce qui la fait rire.

Ma mère (en me serrant elle aussi) : Je n'étais pas capable de passer Noël sans toi.

Ma grand-mère : Avez-vous faim ? Il nous reste de la dinde ! Aurélie m'a aidée à la faire !

Moi : C'est vrai que j'ai aidé !

Ma mère : Oh oui ! Je meurs de faim !

20 h 30

Après que ma mère et François ont soupé, on est allés près du sapin pour développer les cadeaux. Ma mère et François m'ont donné une télé ! J'étais VRAIMENT contente ! Je n'avais même pas pensé à demander ça comme cadeau.

Ma mère : J'ai pensé que ça te permettrait de ne pas toujours attendre après nous… moi, je veux dire. Mais si tu préfères une Wii, on peut l'échanger, si tu veux…

Moi : Non, je suis super contente ! ! !

Comme je n'ai pas apporté leur cadeau avec moi, j'ai dit à ma mère que je lui avais acheté un coffre à bijoux et à François, une cravate. Ils étaient contents.

Sybil s'amuse avec les choux pendant que ma grand-mère déballe le cadeau que je lui ai acheté (un beau pashmina rose que ma mère m'a suggéré de choisir).

Ma grand-mère : À mon tour, maintenant.

Elle se lève, s'approche de l'arbre, prend un cadeau et me le tend. C'est carré et c'est lourd.

Je défais le papier et je découvre que c'est un livre intitulé *L'art du scrapbooking*.

Ah.

Moi (en regardant le livre) : Ben… merci. C'est… super.

Il faut comprendre ma grand-mère, elle ne me connaît pas beaucoup… Elle ne peut pas savoir que ce n'est pas vraiment le genre de lecture qui m'intéresse.

Puis, elle me tend un autre cadeau. Je déballe et découvre une boîte de chaussures. J'ai un peu peur de l'ouvrir parce que, vu son premier cadeau, je crains qu'elle ne connaisse pas vraiment mes goûts… Je l'aime pareil. Mais bon, c'est une grand-mère, elle habite loin, je ne peux lui en vouloir de perdre un peu le fil.

Comme je n'ai pas eu une bonne réaction pour le livre, je vais tenter d'avoir une meilleure réaction cette fois-ci. Genre : « Hein ?!?!!!! Merciiiiii !!!!! Je regardais ces chaussures dans le magasin l'autre jour et j'en rêvais !!!!! » Elle sera contente.

Elle me regarde intensément.

J'ouvre délicatement la boîte en préparant ma réaction de bonheur absolu. Et je reste abasourdie. Son contenu me va droit au cœur.

Des centaines de photos de mon père.

Des photos de bébé, des photos d'adolescent, des photos avec ma mère, des photos avec moi bébé, des photos avec ma grand-mère et mon grand-père, des photos où il pêche, des photos où il répare le toit, des photos où il se fait bronzer, des photos avec une voiture, des photos à son anniversaire, plein de photos de lui… Plein.

Je lève les yeux vers ma grand-mère. Je dépose la boîte et je cours la rejoindre. Je m'assois sur elle et je la serre très fort.

Moi (la voix étranglée par l'émotion): Grand-maman… Merci.

Ma grand-mère: On pourra faire ça ensemble, si tu veux, ce sera notre projet.

J'ose un regard vers ma mère. Elle a le cou rouge, comme si ses veines allaient éclater. Et François lui caresse le dos délicatement.

22 h 10

Nous sommes tous les quatre, les yeux rivés à la table de cuisine, sur laquelle sont étalées les photos de mon père. Nous les classons tout en nous donnant des idées pour le *scrapbook*.

Je pose un regard circulaire autour de la table. Il y a ma grand-mère, très fière de nous donner des conseils de *scrapbooking*, racontant une anecdote après l'autre sur mon père ou sur ce hobby. Il y a Sybil, que ma mère chasse de la table chaque fois qu'elle essaie d'y monter. Il y a aussi ma mère, qui tente en vain de camoufler son émotion. Mon père est là, lui aussi, mais il se trouve maintenant dans un *scrapbook* en construction (le futur plus beau *scrapbook* du monde!!!). Et il y a François, le chum de ma mère, bien vivant, qui la console de voir mon père dans un *scrapbook*.

Et il y a moi.

C'est un drôle de Noël.

Avec une drôle de famille.

Ma famille.

La production du titre *Le journal d'Aurélie Laflamme, Le monde à l'envers* sur 28 570 lb de Rolland Enviro 100 Édition plutôt que sur du papier vierge aide l'environnement des façons suivantes:

Arbres sauvés: 243
Évite la production de déchets solides de 7 000 kg
Réduit la quantité d'eau utilisée de 662 138 L
Réduit les matières en suspension dans l'eau de 44,3 kg
Réduit les émissions atmosphériques de 15 371 kg
Réduit la consommation de gaz naturel de 1 000 m³

IMPRESSION
IMPRIMERIE GAGNÉ